À PROPOS DE L'AUTRICE

Originaire de l'Alabama, Harper St. George se passionne dès le lycée pour la romance historique et rêve de devenir autrice. Son rêve devient réalité avec *La prisonnière du Viking*, son premier roman publié chez Harlequin. Elle vit aujourd'hui à Atlanta avec son mari et ses deux jeunes enfants.

Éprise d'un guerrier viking

HARPER ST. GEORGE

Éprise d'un guerrier viking

Traduction française de
CAROLE PAUWELS

Les Historiques

HARLEQUIN

Collection : LES HISTORIQUES

Ce roman a déjà été publié en 2020

Titre original :
LONGING FOR HER FORBIDDEN VIKING

HARPERCOLLINS FRANCE
83-85, boulevard Vincent-Auriol, 75646 PARIS CEDEX 13
Service Clients — www.harlequin.fr
ISBN 978-2-2805-1541-2 — ISSN 1159-5981

Édité par HarperCollins France.
Composition et mise en pages Nord Compo.
Imprimé en décembre 2024 par CPI Black Print (Barcelone)
en utilisant 100% d'électricité renouvelable.
Dépôt légal : janvier 2025.

FSC www.fsc.org
MIXTE
Papier issu de sources responsables
FSC® C159065

Pour limiter l'empreinte environnementale de ses livres, HarperCollins France s'engage à n'utiliser que du papier fabriqué à partir de bois provenant de forêts gérées durablement et de manière responsable.

Pour toutes les personnes qui lisent
mes livres et aiment les Vikings.
Merci !

Prologue

Ellan n'était pas une bonne Saxonne.

Cette constatation était des plus infortunées, mais elle s'était résolue à l'accepter depuis fort longtemps.

Les bons Saxons, les Saxons *loyaux*, méprisaient les hommes venus du Nord. Ils haïssaient leurs envahisseurs avec une inexorable ferveur qui ne laissait place à rien d'autre, ni amabilité ni compassion, et qui les privait de toute allégresse.

Il est vrai qu'elle-même n'avait pas ressenti cette émotion depuis fort longtemps. Le jour où leur mère les avait abandonnées, ses frères, sa sœur et elle, sa gaieté s'en était allée.

Et cependant, il arrivait qu'ici, à Alvey, encerclés comme ils l'étaient par l'ennemi danois, elle éprouve à l'occasion une indescriptible sensation qui s'apparentait fort à de la joie.

Ainsi, cette nuit-là, elle se sentait emplie d'une étrange impression de bien-être.

Cela ne manquait pas de l'intriguer, naturellement.

N'était-il pas anormal, pour ne pas dire condamnable, de se sentir aussi heureuse de vivre, alors que son peuple était contraint de cohabiter avec ces barbares ?

Cela signifiait-il qu'elle ne détestait pas les Danois autant qu'elle l'aurait dû, finalement ?

Si par malheur son père l'apprenait, il la répudierait sur-le-champ !

Les chandelles baignaient d'une douce lueur dorée la spacieuse salle d'apparat du château d'Alvey. Des rubans de lumière ondulants caressaient les hauts murs et dessinaient des ombres dans les recoins. Ils réchauffaient aussi les tables, où des groupes de guerriers, pour la plupart danois, s'étaient rassemblés. Ceux-ci fêtaient le retour de leurs amis, après un long été passé à guerroyer au sud.

D'autres hommes entrèrent, cherchant à s'abriter de la froideur de la nuit, et saluèrent bruyamment leurs compagnons tandis que l'hydromel coulait à flots.

Un courant d'air glacial s'insinuait à l'intérieur chaque fois que la porte s'ouvrait, mais les lieux se réchauffaient très vite grâce au feu de cheminée et à la chaleur des corps rassemblés dans la pièce.

Ellan aurait dû prendre peur face à ces nouveaux arrivants – honnis Scandinaves qui revenaient de batailles et de pillages contre d'honnêtes et rudes travailleurs saxons !

Leur chef portait le titre de *jarl*, équivalent à celui de comte dans la noblesse saxonne. Ce dernier avait envahi la région deux ans auparavant. Il n'y avait pas eu bain de sang, car un accord avait été trouvé sous la forme d'épousailles avec Lady Gwendolyn, la châtelaine saxonne de la forteresse d'Alvey.

Depuis, de nouveaux arrivants avaient afflué chaque saison, jusqu'à ce qu'ils soient plus nombreux que les Saxons.

L'arrivée du dernier groupe était prévue avant que l'hiver s'installe, et Alvey grouillait de monde au point qu'il devenait difficile d'y circuler.

Du coin de l'œil, Ellan pouvait voir sa sœur Elswyth – une bonne Saxonne s'il en était – sursauter à chaque éclat de voix. Celle-ci jetait des regards apeurés autour d'elle, comme si elle redoutait à tout moment qu'un des hommes ne se jette sur l'une ou l'autre.

Elle crispait les doigts si fort autour du pichet que ses articulations avaient blanchi. Ellan ne put s'empêcher de lui murmurer :

— Tout va bien. Ils sont trop heureux d'être de retour sain et sauf pour causer du grabuge ce soir.

Elswyth hocha la tête, mais la tension de ses épaules demeurait.

À la fin de l'été, Lady Gwendolyn avait invité Ellan et sa sœur à Alvey pour la servir. Au cours des mois qui venaient de s'écouler, la forteresse était devenue comme un sanctuaire pour Ellan.

Elle aimait l'excitation qui régnait dans l'air en raison des travaux. La forteresse était en cours d'agrandissement. Un étage avait récemment été ajouté, et la construction d'une nouvelle aile était prévue pour le printemps. Des baraquements avaient également été construits pour les guerriers, et d'autres encore étaient en projet.

Tant de choses se passaient ici, contrairement au morne et sinistre domaine familial de Banford, où tout semblait figé.

Cette ambiance de rires et de chants joyeux qui apportait une vitalité folle à Alvey la réjouissait. Grâce au mariage de Lady Gwendolyn avec Lord Vidar, le *jarl* danois, la paix s'était installée sur leur petit territoire de Northumbrie.

Les Saxons et les Danois s'asseyaient côte à côte à table, s'esclaffant et festoyant ensemble. Des alliances et des amitiés se formaient.

Mais jamais le père d'Ellan ne voudrait croire que de telles associations soient possibles. Il s'y refuserait tout bonnement. D'aussi loin qu'elle s'en souvienne, il avait toujours méprisé les envahisseurs.

Le fait que sa mère se soit enfuie avec l'un d'eux, des années auparavant, ne faisait bien sûr qu'ajouter à l'acrimonie dans laquelle son père se complaisait jour après jour.

En laissant ces brumes de haine et de désespoir derrière elle, Ellan avait ouvert les yeux sur un monde nouveau, empli de bonnes choses, des choses justes.

Elle commençait même à considérer cet étrange endroit où cohabitaient Saxons et Danois comme sa maison.

Avoir enfin un vrai foyer…

Cette pensée propagea dans sa poitrine une douce et réconfortante chaleur qui alla s'insinuer dans des endroits ravagés par le froid depuis des années.

Elle ne se sentait plus chez elle à Banford depuis que sa mère était partie. La simple perspective d'y retourner lui emplissait le cœur d'effroi.

— Aurais-tu déjà trouvé un homme à ta convenance, par hasard ?

Moqueuse, Elswyth attarda délibérément son regard sur un groupe de guerriers qui venait d'entrer.

Ellan sourit.

Un peu plus tôt dans la soirée, elle avait innocemment fait remarquer à sa sœur que certains de ces messieurs étaient passablement séduisants. Cette déclaration n'était en réalité qu'une raillerie destinée à faire enrager Elswyth, toujours si sérieuse et réservée.

— Non, pas encore.

Sans qu'elle l'ait réellement décidé, le regard d'Ellan se tourna vers la table où Lady Gwendolyn était assise avec son époux, Lord Vidar, et quelques-uns de ses meilleurs soldats.

L'un des nouveaux arrivants, un guerrier qu'elle avait entendu quelqu'un l'appeler Aevir, était assis avec eux. Ses larges mains étaient refermées autour d'une chope d'hydromel. Le dos calé contre le dossier de son siège, ses longues jambes étendues devant lui, il avait les paupières mi-closes. Son attitude de chat paresseux suggérait l'insolence, mais seul un fou aurait pu négliger la lueur incisive de son regard et la force des épaules qui tendaient sa tunique de cuir.

Il était comme un violent orage d'été caché sous la promesse faussement rassurante de quelques rares nuages gris.

Si elle avait cherché un homme à qui accorder ses faveurs, jamais elle n'aurait pu trouver de meilleur postulant. En revanche, il n'était pas de l'étoffe dont on faisait les époux...

Oh ! certes non.

Chacun savait qu'un mari se devait d'être loyal et sérieux. Or, cette impression de danger qui flottait autour de lui promettait quantité de choses – mais aucune n'était convenable.

On voyait bien qu'il était fait pour des rencontres illicites et des péripéties auxquelles il était préférable qu'elle évite de penser.

S'autorisant à l'envelopper une dernière fois d'un regard

appuyé, Ellan consigna dans son esprit sa mâchoire anguleuse, ses lèvres charnues et, pour finir, ses yeux d'un bleu étrangement pâle.

Son cœur se mit à battre plus vite quand elle se rendit compte qu'il l'observait aussi, avec la même curiosité dont elle avait fait preuve.

Appréciait-il ce qu'il voyait ?

Elle n'aurait su le dire. Néanmoins, elle ne pouvait s'empêcher d'être ravie par la façon dont le regard du guerrier s'attardait sur son visage.

Elle essaya de ne pas détourner les yeux, mais c'était au-dessus de ses forces. Le regard du Danois, aussi froid que l'eau gelée des étangs, était trop incisif, trop insistant, comme s'il essayait de deviner ses pensées pour mieux les sonder.

Se tournant vers Elswyth, elle fit mine d'ajuster la manche de sa sœur. Quand elle se tourna pour jeter à nouveau un coup d'œil au guerrier, il la regardait toujours.

Et cette fois, l'ombre d'un sourire rôdait sur ses lèvres.

Elle ressentit un étrange pincement au creux de l'estomac.

— Oh ! miséricorde, murmura Elswyth. Je suppose que ton choix est fait à présent. Lequel est-ce ?

Elle se démancha le cou pour observer la tablée par-dessus l'épaule d'Ellan.

— Ne regarde pas !

Tournant à nouveau le dos au guerrier, elle se força à rire, comme si Elswyth venait de lui relater un fait particulièrement réjouissant.

— Donne-moi ce pichet, je vais m'en occuper.

Amusée, sa sœur secoua la tête et lui confia avec soulagement l'hydromel.

Ellan s'exhorta au calme. Cependant, lorsqu'elle eut fini de remplir les chopes de chacun à la table du seigneur des lieux, force lui fut de constater qu'elle avait renversé une belle quantité d'hydromel, tant elle se sentait agitée.

Vraiment, on aurait pu croire qu'elle n'avait jamais attiré l'œil d'un homme auparavant !

Au cours de la soirée, les coups d'œil occasionnels du séduisant guerrier confirmèrent à Ellan que l'intérêt qu'Aevir éprouvait pour elle ne s'était pas relâché.

Elle lui rendit la pareille à trois reprises.

Ce badinage n'aurait pas de suite, elle en avait parfaitement conscience.

N'était-elle pas en effet une simple fille de la campagne ? Alors que, pour sa part, Aevir était un commandant respecté, qui pouvait prétendre à épouser une lady beaucoup plus fortunée qu'elle ne l'était.

Et cependant, elle ne pouvait se résoudre à l'ignorer.

Finalement, alors que la soirée était déjà bien entamée, quelques-uns des hommes commencèrent à se retirer, et Lady Gwendolyn leur souhaita une bonne nuit.

Ellan rassembla les pichets et, les transportant quatre par quatre pour s'éviter des voyages inutiles, alla les déposer dans le cellier pour la nuit.

Quelqu'un avait déplacé le marchepied qui se trouvait ordinairement dans la pièce. Elle fut donc contrainte de se hisser sur la pointe des pieds pour déposer les pichets sur l'étagère située au-dessus des barriques d'hydromel et de bière alignées le long du mur.

Mais l'angle était hasardeux, et le dernier pichet

commença à vaciller car elle n'était pas parvenue à le pousser complètement sur l'étagère.

Juste avant qu'il ne bascule et s'écrase au sol, une main puissante passa devant elle et le remit fermement en place.

Elle pivota sur ses talons et découvrit… Aevir, qui se tenait beaucoup trop près d'elle.

Surprise, elle eut un mouvement de recul, et heurta l'une des barriques.

— Comment vous appelez-vous ?

La voix du guerrier était profonde et rauque, et son intention était claire tandis que son regard se posait sur ses lèvres.

Il allait l'embrasser.

Ellan sentit son sang battre à ses oreilles.

D'impatience, elle se passa la langue sur les lèvres.

— Ellan.

Son cœur se gonflait de joie à l'idée qu'il était venu à sa recherche.

— Ellan, répéta-t-il.

Son nom si ordinaire, prononcé par lui, prenait tout à coup une consonance exotique.

— J'ai envie de…

Avant même qu'il ait terminé, elle hocha la tête. C'était un élan spontané plutôt que le résultat d'une quelconque pensée réfléchie.

L'ombre d'un sourire apparut sur les lèvres d'Aevir, tandis que, sans que jamais ses yeux quittent ses lèvres, ses mains larges et puissantes s'arrondissaient en coupe autour de son visage.

Lorsqu'il s'empara de sa bouche, elle ferma les yeux et s'abandonna, à la fois effrayée et ravie des sensations qu'il éveillait en elle.

Sans doute ne se contenterait-il pas de ce baiser, mais elle saurait l'arrêter le moment venu. Pour l'instant, elle voulait tout simplement profiter de la magie de cette rencontre, savourant le fait que leur attirance était réciproque.

La caresse sensuelle de sa langue contre la sienne la fit trembler. Elle s'agrippa aux épaules puissantes du guerrier, et s'abandonna aux mains expertes qui lui caressaient le dos, la plaquant contre ce corps d'une virilité inouïe.

Un sourd grognement de plaisir s'échappa de la gorge d'Aevir, et elle en ressentit l'effet jusqu'au plus profond d'elle-même.

Il lui semblait que quelque chose vibrait en elle, éveillant un désir dont elle avait ignoré l'existence jusqu'à présent. Une étrange chaleur se diffusait au creux de son ventre, comme s'il y avait allumé une flamme.

Elle avait déjà été embrassée auparavant... Mais jamais de cette façon. Les autres hommes s'étaient montrés trop timides ou trop brutaux.

À la réflexion, ce n'était pas des hommes. Elle le voyait bien à présent. Comparés à Aevir, ils n'étaient que des gamins.

Ce baiser était différent. Il était tout simplement parfait.

Emprisonnée dans le cocon de sensualité qu'Aevir tissait autour d'elle, Ellan avait perdu la notion du temps et de l'endroit où elle se trouvait, quand une voix brutale la rappela cruellement à la réalité.

Aevir rejeta la tête en arrière, le regard affamé et intense, tandis qu'il la dévisageait.

Sans la libérer, il s'adressa sèchement à l'ombre d'un homme qui se tenait sur le seuil.

— Quoi ?

Le nouveau venu s'exprimait en norrois. Ellan avait

appris quelques rudiments de cette langue du Nord, et elle comprit qu'il recommandait à Aevir de se tenir à distance d'elle.

La déception qui se lut sur le visage de ce dernier lui confirma qu'elle avait deviné juste.

Lorsque Elswyth et elle étaient arrivées à Alvey, les hommes avaient reçu l'ordre de ne pas les approcher, car elles se trouvaient sous la protection de Lord Vidar. Aevir n'était là que depuis très peu de temps, et il ignorait apparemment la consigne.

L'air s'était chargé d'une frustration presque palpable, et il sembla à Ellan qu'un froid intense l'enveloppait quand Aevir s'écarta.

— Pardonnez-moi, dit-il d'un ton formel. Je l'ignorais.

Elle secoua la tête.

— Je n'ai pas besoin de la permission de Lord Vidar pour embrasser qui je veux.

Elle savait que le *jarl* avait imposé cette règle pour les protéger, mais elle ne pouvait s'empêcher de se rebeller contre l'interdiction qui lui était ainsi faite de prendre ses propres décisions.

Aevir lui adressa un sourire poli, mais la lueur incandescente qui vibrait au fond de ses prunelles lui prouvait indiscutablement qu'il n'éprouvait pas que des sentiments courtois à son égard.

Cet échange muet fit battre plus fort le cœur d'Ellan et, sous la caresse brûlante des yeux d'Aevir, elle eut la sensation que tout son corps fondait comme neige au soleil.

— J'en suis certain, dit-il. Mais hélas, je ne dispose pas de la même liberté.

Ellan avait envie de l'attirer à elle, d'exiger le baiser

passionné dont elle avait été privée, mais son bon sens la rappela à l'ordre.

Il leur était impossible d'envisager un avenir commun. Elle le savait pertinemment, et il ne servirait à rien de se bercer d'illusions.

Si Aevir l'avait embrassée, c'était uniquement parce qu'il l'avait prise pour une simple servante et pensait qu'elle accepterait volontiers de partager sa couche cette nuit.

À n'en pas douter, il aurait été déçu par le refus qu'elle s'était promis de lui opposer.

— Bonne nuit, Ellan.

— Bonne nuit, Aevir.

Un regret passa dans le regard du guerrier, tandis qu'il fixait une dernière fois ses lèvres.

Elle devinait sans peine la lutte à laquelle se livraient dans son esprit le désir qu'il avait d'elle et la raison qui lui enjoignait de battre en retraite.

Mais finalement, il lui adressa un signe de tête et tourna les talons, la laissant seule dans le cellier.

Son cœur se serra.

Mais pourquoi ? C'était d'autant plus incompréhensible qu'elle le connaissait à peine !

Et pourtant, Ellan eut le sentiment qu'elle venait de perdre quelqu'un d'infiniment important.

1

Bernicie, Northumbrie du nord
Hiver de l'an 872

Cela faisait un peu plus de quinze jours qu'Aevir était arrivé à Alvey et avait posé les yeux sur Ellan. Et depuis, il n'avait pas totalement réussi à bannir la jeune fille de ses pensées.

Dans la journée, c'était chose relativement aisée. Les heures étaient occupées par d'incessants entraînements, et par des voyages qui le conduisaient jusqu'à la frontière avec l'Écosse.

Mais la nuit, lorsque tout était calme et teinté d'ennui, il ne pouvait s'empêcher d'évoquer le souvenir de la trop belle protégée de Lady Gwendolyn.

L'intense élan qui les attirait l'un vers l'autre était tout simplement du désir dans sa forme la plus débridée, la plus brute. Et c'était si rare qu'il ne l'avait jamais expérimenté auparavant avec une autre femme.

Une appétence sexuelle, oui.

L'amour, une seule fois.

Mais pas ce besoin dévastateur de posséder corps et âme un autre être.

Ah, si elle avait été plus expérimentée, si elle n'avait pas été sous la protection de Lord Vidar... il aurait volontiers passé toutes ces nuits à Alvey avec elle.

Afin de tromper sa frustration, il avait été contraint de chercher des substituts. Mais aucune des femmes qui s'étaient offertes à lui ne possédait ce mélange aussi contradictoire que charmant de sincérité et d'insolence propre à Ellan.

Aucune n'avait dans les yeux cette lueur si particulière qui disait « Apprends-moi tout ce que tu sais, et je ferai en sorte de te briser de plaisir ».

Cette pensée lui arracha un sourire moqueur.

Ellan aurait pu faire de lui ce qu'elle voulait, si seulement elle avait eu connaissance du pouvoir qu'elle détenait.

Voilà qui compliquait les choses, étant donné que la jeune femme pouvait très bien être une espionne déléguée par son père. Ce dernier était en effet connu pour sa haine envers les Danois, et pour sa duplicité.

La seule consolation d'Aevir était qu'Ellan ignorait combien il s'était sottement entiché d'elle. Toutefois, elle finirait bien par le deviner s'il continuait à la dévisager avec insistance, comme il en avait hélas pris l'habitude.

Un peu plus tôt dans la journée, Rolfe, son meilleur ami, avait épousé la sœur d'Ellan, à l'issue d'une cour effrénée et de fiançailles réduites à leur plus simple expression.

Consacrée aux festivités, aux contes et à la musique, la soirée manquait cruellement de femmes. N'étaient présentes que Lady Gwendolyn, ses dames de compagnie, quelques veuves et les servantes. Aussi Ellan était-elle souvent sollicitée pour danser.

Dans le large cercle formé par l'ensemble des invités à la noce, elle caracolait d'un homme à un autre, prenant la main à l'un et tournant sur elle-même, avant de passer au cavalier suivant, sans jamais se départir d'un sourire éblouissant.

En la voyant se mouvoir avec grâce et sans la moindre timidité, Aevir ne pouvait s'empêcher de se demander si elle aurait fait preuve d'un même abandon entre ses bras.

Cette pensée l'obligea à détourner le regard, et à se plonger dans la contemplation de sa chope d'hydromel.

Mais les notes miellées du breuvage ne servirent qu'à lui rappeler la manière dont la lumière du feu allumait des reflets dorés dans la chevelure d'Ellan.

Il étouffa un juron. Combien de temps encore allait-il être forcé d'endurer ces festivités !

Cela faisait fort longtemps déjà que le jeune couple s'était retiré dans sa chambre. Comme il fallait s'y attendre, les commentaires grivois étaient allés bon train, ce qui n'avait pas manqué de faire rougir Ellan.

Assise en face de lui, elle risquait de temps à autre un coup d'œil dans sa direction, lui laissant entendre que ses pensées suivaient la même direction que les siennes.

Lady Gwendolyn s'était montrée indulgente, laissant ses convives s'ébaudir, avant de leur proposer une nouvelle danse.

Aevir avait fait fausse route en s'imaginant que la musique ferait diversion à l'envie qu'il avait d'Ellan. En réalité, tandis que la soirée tirait à sa fin, et qu'il persistait à suivre des yeux sa silhouette, il commençait à se dire que la seule façon de se débarrasser de son obsession était de la posséder, rien qu'une fois, et de passer à autre chose.

Lord Vidar désapprouverait, mais le jeu en valait la chandelle.

Reposant sa chope, il entreprit de se lever, mais la voix du *jarl* lui fit suspendre son geste.

— Aevir, restez un moment.

Il se rassit, pris de court. Ses intentions pouvaient-elles à ce point se lire sur son visage ? Il n'était pas rare que le *jarl* arbore une expression sombre et hostile, mais ce soir il semblait détendu et souriant pour une fois.

— Volontiers, milord.

— Je veux que vous sachiez que j'apprécie votre loyauté. Vos hommes et vous avez déjà prouvé que vous étiez des atouts inestimables pour Alvey.

Aevir esquissa un sourire.

— S'offrir nos services coûte une certaine somme, mais nous valons notre prix.

Le *jarl* avait probablement deux hivers de moins qu'Aevir, ce qui était jeune pour la fonction qu'il occupait.

Cela témoignait combien cette terre était riche d'opportunités pour qui voulait gravir rapidement les échelons de la société.

C'était d'ailleurs cela qui avait convaincu Aevir de venir se battre pour Lord Vidar.

Il avait sillonné sa patrie, combattu les Francs, œuvré pendant plusieurs années comme mercenaire dans des contrées aussi reculées que Constantinople et rempli ses coffres. Ses hommes le respectaient, et il avait la réputation d'être un guerrier honnête et efficace.

Et cependant, le statut qu'il désirait par-dessus tout lui avait échappé. Afin de devenir *jarl*, il lui aurait fallu posséder des terres en quantité, ainsi qu'une petite armée à diriger.

Lord Vidar eut la bonne grâce de rire à sa plaisanterie.

— En effet. Quand vous m'avez offert votre loyauté,

je vous ai dit que vous en seriez dûment récompensé. Eh bien, j'ai finalement porté mon choix sur un mariage qui vous aidera à obtenir le statut auquel vous aspirez.

Sur son lit de mort, la mère d'Aevir avait loué sa force, mais lui avait conseillé de ne pas en montrer toute l'étendue. Le fils d'un esclave n'était pas supposé s'élever au-dessus de sa condition, et ses aptitudes feraient de lui une cible pour tous ceux qui voudraient lui rappeler où était sa place.

C'était à ce moment-là qu'Aevir s'était promis de devenir l'égal de ces hommes dont sa pauvre mère avait si peur.

Quand bien même elle ne serait plus là pour le voir, il marcherait fièrement parmi eux, méritant ce respect qu'ils exigeaient pour eux-mêmes.

Durant ses voyages, aussi lointains soient-ils, l'infamie de sa naissance l'avait suivi. Il avait alors pris conscience que seul le mariage avec une femme de haute naissance pourrait l'en débarrasser.

L'annonce de Lord Vidar n'aurait donc pas dû être un choc pour lui, mais ce fut pourtant le cas.

Lors de sa première venue à Alvey, il avait prêté allégeance au *jarl*, et celui-ci lui avait proposé, au cours d'un entretien privé, de lui arranger un mariage. Aevir l'avait accepté comme étant une étape nécessaire à la réalisation de ses ambitions.

Seulement, il était loin de s'imaginer que cela se produirait aussi vite.

— Aevir ?

La voix de Lord Vidar le ramena à la réalité.

— Vous ne semblez guère heureux de cette nouvelle.

Aevir secoua la tête.

— J'en suis très heureux, mais surpris. Qui est la femme ?

Il comprit que sa réponse n'avait pas convaincu Lord Vidar quand un pli soucieux creusa le front de ce dernier.

Le *jarl* se pencha vers lui et, baissant la voix, ajouta :

— Je sais que vous avez déjà été marié. Je comprendrais si vous vouliez attendre...

— Non.

L'image de la seule femme qu'il ait jamais aimée traversa l'esprit d'Aevir.

Elle s'était moquée gentiment de lui après qu'il eut glissé sur un lac gelé, alors qu'il essayait de ramener un porc vivant chez lui, l'animal se débattant comme un beau diable. Il s'agissait de leur toute première rencontre et, les rares fois où il s'autorisait encore à penser à elle, c'était toujours ainsi qu'il la voyait, jeune et rieuse.

Mais il refusait de songer à elle aujourd'hui, et il refoula ce souvenir aux confins de son cœur.

Son premier mariage avait été inspiré par l'amour. Le prochain ne serait dicté que par l'ambition.

— Merci, milord. Mais il est inutile d'attendre. Qui sera mon...

Il ne pouvait prononcer le mot *épouse*. Il ne le ferait jamais.

— Avec qui dois-je me marier ? reprit-il.

— Elle s'appelle Annis, et c'est une connaissance de mon frère, Eirik. Son père était un puissant Saxon. Il l'est toujours, bien qu'il soit à présent placé sous l'autorité d'Eirik.

— Est-elle noble ?

— La famille est apparentée au roi Ecgberth de Northumbrie, et la dot comportera une vaste portion de terres.

— Mais pas à Alvey ?

Le *jarl* secoua la tête.

— Non. Plus au sud. Mais pas aussi loin cependant que le territoire d'Eirik. J'avais songé à offrir la position à Rolfe, mais il préférait rester à Alvey.

Lord Vidar sourit avec indulgence, avant d'ajouter :

— Il n'avait pas non plus caché son petit faible pour Elswyth.

Redevenant sérieux, il conclut :

— Quoi qu'il en soit, cet arrangement convient davantage à un homme comme vous.

Aevir avait conscience que l'union lui serait profitable. Elle lui apporterait une position puissante et lui donnerait accès au cercle de ceux qui gouvernaient.

Quant à la vie commune, ce n'était aucunement une obligation.

Rien ne l'empêchait d'épouser cette inconnue, de consommer le mariage, et de la tenir ensuite à distance. Il pourrait continuer à manier l'épée, tandis qu'elle resterait au foyer. En fonction des sentiments qu'elle éprouvait pour les Danois, peut-être même serait-elle enchantée de cet arrangement. C'était d'ailleurs cela qu'il avait imaginé quand il avait décidé qu'un autre mariage lui était nécessaire pour atteindre son but.

— Que savez-vous de cette Annis ? demanda-t-il.

Lord Vidar sourit avec bienveillance.

— La dernière fois que je l'ai vue, ce n'était qu'une enfant. Mais cela remonte à des années, et j'imagine qu'elle a quelque peu grandi depuis.

Aevir ressentit une soudaine inquiétude. Il ne prisait ni les gamines ni les mariages forcés.

— Il s'agit donc d'une jeune fille innocente ?

— Nullement. Elle est veuve. Son mari, un Saxon, est mort récemment, et ils n'ont pas eu d'enfants.

Voilà qui était préférable. Peut-être pleurait-elle toujours son époux et ne serait-elle pas encline à se rapprocher du nouveau...

Et cependant, le fait de se trouver confronté à la réalité lui inspirait une crainte qui pesait comme du plomb dans ses entrailles.

Balayant la foule en liesse, son regard s'arrêta sur Ellan et son sourire éblouissant.

Le simple fait de la contempler réchauffait en lui des territoires gelés depuis des années.

Jusqu'à cet instant, il n'avait pas pris conscience que la possibilité de vivre quelque chose avec elle avait pris racine en lui, et commençait à bourgeonner dans sa poitrine.

N'était-ce pas totalement ridicule ?

Mis à part le fait qu'il la soupçonnait de se trouver à Alvey pour des raisons peu avouables, force lui était de reconnaître qu'Ellan n'était qu'une simple fille de ferme, en dépit du titre de suzerain de Banford dont disposait son père. Aussi ne pouvait-elle lui apporter le statut auquel il aspirait.

— D'après vous, quand le mariage pourrait-il avoir lieu ?

Le visage du *jarl* s'illumina.

Apparemment, ce dernier était convaincu de l'enthousiasme d'Aevir.

— Vous la rencontrerez après le dégel du printemps. Nous nous rendrons sur place ensemble, en espérant que nos soucis avec les Écossais nous le permettent.

Aevir se força à sourire, mais il lui sembla que ses lèvres étaient de bois tant il avait de mal à les mouvoir.

Le *jarl* parut toutefois s'en satisfaire, et se pencha pour lui prendre le bras.

Aevir resta un moment pour accepter les félicitations des hommes autour de lui, avant de demander l'autorisation de se retirer.

Pressentant que l'occasion ne se représenterait pas de sitôt, il se mit en tête de persuader Ellan de passer la nuit avec lui.

Il partait dès le lendemain matin patrouiller le long de la frontière nord, et il avait envie de savoir ce que cela faisait de se perdre en elle.

À sa façon de proclamer qu'elle avait le droit d'embrasser qui elle voulait, il imaginait qu'elle n'était pas aussi innocente que Lord Vidar voulait bien le croire. Comme elle n'était pas liée par le sang au *jarl*, la punition pour l'avoir touchée prendrait probablement la forme bénigne d'une amende. Et c'était un prix qu'il était prêt à payer pour être avec elle.

Aussitôt, il la chercha des yeux, et il eut un pincement au cœur en découvrant qu'elle avait disparu. Lady Gwendolyn et les autres femmes riaient en se tenant par la main tandis qu'elles dansaient en cercle, mais Ellan ne se trouvait plus parmi elles.

Se frayant un passage parmi la foule, il ouvrit la porte et sortit dans la nuit froide, sincèrement inquiet à l'idée qu'un homme ait pu l'enlever. L'hydromel avait coulé à flots cette nuit, et le mariage avait forcément donné des idées à la plupart des hommes, comme c'était d'ailleurs son propre cas.

La cour était déserte car presque tout le monde était

rassemblé dans la grande salle. Quelques-uns avaient déjà regagné leurs paillasses, mais il faisait trop froid pour s'attarder à l'extérieur.

Un bruit d'étoffe froissée l'attira vers l'angle de la galerie, où il découvrit Ellan appuyée contre la façade en bois, le visage levé pour mieux sentir sur sa peau la caresse du vent frais. Quelques mèches de cheveux s'étaient échappées de sa natte, et sa couronne de lierre était légèrement de travers, mais cette apparence échevelée ne la rendait que plus belle.

Quelque chose en lui se noua tandis qu'il la regardait, et sa propre voix lui parut étrangement enrouée lorsqu'il prit la parole.

— Que faites-vous ici ?

Elle ouvrit de grands yeux effrayés.

— Aevir ! Vous m'avez fait peur.

Il se méprisait presque d'avoir autant envie d'elle.

Cette situation ne fit rien pour adoucir la rudesse de son intonation.

— Il est dangereux pour vous d'être dehors toute seule.

Un instant, elle parut alertée par sa brusquerie, mais elle se ressaisit et lui offrit un sourire hésitant.

— Mais je ne suis pas seule : vous êtes là, maintenant.

Elle avait les yeux brillants et les joues rougies par la danse. Un léger voile de transpiration faisait briller son visage, et il brûlait d'envie de lécher le sel de sa peau.

— Et en quoi est-ce plus rassurant pour vous ?

Sans s'en rendre compte, il s'était rapproché, et ne se tenait plus qu'à un pas d'Ellan.

Levant les yeux vers lui, elle répondit, avec une touchante innocence :

— Parce que je sais que vous ne me ferez aucun mal.

Sa lèvre inférieure était moite et charnue, et il ne put s'empêcher de se rappeler la façon dont Ellan l'avait embrassé dans le cellier.

— Vous avez raison. Le plaisir est tellement préférable.

Il posa les mains de part et d'autre de son corps, prenant appui contre les rugueuses planches de bois derrière elle. Il se sentait comme un papillon de nuit, attiré par la lumière qui allait le détruire, mais incapable de résister à sa beauté.

Ellan eut un petit hoquet de surprise, comme si elle prenait seulement maintenant la mesure du danger qu'elle courait, et posa les mains à plat contre son torse.

Toutefois, elle ne le repoussa pas.

— Vous savez que Lord Vidar ne permettrait pas…

Elle déglutit avec peine, et ne parut pas en mesure d'aller jusqu'au bout de sa pensée.

Sans plus réfléchir, il se pencha de sorte que ses lèvres effleurent l'oreille d'Ellan.

L'odeur de celle-ci envahit ses sens, et le désir qui se propagea brutalement en lui s'apparenta à l'ivresse.

— Venez au lit avec moi, Ellan.

— Aevir ! dit-elle, sur un ton de protestation.

Mais lorsque son regard croisa le sien, il vit briller dans ses yeux la réponse à son propre désir.

La promesse des faveurs qu'elle pourrait lui accorder vibra en lui.

Il aurait pu la prendre contre ce mur s'il l'avait voulu, mais ce n'était pas ainsi qu'il voyait les choses. Ellan méritait un lit, et lui-même méritait une nuit complète pour l'évacuer définitivement de son esprit.

— Ellan !

La voix légèrement essoufflée et anxieuse de Lady Gwendolyn s'éleva dans la nuit.

— Êtes-vous là ?

Le bruit des festivités leur parvenait par la porte ouverte de la grande salle.

Les grands yeux d'Ellan croisèrent ceux d'Aevir, et elle eut un petit mouvement de tête désolé, avant de plonger sous son bras tendu pour se dérober.

— Je suis là, répondit-elle. Il faisait tellement chaud à l'intérieur que je suis sortie prendre l'air un moment.

La réponse de Lady Gwendolyn se perdit tandis qu'elles regagnaient la salle ensemble.

Resté seul, Aevir laissa échapper un soupir de frustration. Une partie de lui remerciait les dieux d'être intervenus avant qu'il n'aggrave son obsession pour Ellan, tandis qu'une autre rêvait de l'attraper à bras-le-corps pour la mettre à califourchon sur son épaule, la jeter sur son lit, et passer le reste de la nuit à se perdre en elle.

Au bout d'un moment, il prit une profonde inspiration, destinée à le calmer, et se redressa.

L'air frais qui pénétra dans ses poumons le ramena à la raison.

Il était bon qu'ils aient été interrompus. Jamais il n'aurait dû prendre le risque de provoquer l'ire de Lord Vidar pour passer la nuit avec Ellan.

Demain, il retournerait comme prévu à la frontière nord pour aider à neutraliser la menace que représentaient les Écossais.

Et il comptait bien parvenir à oublier cette fille qui semblait lui avoir jeté un sort.

2

Le père d'Ellan arriva une semaine plus tard pour lui ordonner de rentrer avec lui au domaine familial de Banford.

Cette visite n'aurait pas dû la surprendre, pourtant, mais Ellan n'avait pas réalisé jusqu'alors combien elle espérait qu'il l'avait tout simplement oubliée.

Et puis soudain, la nouvelle de la venue de son père s'était répandue.

Depuis, elle avait vécu dans l'angoisse de ces retrouvailles.

Redressant les épaules, elle rassembla son courage et franchit la double porte d'enceinte pour aller l'accueillir, en laissant derrière elle la sécurité que lui offraient les murs d'Alvey.

Elle allait l'affronter, lui dire en termes résolus qu'elle avait l'intention de rester à Alvey, puis elle regagnerait la petite alcôve au-dessus de la grande salle qui était devenue son refuge depuis plusieurs mois.

Il n'était pas question que la conversation donne lieu à un autre dénouement que celui-ci.

Si elle se laissait aller à penser que tel pourrait être le cas, alors elle risquait de succomber au désespoir.

Retourner à Banford était comparable à la mort. Il n'y avait rien pour elle là-bas.

Elle voulait rester à Alvey et connaître un bonheur identique à celui qu'Elswyth avait trouvé avec Rolfe.

Leur mariage avait été si rapide et si inattendu qu'Ellan avait encore du mal à croire que tout cela était bien réel.

Naturellement, cela pouvait tenir au fait qu'elle passait ses journées à essayer d'apercevoir Aevir, et ses nuits à rêver de lui... Même lorsqu'elle songeait au mariage de sa sœur, elle se rappelait combien Aevir était séduisant dans ses atours de cérémonie !

Si seulement son père n'était pas arrivé ce soir, ou s'il avait au moins daigné installer son bivouac dans l'enceinte de la forteresse plutôt qu'à l'extérieur, peut-être se serait-elle sentie un peu plus courageuse.

Elle leva les yeux vers le ciel. Pas une seule étoile n'était là pour lui éclairer la voie.

Frissonnant face à l'inquiétante obscurité, elle resserra les pans de sa cape autour de ses épaules.

Le nombre de guerriers danois qui résidaient maintenant à Alvey était trop important pour que ces derniers soient contenus entre ces murs. L'excédent avait donc établi leur campement à proximité. Leurs feux dessinaient un large chemin lumineux jusqu'à la forêt, projetant des ombres fantomatiques sur la toile claire de leurs tentes.

Elle s'en détourna pour se diriger vers un feu plus petit, dressé à l'écart des autres. Son père était trop orgueilleux pour se joindre à ceux qu'il considérait comme ses ennemis.

Court de taille et filiforme, il était penché sur un tournebroche où rôtissait ce qui ressemblait à un lapin.

Lorsqu'elle s'approcha, son père se redressa. Même

à cette distance, elle pouvait voir qu'il la fixait avec désapprobation.

C'était l'impression qu'il arborait invariablement quand il posait les yeux sur elle.

S'il avait existé un temps où il l'avait regardée avec amour et compréhension, elle ne s'en souvenait pas. Depuis que sa mère s'était enfuie, bien des années auparavant, elle n'avait eu droit qu'à des critiques incessantes, et à la suspicion qu'elle finirait elle aussi par trahir sa famille un jour ou l'autre.

Après tout, ne ressemblait-elle pas trait pour trait à sa mère ? La trahison devait dès lors paraître inévitable.

Godric attendit qu'Ellan entre dans la maigre lumière dispensée par le feu, avant d'assener :

— Tu te marieras dans quinze jours.

Bien qu'Ellan ait fait tout son possible pour se préparer à ce moment, les premières paroles de son père, après des mois de séparation, lui causèrent une douleur cuisante.

Il n'avait pas eu le moindre mot tendre, n'avait pas exprimé un quelconque sentiment de manque du fait de son absence. Il s'était contenté de cette annonce brutale.

Elle était un poids dont il voulait se débarrasser, et non une fille chère à son cœur qu'il avait envie d'accueillir à bras ouverts.

À nouveau, une image d'Aevir lui traversa l'esprit. Cela faisait maintenant quelques heures qu'il était revenu à Alvey, mais il avait été trop occupé à discuter avec Rolfe et Lord Vidar d'une révolte des Écossais pour regarder dans sa direction.

Si seulement il lui avait été possible de l'épouser...

— Vous avez enfin trouvé quelqu'un qui vous débarrassera de mon encombrante présence, dit-elle.

Elle avait voulu s'essayer au sarcasme, mais sa remarque tomba à plat.

— Un Saxon, j'imagine, ajouta-t-elle.

La lumière du feu de camp oscillait dans la nuit, dessinant des ombres inquiétantes sur le visage de son père marqué par les ans, et faisant paraître plus féroce encore l'expression malveillante de ce dernier.

Sa décision n'aurait pas dû la surprendre.

Des menaces de mariage planaient au-dessus de sa tête depuis des années, mais jamais aucune décision n'avait été prise. C'était bien réel cette fois, cependant, et elle ne pouvait rien faire pour y échapper.

Son père avait conclu un accord avec un inconnu, sans se préoccuper de savoir si elle approuvait ou non son choix, se débarrassant tout bonnement sur quelqu'un d'autre de sa responsabilité envers elle.

Les lèvres de son père s'étirèrent en un sourire qui le fit ressembler à un molosse retroussant ses babines avant de mordre.

— Ta lady s'est peut-être abaissée à épouser un barbare danois, mais ce ne sera pas ton cas.

Son père était un fier Saxon, qui préférait combattre l'envahisseur venu du Nord plutôt que de faire la paix avec lui.

Lorsqu'il avait appris le mariage de Lady Gwendolyn avec Lord Vidar, il s'était emporté, hurlant qu'il aimerait mieux voir ses filles mortes que mariées à des barbares.

Même si Lady Gwendolyn avait tout mis en œuvre pour instaurer la paix entre son peuple bien-aimé et les Norrois, il la haïssait plus que tout.

La rumeur courait même qu'il avait commencé à rencontrer en secret des Écossais, et complotait contre Alvey.

Pour le moment, Ellan ignorait s'il y avait un fond de vérité dans ces allégations.

Instinctivement, son regard se porta vers les murs de la forteresse qui se dressaient derrière elle, lui offrant une présence rassurante.

— Je voudrais pouvoir choisir mon mari, dit-elle timidement, impressionnée malgré elle.

— Tu m'appartiens jusqu'à ton mariage. Tu feras ce que je dis.

Elle voulut protester, mais il n'y avait pas de mots pour combattre la cruauté de son père.

La décision sans appel de l'homme qui lui avait donné la vie était comme une lame acérée lui arrachant le cœur pour ne laisser à la place qu'un trou béant de noirceur et d'effroi.

Un frisson la traversa, et elle serra les dents jusqu'à en avoir mal à la mâchoire.

Donner l'apparence du sang-froid était sa seule défense.

Il ne devait pas deviner combien elle était terrifiée, ni à quel point il l'avait blessée.

Elle ne lui donnerait pas cette satisfaction.

— Et qui donc sera mon mari ?

Elle glissa un discret coup d'œil vers son frère aîné, Galan, qui était venu prendre place à côté de leur père.

Son attitude était impassible.

Elle aurait voulu lui demander s'il approuvait cette union, mais elle tint sa langue et ravala le goût amer de la trahison dont il faisait preuve à son égard.

De toute évidence, il s'était laissé contaminer par la haine qu'exprimait sans relâche leur père.

À la question qu'elle venait de lui poser, ce dernier secoua la tête, arborant une expression fermée.

— Tu le rencontreras bien assez tôt.

— Ainsi, il n'est pas de Banford ?

À nouveau, il eut un geste de dénégation, et détourna les yeux.

— Non. Je suis venu directement de son village après avoir arrangé l'affaire.

S'il n'en tenait qu'à lui, il était plus que probable qu'elle ne rencontrerait pas son fiancé avant le mariage.

D'ailleurs, si un minimum de civilité n'avait pas été attendu de sa part, il y avait fort à parier que son père aurait été capable de la livrer dans un sac en toile de jute, la jetant aux pieds de son futur mari comme un colis encombrant.

Heureusement, tout ne dépendait pas de son père.

Elle avait le droit de refuser d'épouser l'homme qu'il lui imposait.

Ou en tout cas, elle voulait le croire, et était prête à se battre pour conquérir ce droit.

D'ailleurs, n'avait-elle pas déjà décidé qu'Alvey serait son nouveau foyer ? Cela seul suffisait à renforcer sa détermination.

Il lui appartenait à présent de retourner à l'intérieur avant que son père ne l'oblige à disparaître dans la nuit avec lui.

Ensuite, il lui faudrait convaincre Lord Vidar et Lady Gwendolyn de prendre son parti.

Mais elle aurait tout le temps de voir cela le lendemain matin…

Faisant un effort pour empêcher sa voix de trembler, elle dit :

— Eh bien, j'ai hâte de le rencontrer.

Elle aurait mieux fait de se taire…

Les yeux de son père s'étrécirent de doute.

Jamais auparavant elle n'avait laissé entendre qu'elle serait ravie qu'il arrange un mariage pour elle. Prétendre cela à présent ne pouvait naturellement attirer que la suspicion.

— C'est un plaisir de te revoir, Ellan. Tu nous as manqué.

Galan s'avança, semblant déterminé tout à coup à mettre fin à la tension qui régnait entre leur père et elle.

Affichant une expression affectueuse, il l'attira dans ses bras.

Pendant un bref instant, elle s'autorisa à puiser du réconfort dans sa solide accolade. Enfant, c'était toujours auprès de son frère qu'elle se réfugiait lorsqu'elle s'était écorché un genou, ou qu'il y avait une écharde à retirer.

C'était d'autant plus triste de savoir qu'il n'interviendrait pas pour l'aider maintenant.

— Moi aussi, je suis heureuse de te revoir, dit-elle.

Puis elle s'empressa de s'écarter, de peur que ses défenses ne s'effondrent pour de bon.

— Nous partirons demain matin pour Banford, décréta son père.

— Elswyth également ?

Mais pourquoi diable avait-elle posé cette question ? Elle savait bien que sa sœur était beaucoup trop éprise de son époux pour le quitter.

— Bien sûr !

La voix de son père était un peu trop fière pour ne pas être forcée. En fait, il n'en était absolument pas certain.

— C'est ce qu'elle a dit ? ne put-elle s'empêcher de demander.

Il se crispa.

— Elle fera ce que je lui dirai de faire. Elle m'a toujours obéi.

Il avait l'air de plus en plus suspicieux, et Ellan s'efforça de paraître docile.

Son père ne devait pas se douter qu'elle avait l'intention de se rebeller et de rester à Alvey. Sinon, elle ne réussirait jamais à retourner à l'intérieur de la forteresse. Or, sa seule véritable chance de ne pas partir avec lui était de se réfugier derrière ces murs sans tarder.

Elle avait fait une grave erreur en sortant parler à sa famille. S'il le voulait, son père pouvait l'enlever sur-le-champ et disparaître avec elle dans la nuit.

Instinctivement, elle recula de quelques pas.

Les Danois riaient et parlaient fort dans leur campement, mais ils ne lui viendraient pas en aide. Aucun homme ne s'interposerait entre un père et sa fille. Sauf peut-être Lord Vidar...

— S'il nous faut partir au lever du jour, je devrais sans doute retourner à l'intérieur pour prévenir Elswyth que nous devons rassembler nos affaires...

— Il n'y a rien dont vous ayez besoin qui provienne d'Alvey.

Les pensées d'Ellan se bousculèrent dans sa tête, alors qu'elle commençait à comprendre que son père n'avait nullement l'intention de l'autoriser à revenir sur ses pas.

Quelle idiote ! Elle aurait dû s'en douter.

Elle était sortie car elle désirait obtenir l'approbation de son père. Et peut-être aussi espérait-elle qu'il la prendrait dans ses bras, en lui disant qu'il était heureux de la revoir.

Mais ce n'était qu'une ridicule illusion. Il ne se souciait

pas d'elle, et n'éprouverait jamais aucune tendresse paternelle à son égard.

— Vous avez raison, dit-elle pour l'amadouer. Cependant, Lady Gwendolyn nous a offert à chacune un bracelet en or. Ils ont une certaine valeur, ce qui pourrait être de quelque utilité.

Il n'y avait pas de bracelets, mais elle était prête à inventer n'importe quoi pour s'échapper.

Lorsqu'une lueur d'intérêt s'alluma dans le regard de son père, elle sut qu'elle avait gagné.

Si la rumeur qui le disait prêt à rejoindre les Écossais recelait quelque vérité – et elle était presque certaine que c'était le cas, à en juger par sa réaction –, alors il aurait besoin d'argent pour acheter des armes.

Il lui adressa un bref signe de tête, et elle se tourna précipitamment, presque malade de soulagement tandis qu'elle regagnait la forteresse.

Le cœur d'Ellan battait à tout rompre, elle avait la tête qui tournait et ses jambes semblaient aussi pesantes que si elle s'enfonçait jusqu'aux chevilles dans un terrain boueux.

Les portes ouvertes se dressaient au loin, comme une lueur d'espoir, guidant ses pas sur un chemin qui lui paraissait interminable.

Elle eut l'impression de respirer à nouveau normalement quand enfin elle franchit l'entrée.

La cour était encore emplie d'hommes même à cette heure tardive, et les gardes ne firent pas attention à elle.

L'effervescence habituelle qui régnait à Alvey vibrait

dans l'air mais, au lieu de la stimuler, cela eut au contraire pour effet de l'épuiser.

Ses épaules tremblaient de l'effort qu'elle avait accompli pour donner l'apparence d'une attitude inébranlable, et ses jambes menaçaient de se dérober sous elle.

Elle appuya la main contre le mur. La pierre froide et rugueuse s'imprima dans sa paume, et elle accueillit cette désagréable sensation avec soulagement.

Jamais elle ne quitterait à nouveau Alvey, pas si elle pouvait l'éviter.

Il restait à savoir si elle aurait le choix.

Si Lord Vidar décidait qu'il y avait lieu de la remettre à son père, alors elle serait contrainte de partir. Désobéir l'exposerait à être punie, et probablement à être livrée pieds et poings liés à sa famille.

— Ellan.

Une voix suave l'appelait et elle tourna la tête.

Un étrange soulagement la traversa, mêlée à une sensation de frémissement au creux du ventre, semblable à une envolée de papillons.

Aevir traversait la foule, émergeant dans la lumière diffusée par une torche.

Il marchait comme un homme contrôlant la situation, absolument persuadé que rien ni personne ne se mettrait entre lui et le but qu'il poursuivait. Et, en effet, les guerriers s'écartaient tous sur son passage.

Comme à son habitude, il était vêtu de riches étoffes, dont on voyait qu'elles avaient été peu portées. Elle n'en fut que plus consciente de l'aspect élimé de sa propre tunique.

— Aevir ? Je ne m'attendais pas à vous voir.

Elle grimaça en découvrant combien sa propre voix paraissait essoufflée.

Elle ne savait pas quoi penser de leur dernière rencontre. Étant donné que depuis son retour il n'avait même pas pris la peine de remarquer sa présence, elle en venait à se demander s'il n'avait pas déjà oublié ce qui s'était passé entre eux.

Il jeta un coup d'œil vers les portes ouvertes, comme s'il percevait le danger qu'il y avait pour elle à l'extérieur, avant de s'arrêter devant elle.

Il apportait avec lui des odeurs du dehors : senteur verte et piquante des sapins, fraîcheur limpide de la nouvelle neige, odeur fumée des braseros.

S'y mêlait aussi une fragrance épicée qu'elle ne parvenait pas à identifier. Cela ne manquait jamais de lui donner envie d'enfouir le visage dans son cou et de respirer son odeur tout son soûl.

— Où étiez-vous ? demanda-t-il.

Observant son visage impassible, elle ne put s'empêcher d'admirer ses cheveux longs et épais relevés sur le haut de son crâne par une demi-queue, tandis que le reste de sa chevelure flottait librement sur ses épaules.

— Je parlais avec mon père.

Elle frissonna tandis qu'elle jetait un coup d'œil vers les portes, et resserra les pans de sa cape autour d'elle. Elle détestait sa manière de réagir devant Aevir, mais était incapable de maîtriser sa réaction.

Lorsqu'il était proche d'elle, c'était comme si elle devenait incapable de penser. Souvent, il lui arrivait de trébucher, ou de mal estimer la distance entre son pichet et le gobelet qu'elle devait servir.

Il devait probablement la prendre pour une nigaude…

C'était à cause de ses yeux si elle réagissait ainsi. Ils étaient d'un bleu si pâle qu'ils paraissaient transparents. Et ils semblaient regarder directement au fond de son âme, y découvrant beaucoup plus que ce qu'elle était prête à dévoiler.

Le regard d'Aevir s'attarda sur son visage, d'une façon qui lui provoqua des choses étranges et merveilleuses au creux du ventre.

— Que vous a dit Godric ?

Sa voix semblait teintée d'une suspicion qui la fit tiquer.

Elle haussa les épaules.

— Comme d'habitude. Les Danois sont des monstres, tandis que les Saxons ont toutes les qualités.

Il esquissa un sourire.

Redevenant sérieuse, elle ajouta :

— Il veut que nous rentrions à Banford dès demain matin.

Aevir soupira, et la chaleur de son souffle caressa le visage d'Ellan.

— Alors, c'est un adieu ?

Il y avait quelque chose d'étrange dans son comportement ce soir.

— J'espère que non, répondit-elle, avec plus d'honnêteté qu'elle n'en avait eu l'intention.

Tandis qu'il relâchait doucement son souffle, le regard d'Aevir croisa le sien.

Une flamme étrange s'alluma dans les yeux du guerrier, avant qu'il ne les pose sur sa bouche.

— Que voulez-vous, Ellan ?

Ses lèvres charnues se retroussèrent sur des dents parfaitement alignées, tandis que de petites rides se creusaient aux coins de ses yeux. Ainsi, il ressemblait moins à un dieu nordique et plus à un humain capable de sentiments.

Jamais auparavant elle n'avait ressenti une telle attirance pour un homme.

Le souvenir de leur baiser essayait de prendre le dessus sur ses pensées, mais elle le repoussa avec détermination.

— Je veux rester ici.

— Vraiment ?

L'air surpris, il avait légèrement incliné la tête.

— Comment allez-vous faire pour contrecarrer les plans de votre père ?

Elle haussa les épaules.

— Je vais parler avec Lady Gwendolyn. Je suis certaine qu'elle me permettra de rester.

Si seulement elle avait été aussi confiante qu'elle voulait en donner l'apparence !

— Il est possible qu'elle souhaite que vous restiez, en effet, dit-il, pensif. Mais ne pensez-vous pas que votre père insistera ? Lady Gwendolyn ira-t-elle contre sa volonté, en prenant le risque de s'attirer davantage les foudres des Saxons ?

Ellan se posait exactement la même question.

Ravalant sa panique, elle répondit :

— Je l'ignore. Cependant, je sais qu'elle condamne les mariages forcés. Son propre mariage s'est finalement avéré heureux, mais elle n'approuve pas cette pratique des unions arrangées. Elle parlera à mon père, j'en suis convaincue.

— Un mariage forcé ? Godric vous a-t-il trouvé un époux ?

Un pli soucieux s'était creusé entre les sourcils d'Aevir.

Ellan aurait voulu croire que cet intérêt soudain était

d'ordre personnel, mais elle ne pensait pas que la nature de leur relation puisse lui inspirer une telle préoccupation.

— En effet. Mais il n'a pas voulu me dire son nom.

— Pour quelle raison ? N'êtes-vous pas proche de votre père, Ellan ?

Peut-être était-ce dû à l'anxiété engendrée par la soirée, ou peut-être au réconfort que lui apportait la présence d'Aevir, mais quelque chose l'incita à lui en dire plus qu'elle ne l'aurait dû.

— Dire que je ne suis pas son enfant préféré serait un euphémisme et non des moindres. Il veut seulement se débarrasser du poids que je représente pour lui.

— Il n'aime pas ses propres filles ?

— Il apprécie Elswyth, à la rigueur. Ou tout du moins était-ce le cas avant qu'elle n'épouse un Danois. Il n'y a que moi qu'il déteste.

Elle secoua la tête, tandis que le rouge lui montait aux joues d'avoir ainsi révélé sa honte la plus intime.

— Mais peu importe ! Il ne peut pas me contraindre à cela.

— En êtes-vous sûre ?

Lui-même ne paraissait pas convaincu.

À dire vrai, Ellan n'en était absolument pas certaine, et c'était bien là le problème. Selon toute probabilité, elle serait mariée dans quelques jours à un Saxon inconnu.

Son esprit fonctionnait à une vitesse folle, cherchant une solution pour échapper à ce piège.

Aevir croisa les bras sur son large torse, adoptant de nouveau une expression indéchiffrable.

— Vous pourriez faire comme votre sœur. Épousez quelqu'un d'autre, et votre père n'aura plus aucun contrôle sur vous.

Ellan se figea, ne comprenant pas pourquoi elle n'y avait pas pensé plus tôt.

Lord Vidar ne séparerait jamais Elswyth et Rolfe. Personne ne pouvait s'interposer entre un mari et sa femme.

Ce plan était si parfait qu'elle avait envie de sauter au cou d'Aevir. Elle réussit toutefois à maîtriser cet élan malvenu.

— Vous avez raison. Je peux me marier sans son approbation. Et ensuite, mon père ne pourra plus exiger que je lui obéisse.

— Avez-vous quelqu'un en tête ?

— Non. Mais il faudrait que ce soit quelqu'un qui n'ait aucun compte à rendre à mon père. C'est pourquoi un Danois serait l'idéal.

— N'importe quel Danois ferait l'affaire ?

Il plissa les paupières, et fixa à nouveau sa bouche.

Ellan sentit son cœur s'emballer.

Elle savait pertinemment qu'Aevir ne se proposerait jamais pour ce rôle. Elle n'avait ni fortune ni statut à offrir à un guerrier qui commandait sa propre troupe. Et cependant, quand elle pensait au mari qu'elle pourrait prendre, c'était lui qu'elle voulait.

Était-ce réellement aussi chimérique qu'elle le supposait ?

Elswyth avait bien épousé Rolfe, qui commandait toute la division scandinave de l'armée de Lord Vidar. Et Rolfe ne s'était visiblement pas laissé rebuter par le fait qu'elle n'avait rien d'autre à lui offrir hormis sa personne.

Il était vrai cependant qu'elle-même connaissait à peine Aevir, mais elle n'en savait pas davantage de l'homme que son père voulait lui imposer.

Si elle ne posait pas la question, alors elle ne le saurait jamais.

Prenant une profonde inspiration, destinée à lui donner du courage, elle esquissa un sourire et essaya de faire en sorte que son intonation se teinte de légèreté et de plaisanterie.

— Vous ne chercheriez pas une épouse, par le plus grand des hasards ?

3

Face à ces ravissants yeux verts levés vers lui en une tendre supplique, un surprenant élan de protection submergea Aevir.

C'était si soudain et si puissant qu'il vacilla sur ses jambes, faisant malgré lui un pas en arrière.

Il ne devait pas oublier qu'Ellan était peut-être de mèche avec son père, dans le complot que celui-ci fomentait avec les Écossais.

— Je ne peux pas vous épouser, dit-il.

À sa grande surprise, le sourire d'Ellan s'élargit.

— Eh bien, dans ce cas, je vais devoir trouver quelqu'un d'autre.

Elle haussa les épaules et, comme si son refus ne lui importait guère, elle commença à scruter les guerriers qui allaient et venaient autour d'eux.

Était-elle à ce point déterminée à contrecarrer les projets de son père, ou bien s'agissait-il d'une ruse alambiquée pour se rapprocher d'un combattant danois ?

Il ne parvenait pas à trancher.

Lui qui gagnait pourtant sa vie grâce à sa capacité à évaluer rapidement et avec précision ses opposants, comme ses commanditaires éventuels, était dans l'incapacité de déterminer si cette fille était sincère.

Le désir qu'il éprouvait pour elle l'empêchait de voir la vérité, et ça la rendait dangereuse pour lui.

Rolfe ne semblait pas penser que les deux sœurs représentaient une menace. Il lui avait même dit qu'elles étaient tout aussi victimes de la haine de leur père que l'étaient les Danois.

Peut-être avait-il raison...

Et si lui-même tenait absolument à ce qu'Ellan soit une espionne, c'était peut-être pour se débarrasser de la fascination qu'elle exerçait sur lui.

Lui adressant un bref signe de tête, il commença à se retourner.

Qu'elle se débrouille avec ses problèmes ! Cela ne le concernait en rien.

Mais, presque malgré lui, son regard se posa sur sa bouche, et il vit que ses lèvres tremblaient. Dans la lumière de la torche, ses yeux étaient anormalement brillants, scintillant de larmes retenues.

Qu'Odin ait pitié de lui ! Il avait envie d'aider Ellan.

Non, la vérité pure et simple était qu'il avait envie *d'elle*.

Avant qu'il ait le temps de réaliser ce qu'il faisait, et de s'interdire d'aller plus loin, il posa la paume sur sa joue, et passa le pouce sur ses lèvres.

Sa bouche était aussi chaude et douce que dans son souvenir.

Il s'attendait presque à ce qu'elle le repousse, mais elle se contenta de le fixer, muette dans sa douleur.

Pourquoi cette souffrance remuait-elle quelque chose de profondément enfoui en lui ?

— Je peux vous aider d'une autre manière, proposa-t-il soudain.

— Comment ?

La voix d'Ellan était à peine plus qu'un murmure.

— Devenez ma concubine.

Ses lèvres s'entrouvrirent sous l'effet de la surprise, et il dut faire un effort pour ne pas y écraser sa bouche.

Une part de lui voulait qu'elle refuse. Une part encore plus grande vibrait de fébrilité à l'idée qu'elle accepte.

— Lord Vidar ne le permettrait pas. Et que dirait mon père ? Non, vraiment, je...

Elle baissa les yeux, tout en resserrant sa cape autour de ses épaules.

Il était évident qu'elle n'était pas le genre de femme à devenir la concubine d'un guerrier. Elle n'était pas sophistiquée, ni particulièrement avisée des manières du vaste monde. Jusqu'à ce qu'elle vienne à Alvey, sa vie avait dû se résumer au domaine de Banford et à son village.

Le bon sens lui commandait de faire machine arrière, mais il ne pouvait s'y résoudre.

L'envie de la posséder était trop grande.

— Est-ce vraiment une surprise pour vous ? Vous savez bien que je vous désire.

Elle leva brièvement les yeux vers lui, et il vit qu'elle le désirait aussi.

Qu'elle soit prête ou non à l'admettre, elle était tentée d'accepter sa proposition.

— Je ne suis pas certaine de comprendre.

Elle murmurait à présent, comme si elle s'inquiétait d'être entendue.

— En quoi cet arrangement m'aiderait-il ?

— Vous seriez sous ma protection. J'offrirais une

compensation à Godric, de sorte qu'il n'aurait pas à vous contraindre au mariage.

— Et je devrais...

Elle fit un effort visible pour avaler sa salive.

— Je devrais...

— Partager mon lit, vous occuper de mes vêtements et de mes repas, bref, tout ce qu'une épouse ferait. En échange, je vous offrirais de quoi vivre et vous protégerais.

Elle releva la tête et chercha son regard.

— Et après ?

— Comment cela, après ?

— Je suppose que de tels arrangements ne sont pas permanents.

Il faisait trop sombre pour bien y voir, mais il aurait pu jurer que le visage d'Ellan s'était empourpré.

À dire vrai, il n'avait pas réfléchi aussi loin, et jamais auparavant il n'avait gardé une femme plus de quelques semaines.

Ce serait quelque chose de nouveau pour lui...

Haussant les épaules, il répondit :

— Je vous récompenserai pour votre loyauté, vous laissant ce qu'il faut pour voir venir jusqu'à ce que...

— Jusqu'à ce que je trouve un autre protecteur.

Il acquiesça d'un bref signe de tête, n'appréciant pas du tout l'idée de la savoir avec un autre homme. Toutefois, lorsque cela se produirait, il se serait probablement déjà lassé d'elle.

Après une pause, elle reprit :

— Lord Vidar ne le permettrait pas.

Il secoua la tête.

— Il est probable que cela ne lui plairait guère, en effet, mais il l'autoriserait malgré tout.

Aevir était certain de pouvoir obtenir la coopération du *jarl*, à condition que le père et le promis reçoivent une compensation. C'était de ces derniers qu'il fallait attendre les plus rudes objections, mais il était prêt à tout pour Ellan.

— Aevir...

Elle s'interrompit et soupira.

— Vous savez sans doute que je... vous apprécie grandement.

Cet aveu lui fit baisser la tête, et Aevir eut soudain une envie folle de la prendre dans ses bras.

Il se contenta de lui sourire, avant de répondre :

— Je le sais. Accordez-moi une heure dans un lit, et vous n'aurez plus la moindre hésitation à mon sujet.

Il ne doutait pas un instant de réduire à néant les objections qu'elle pouvait avoir.

Un sourire hésitant apparut sur les lèvres d'Ellan.

— Si votre baiser en est un avant-goût, alors je vous crois sur parole. Mais je crains que ce ne soit qu'une solution temporaire. Une fois que notre arrangement aura pris fin, ma situation sera intenable.

— Comment cela ?

— Ma famille me reniera si je dis oui à votre proposition. Je serai alors contrainte d'accepter les avances du premier homme qui se présentera. Et qui peut m'assurer qu'il aura ma faveur ?

— Je ne vous laisserai pas sans rien. Vous recevrez une généreuse compensation.

Le visage d'Ellan se ferma, comme si cette déclaration la heurtait profondément.

— Vous en parlez avec une telle froideur.

Incapable de se retenir, il posa le bout des doigts sur sa joue.

— Il n'y aura pas de froideur entre nous, Ellan, murmura-t-il d'une voix soudain enrouée.

— Je le sais.

Elle chercha son regard, et il réalisa alors combien il s'était rapproché d'elle, au point que leurs souffles se mélangeaient.

— Et c'est justement ce que je crains, reprit-elle. Ce serait trop douloureux le jour où il nous faudrait nous séparer.

Il avait envie de l'embrasser, de la rassurer d'une façon ou d'une autre, mais il ne le pouvait pas.

Son cœur battait violemment, résonnant à ses oreilles.

Elle avait raison. Et c'était pour cela qu'il aurait dû s'en aller immédiatement, sans plus se soucier de ce qu'il allait advenir d'elle.

— Ellan...

Une lueur déterminée s'alluma dans les yeux de celle-ci, et elle se redressa fièrement.

Aussitôt, il laissa retomber son bras le long de son corps.

— Merci pour votre généreuse proposition, dit-elle. Mais je préfère le mariage et la sécurité permanente qu'il m'apportera.

Il n'en attendait pas moins d'elle, mais il ne put s'empêcher d'être déçu.

— L'offre reste ouverte si vous changez d'avis, dit-il.

Ellan en resta bouche bée. Il décida d'en profiter pour l'interroger sur Godric, ce qu'il aurait dû faire avant de lui offrir de devenir sa concubine.

Le fait qu'il ait envie de la mettre dans son lit, en dépit

de la menace potentielle qu'elle représentait, témoignait de son entichement pour elle.

L'attirance qu'elle exerçait sur lui était presque irrésistible. C'était comme s'il était écrit quelque part qu'il devait absolument la faire sienne.

— Avez-vous entendu les rumeurs selon lesquelles votre père comploterait avec les Écossais ?

La voyant hocher la tête, il continua :

— Savez-vous quoi que ce soit à ce sujet ?

— Non.

Elle grimaça un sourire teinté d'amertume.

— Croyez-moi, je serais la dernière personne à laquelle il se confierait s'il s'était associé aux Écossais.

Si ce qu'elle lui avait dit de sa relation avec son père était exact, alors il pouvait la croire.

Cependant, il insista, cherchant une faiblesse quelconque dans cette dernière affirmation.

— Mais le croyez-vous capable de le faire ?

Le conflit dont elle était la proie se lut sur son visage.

— Je n'en suis pas certaine. Cependant, je suppose qu'il serait prêt à tout pour combattre votre peuple. Il méprisait déjà les Danois avant... Mais sa haine s'est amplifiée quand ma mère l'a quitté pour un Viking.

— Ah...

Cela pourrait expliquer en partie le supposé complot de Godric.

— Je me doutais bien que son ressentiment à notre égard ne se limitait pas à la colère légitime d'un combattant désireux de défendre son pays. Quand votre mère est-elle partie ?

— J'étais encore une enfant.

L'expression affligée d'Ellan lui apprit que l'histoire

était plus complexe qu'elle ne le laissait entendre, mais il ne voulait pas se montrer trop insistant.

Moins il en connaîtrait de sa personnalité, mieux ce serait pour tous les deux.

En effet, il commençait à se dire que le fait d'avoir une certaine forme de proximité avec elle risquait de l'affecter beaucoup plus qu'il n'en avait eu l'intention au départ.

— Un homme de votre village, Osric, a été vu avec des Écossais, il y a quelques jours. Certains considèrent cela comme une preuve que votre père est impliqué aussi. Qu'en pensez-vous ?

Il scruta son visage, guettant le moindre signe de mensonge.

— Osric n'aurait jamais été trouver les Écossais de sa propre initiative. Mais ce que vous dites signifierait… Eh bien, que mon père serait coupable de trahison.

La détresse sur son visage semblait bien réelle, lorsqu'elle demanda :

— Pensez-vous vraiment qu'il pourrait faire cela ?

Aevir haussa les épaules.

— Je ne connais pas suffisamment bien Godric pour le dire avec certitude.

Mais il aurait parié tout ce qu'il possédait que l'homme était bel et bien en cheville avec les Écossais.

En revanche, il n'avait aucune certitude concernant les filles de ce dernier.

— Il sera interrogé sur son implication, et nous connaîtrons très vite la vérité.

Ellan semblait mal à l'aise, mais rien dans son expression ne suggérait qu'elle pouvait être complice de son père.

Peut-être Rolfe avait-il raison à propos des sœurs, après tout…

— Je ferais mieux de rentrer, dit-elle.

Il hocha la tête et fit un pas de côté.

— Bonne nuit, Ellan.

Elle marmonna une réponse, et se précipita vers la grande salle.

Il ne l'avait pas précisé, mais si la culpabilité de Godric était prouvée, alors Rolfe, ou peut-être même Lord Vidar, deviendrait le nouveau tuteur d'Ellan. Ses fiançailles seraient alors annulées.

Et si elle passait l'hiver à Alvey, il était certain de réussir à la mettre dans son lit avant le retour du printemps.

Avant qu'il soit obligé de partir pour se marier.

Ellan se pressa de rejoindre l'alcôve qu'elle avait partagée avec sa sœur jusqu'au mariage de cette dernière, il y avait de cela seulement quelques jours.

C'était un espace étroit, contenant un lit, une table et un tabouret. Autrefois, cette chambre lui avait paru confinée et encombrée, mais elle la trouvait à présent bien vaste et solitaire.

Avant qu'Elswyth s'installe dans la chambre de Rolfe, Ellan n'avait pas compris que la présence calme et rassurante de celle-ci lui manquerait autant.

Elle aurait tellement voulu que sa sœur tant aimée soit là.

Elle se serait blottie contre elle dans le lit, aurait rabattu la couverture au-dessus de leurs deux têtes, et lui aurait raconté ce que leur père avait dit.

Peut-être même lui aurait-elle confié la proposition choquante qu'Aevir lui avait faite…

Un rideau séparait l'alcôve du reste de l'étage. Ellan

alla le tirer, et en profita pour regarder du côté de la porte fermée de la chambre de sa sœur.

Le besoin de lui parler la taraudait, mais elle parvint à le contrôler. Elswyth était mariée, à présent.

Hormis cela, elle avait sans aucun doute eu droit elle aussi à sa confrontation avec leur père, à propos de son mariage avec un ennemi, et il lui avait probablement passé un savon mémorable.

À n'en pas douter, elle avait besoin de rester seule avec Rolfe.

Un sentiment de terreur s'était installé au creux de l'estomac d'Ellan depuis le mariage d'Elswyth. Au début, elle avait eu honte de ne pas se réjouir du bonheur de sa sœur. À présent, elle comprenait qu'elle avait peur de perdre la seule personne à qui elle pouvait accorder sa confiance.

La seule personne qui l'aimait.

Cillant pour évacuer ses larmes, elle entreprit d'enfiler sa chemise de nuit et de se natter les cheveux. Puis elle se mit au lit, en se pelotonnant sous la couverture.

C'était dans des situations comme celle-ci que sa mère lui manquait le plus.

Parfois, quand elle fermait les yeux et se concentrait vraiment fort, alors il lui semblait se rappeler le poids de la main de celle-ci sur sa tête, quand elle lui caressait les cheveux jusqu'à ce qu'elle s'endorme.

Mais en réalité, elle était incapable de dire s'il s'agissait d'un véritable souvenir, ou si elle l'avait inventé pour se réconforter quand elle était enfant.

Que lui aurait conseillé sa mère ?

Malheureusement, elle ne l'avait pas suffisamment connue pour le dire.

Quant à savoir ce que lui dirait Elswyth, elle craignait fort que sa sœur ne lui recommande d'épouser l'homme que leur père avait choisi pour elle.

Seulement, elle ne pouvait se départir du sentiment que son promis aurait les mêmes opinions au sujet des Danois. Or, après des semaines passées au service de Lady Gwendolyn, elle était devenue proche de celle-ci, et elle ne s'imaginait pas accepter un mariage qui la placerait dans le camp adverse, au cas où une bataille éclaterait à Alvey entre Saxons et Danois.

Aevir avait-il raison d'affirmer que son père n'allait pas tarder à être fait prisonnier ?

Cela signifiait-il que ses fiançailles seraient rompues ?

Et si ce n'était pas le cas, devait-elle accepter la proposition d'Aevir ?

À cette pensée, une agréable chaleur lui envahit tout le corps. Contre toute attente, elle n'avait pas trouvé son offre si abjecte que cela. Certes, elle voulait le mariage et une famille à elle, mais elle désirait aussi savoir ce que cela faisait d'être étendue entre les bras de cet homme. De bénéficier de sa protection…

De lui appartenir.

Horrifiée par le tour que prenaient ses pensées, elle remonta la couverture sur son visage et s'efforça de chasser Aevir de son esprit.

En vain.

Le fait d'être seule ne faisait qu'amplifier les souvenirs qu'elle avait de lui. Par exemple, la façon dont il l'avait surplombée de toute sa hauteur dans la grande salle, après la cérémonie de mariage d'Elswyth et Rolfe. S'il s'était agi de quelqu'un d'autre, sans doute aurait-elle été intimidée, ou même effrayée. Mais, parce que c'était lui, elle s'était sentie protégée, et même considérée, bien que cette impression soit absurde.

Il la voulait dans son lit, pas dans son cœur.

Elle n'était pas complètement nigaude en ce qui concernait les hommes !

Pourquoi alors ressentait-elle cette irrésistible attirance envers lui, et l'impression d'autres promesses cachées sous la surface ?

Cette pensée, mêlée à l'incertitude de son avenir, l'empêcha de trouver un sommeil paisible.

Et lorsque enfin elle sombra, d'incompréhensibles rêves concernant son père et Aevir vinrent la troubler.

Ellan eut l'impression qu'elle venait juste de s'endormir, quand des bruits étranges provenant de l'étage inférieur la réveillèrent.

Elle resta étendue un moment dans son lit, en se demandant si elle les avait imaginés.

Non, ils étaient bien réels.

Il y avait plusieurs voix, et elles trahissaient de l'impatience, mais elle était trop somnolente pour comprendre le sens des mots exprimés en norrois.

Des bottes frappaient le sol, faisant des allers-retours. Il se passait quelque chose d'anormal. Ce ne pouvait pas déjà être le matin.

Elle avait l'impression d'avoir du sable dans les yeux, et elle les frotta avant de se lever pour aller ouvrir le rideau.

Les Danois étaient dans la grande salle, achevant un repas fait de potage et de restes de la veille. La porte s'ouvrit, révélant un éclat d'acier gris tandis qu'un guerrier se précipitait à l'extérieur.

Il était beaucoup trop tôt pour une telle activité.

Ellan s'empara de sa couverture et la drapa autour de ses épaules, avant de courir vers la chambre d'Elswyth.

Comme personne ne répondait aux coups qu'elle frappait, elle poussa la porte et découvrit que la pièce était vide.

Un mauvais pressentiment l'envahit.

Quelque chose n'allait pas, elle en était à présent certaine.

Peut-être leur père était-il parti avec Elswyth. Elle ne voyait pas d'autre raison qui aurait pu expliquer pourquoi sa sœur n'était pas dans son lit à cette heure.

Le besoin de savoir la fit se hâter vers la chambre que Lady Gwendolyn partageait avec son époux. La porte était entrebâillée et elle la poussa.

— Milady ?

Une servante était assise dans la pièce. Elle porta un doigt à ses lèvres pour la faire taire, et désigna Tova, le bébé du *jarl* et sa femme.

— Sais-tu ce qui se passe ? demanda Ellan à voix basse.

La fille secoua la tête, et se rapprocha.

— Non. Milady m'a fait chercher il y a quelques instants seulement. Je crois qu'elle est aux écuries avec Lord Vidar.

Les pires craintes d'Ellan se confirmaient.

Pour quelle autre raison le seigneur des lieux et sa femme seraient-ils aux écuries à cette heure ?

Elle remercia la servante et dévala l'escalier pour gagner la grande salle.

Des hommes s'activaient, certains terminant leur repas, d'autres enfilant leur armure. Un grand nombre se trouvait déjà dehors, à en juger par les hennissements des chevaux et le martèlement de leurs sabots sur la terre gelée.

Elle était terrifiée à l'idée qu'Elswyth ait été contrainte de quitter son mari. Était-ce à cause d'elle ? Cela se serait-il produit si elle était restée avec leur père la veille et avait accepté de partir avec lui ?

Du coin de l'œil, elle perçut une silhouette qui lui parut familière.

Aevir se tenait debout devant une table, un bol vide devant lui, et remplissait un pochon de nourriture. Il portait la tunique de cuir qu'il réservait à ses voyages, mais il avait également revêtu une cotte de maille et s'était équipé de son épée.

— Aevir, vous partez ?

Affolée, Ellan se précipita auprès de lui.

Il lui lança un regard surpris, et elle se souvint qu'elle ne portait qu'une chemise de nuit et une couverture. Mais c'était vraiment le dernier de ses soucis.

Achevant d'empaqueter sa nourriture, il lui répondit :

— On m'a chargé de mettre un terme à la tentative de rébellion des Écossais.

Devant son expression perplexe, il expliqua :

— Nous avons été prévenus que les Écossais avaient été vus entre ici et Banford.

De soulagement, Ellan se laissa tomber sur une chaise. Cela n'avait finalement rien à voir avec sa sœur et son père.

— Oh ! je pensais...

— Quoi ?

Elle secoua la tête.

— Cela n'a pas d'importance. Je vous souhaite bon voyage. Et je suis certaine de votre victoire.

Il lui adressa un sourire lumineux, qui provoqua un plaisant frémissement au creux du ventre d'Ellan.

— J'aimerais être aussi confiant que vous l'êtes, dit-il, en achevant de nouer le pochon.

— Reviendrez-vous ?

Il secoua la tête.

— Pas avant un moment. Quand nous aurons trouvé les rebelles, mes hommes et moi garderons la frontière jusqu'à ce que l'hiver se soit durablement installé.

Il était même fort possible qu'elle ne le revoie jamais. Compte tenu de l'incertitude liée à son propre avenir, elle ne pouvait dire où elle serait dans quelques semaines.

Atterrée, elle eut l'impression qu'un immense poids s'abattait sur elle.

Elle aurait voulu dire quelque chose de profond, qui aurait permis à Aevir de comprendre quels étaient ses sentiments à son égard.

Mais ses sentiments étaient ceux d'une fille de ferme sottement énamourée, et elle n'aurait fait que se ridiculiser en les avouant.

Et probablement aussi aurait-elle mis Aevir dans l'embarras.

— Avez-vous vu Elswyth ? demanda-t-elle, au lieu de s'autoriser le tendre aveu qui lui brûlait les lèvres.

Aevir plissa le front, l'air soudain embarrassé.

— On ne vous a donc rien dit ?

Elle secoua la tête.

— Vous êtes la première personne à qui je m'adresse depuis que je suis descendue. Que se passe-t-il ?

Elle s'agrippa à son bras.

— Mon père l'a-t-il enlevée ?

— Non, Ellan. Votre sœur est partie.

4

— Comment cela, Elswyth est partie ? Où est-elle allée ?

Le visage d'Ellan avait blêmi d'effroi.

Lui empoignant le haut du bras à travers la couverture pour la calmer, Aevir s'exprima d'une voix posée :

— Il semblerait qu'elle ait pris un cheval vers minuit, et se soit dirigée vers le nord. Nous l'avons découvert il y a quelques minutes seulement.

— Pourquoi serait-elle partie ?

Ses yeux immenses l'imploraient de lui répondre.

— Vous savez qu'Osric et votre sœur étaient proches. Rolfe croit qu'elle se dirige vers Banford. Peut-être pour rencontrer la famille d'Osric, et essayer de comprendre pourquoi il a pris contact avec les Écossais. Elle a dû se sentir investie d'une mission de conciliation… Qui peut savoir ce qui lui est passé par la tête !

— Mais vous venez de dire que les Écossais ont été vus dans les parages. Et si elle avait croisé leur route ? Et s'ils…

Ses yeux étaient emplis de larmes, qui roulèrent sur ses joues quand elle ferma les paupières.

— Aevir, ils pourraient l'enlever.

Tandis qu'il observait son visage ravagé de peur, il fut

contraint de revoir ses soupçons à l'encontre des deux sœurs.

Car le doute n'était plus possible : les sentiments d'Ellan étaient bien réels. Et si elle craignait pour le sort d'Elswyth aux mains des Écossais, alors cela signifiait que ces derniers étaient aussi leurs ennemis.

Aurait-elle été aussi effrayée si elle les considérait secrètement comme des alliés ?

— Nous allons la retrouver, Ellan.

Elle secoua vigoureusement la tête, comme si cette promesse ne suffisait pas. Peut-être était-ce bien le cas, d'ailleurs.

— Vous ne comprenez pas. Elswyth est la seule personne dont je suis proche. Elle est tout pour moi. Si je la perds, alors, je serai toute s...

Elle avait voulu dire « seule », mais elle s'était arrêtée avant, et Aevir n'en ressentit que plus de peine pour elle.

— Je ne veux pas la perdre.

Elle reprit son souffle, comme si l'effort de parler était devenu trop douloureux.

Quand elle leva les yeux vers lui, elle semblait complètement perdue.

— Elle est tout ce que j'ai, répéta-t-elle. Aevir, je vous en prie, retrouvez-la.

Il ne savait pas quoi répondre.

Dans les yeux d'Ellan, il voyait le même chagrin inconsolable que celui qu'il avait ressenti quand il s'était enfin autorisé à comprendre que Sefa était partie.

Il ouvrit la bouche pour répéter les insupportables banalités que les gens de son entourage lui avaient dites.

« Ça va aller. Tu vas surmonter ça. Tu n'es pas seul. »

Mais les mots refusèrent de franchir ses lèvres.

Cinq ans s'étaient écoulés, et non, ça n'allait toujours pas. Il ne réussissait pas à se remettre, et il craignait de ne jamais y parvenir.

Son deuil avait brisé quelque chose en lui, et il ne pensait pas que cela pouvait être réparé. Sa capacité à établir un lien significatif avec quelqu'un s'était envolée. Il lui restait le combat, et c'était la seule chose qui lui permettait de continuer à vivre.

Il ne pouvait se résoudre à dire les mêmes banalités à Ellan.

Prenant le visage de celle-ci entre ses paumes, il plongea les yeux dans les siens et lui dit tout simplement la vérité, car il pensait que c'était la seule chose qui pourrait lui apporter un peu de soulagement.

— Je vous promets que je mettrai tout en œuvre pour retrouver votre sœur.

À sa grande surprise, il vit dans ses yeux qu'elle le croyait.

Elle renifla un peu, avant de se jeter contre son torse. C'était bien regrettable qu'il porte sa cotte de mailles, car il ne pouvait sentir sa chaleur et la douceur de son corps comme il l'aurait voulu.

Il hésita, effleurant du bout des doigts une mèche de cheveux, qui étincelait comme de l'or dans la lumière du feu.

La proximité d'Ellan lui fit brutalement prendre conscience de la douleur constante nichée au plus profond de lui. Elle se mettait à vibrer, reprenant vie, comme si elle était attisée par la promesse insatisfaite que lui inspirait Ellan.

Le tourment qu'il gardait captif tirait sur sa chaîne, comme le grand félin tigré qu'il avait vu un jour sur un marché de Constantinople. L'animal tournait en rond dans sa cage, s'élançant en feulant vers quiconque s'approchait, et se blessant contre les barreaux.

Il brûlait d'étancher sa soif à la joie d'Ellan.

Comme cette pauvre bête, l'animal en lui avait envie de se jeter sur elle et de laper chaque goutte d'allégresse exsudant d'elle, sans se soucier de lui faire mal.

Fermant les yeux, il la tint un moment contre lui, se promettant que ça ne durerait pas. La séparation lui donnerait le temps et la force de reprendre le contrôle de lui-même.

S'il n'y prenait pas garde, Ellan arriverait à se faufiler derrière le mur de défenses qu'il avait érigé autour de lui, et cela ne pouvait pas se produire.

Établir avec elle un lien qui serait autre que purement physique n'était pas envisageable. Cela n'aurait servi qu'à les faire souffrir tous les deux.

— Merci, murmura-t-elle.

En proie à une infinie tristesse, il serra les dents et s'obligea à la repousser.

Prenant son épée, il l'arrima en travers de son dos, et quitta la grande salle sans se retourner.

Ellan ne sut rien du sort de sa sœur pendant plusieurs jours.

L'attente était presque insupportable. Chaque moment s'accompagnait d'une angoisse pour Elswyth et pour Aevir qui lui broyait le cœur.

Lady Gwendolyn essaya de faire diversion, en veillant à ce qu'elle soit toujours occupée.

Maniant l'arc avec dextérité, celle-ci était une combattante accomplie, et elle passa ses journées à assurer la défense de la forteresse, au cas où les Écossais auraient prévu d'attaquer, à présent que la majeure partie des troupes avait provisoirement déserté Alvey.

Ellan ne la quittait pas d'un pouce, s'exerçant à pratiquer le tir à l'arc, une aptitude qu'elle avait bien peur de ne jamais posséder, et prenant des leçons de stratégie guerrière, dans l'hypothèse d'une bataille et d'un siège de la forteresse.

Les soirées se passaient auprès du feu, à travailler sur leurs ouvrages de couture et de broderie. C'était un art dans lequel Ellan excellait, ayant passé tant d'années à veiller au linge de la famille. Elle avait aussi découvert que son père la laissait tranquille quand elle avait la tête penchée sur un morceau d'étoffe, au lieu de la houspiller sans cesse parce qu'elle était dans ses jambes.

Heureusement, elle n'avait plus à se soucier de lui tandis qu'elle attendait des nouvelles d'Elswyth. Le matin du départ de sa sœur, son père et son frère avaient également disparu.

Étaient-ils partis à la recherche d'Elswyth, ou poursuivaient-ils d'autres desseins ? Elle l'ignorait. Et à vrai dire, elle ne s'en souciait pas pour le moment.

Tout ce qu'elle espérait, c'était que ses fiançailles ne soient plus un sujet d'inquiétude désormais.

Un soir, Ellan et Lady Gwendolyn étaient penchées sur une broderie au dessin particulièrement complexe, quand le bugle retentit à la porte de la forteresse : quelqu'un approchait.

Ellan se figea, guettant le second coup de clairon qui indiquerait la présence d'un ennemi.

Il ne vint pas.

Gonflé d'espoir, son cœur s'emballa.

Des amis arrivaient. Peut-être s'agissait-il de Rolfe et de Lord Vidar qui reconduisaient Elswyth en son foyer…

L'attente fut une véritable torture, mais la porte de la grande salle finit par s'ouvrir, livrant passage à un courant d'air froid et à un petit groupe de Danois, au nombre desquels ne figuraient ni Rolfe ni Aevir.

— Henrik !

La voix de Lady Gwendolyn emplit l'espace.

— Avez-vous du nouveau ?

L'inconnu aux cheveux roux hocha la tête et se précipita vers elle.

Ce dernier paraissait chargé d'autorité. Il était pourtant plus jeune que l'homme qui l'accompagnait et devait avoir à peu près le même âge qu'elle, songea Ellan.

— Oui. Nous sommes tombés sur les Écossais, et il y a eu un affrontement. Quelques-uns ont été tués, les autres sont retournés à Alba.

— Des blessés de notre côté ?

Il secoua la tête.

— Rien de grave. Le *jarl* est à la frontière, pour en assurer la sécurité. Rolfe et Aevir sont quant à eux partis pour Banford, afin d'interroger les villageois.

Incapable de se retenir davantage, Ellan demanda :

— Et Elswyth ? L'a-t-on trouvée ?

L'expression de l'homme s'adoucit quelque peu, tandis que son regard se posait sur elle.

— Elle était avec les Écossais, mais elle est saine et sauve. Rolfe l'a emmenée à Banford.

— Comment cela, elle était avec les Écossais ?

Ellan posa la main sur son cœur, comme pour l'empêcher de jaillir de sa poitrine.

— Elle a croisé leur route alors qu'elle chevauchait vers Banford, et ils l'ont enlevée. Elle souffrait du froid, mais elle n'était pas blessée.

— Que lui ont-ils fait ?

Elle voulait en savoir davantage, mais Lady Gwendolyn posa une main sur son bras pour la réduire au silence.

Henrik parut désolé par la réponse qu'il lui apporta.

— Je n'en sais pas plus. On m'a envoyé ici quand Rolfe a pris la direction du nord.

Il continua à discuter avec Lady Gwendolyn des détails de la bataille, mais Ellan ne l'écoutait plus.

Qu'était-il arrivé à Elswyth au cours de sa séquestration par les Écossais ? Avait-elle été violentée par ces monstres ?

Son esprit était empli de tant de cruelles possibilités qu'elle faillit tomber à genoux.

— Il faut que j'aille la retrouver.

Elle s'était spontanément adressée au messager. Elle se tourna aussitôt vers Lady Gwendolyn, et dit, d'un ton suppliant :

— Je dois aller la rejoindre. Elle a besoin de moi.

À sa grande surprise, le messager s'avança.

— En réalité, Lord Vidar a requis votre présence à Banford.

— C'est de la folie ! protesta Lady Gwendolyn. Ellan ne peut partir par ces temps incertains.

— Je suis désolée, milady, mais ce sont les ordres. En outre, les Écossais ont déserté les lieux. En revanche, il semblerait que Godric et Galan aient disparu.

Il se tut, et ne dit pas ce qu'ils pensaient tous, à savoir

que le père et le frère d'Ellan et Elswyth étaient probablement responsables de la présence des Écossais sur les terres d'Alvey.

Quoi qu'il en soit, leur disparition était douteuse.

Lady Gwendolyn reprit la parole :

— Ellan ne sait rien de leurs faits et gestes.

Henrik haussa les épaules, l'air embarrassé.

— Et cependant...

Ellan intervint.

— Ce n'est rien, Lady Gwendolyn. Je vais y aller et répondre aux questions. De toute façon, il faut que je voie Elswyth en personne, afin de m'assurer qu'elle...

Qu'elle va bien. Ces derniers mots moururent sur ses lèvres, car comment sa sœur pourrait-elle aller bien après avoir été enlevée ?

Lady Gwendolyn manifesta sa compréhension par un signe de tête, et passa un bras autour des épaules d'Ellan.

— Bien sûr.

Ellan partit pour Banford avec un contingent de guerriers danois, tôt le lendemain matin.

Ils embarquèrent à bord d'un des plus petits bateaux de leur flotte, qu'ils appelaient un *karfi*. Comme le découvrit Ellan, il s'agissait plutôt d'un bateau d'apparat, du fait de son abri destiné au transport de notabilités, mais il était aussi employé comme vaisseau de guerre et comme navire marchand.

Elle fut surprise d'apprendre que les Danois le considéraient comme une modeste embarcation. À ses yeux, il était déjà passablement vaste, avec sa douzaine de bancs de rames. Toutefois, elle n'était même jamais montée sur un bateau de pêche auparavant, et elle n'avait aucune confiance en ce mode de déplacement.

Henrik lui tendit la main pour l'aider à monter à bord. Ses genoux s'entrechoquèrent quand elle posa les pieds sur le plancher et sentit le balancement de l'eau en dessous d'elle.

— Ça va aller, dit-il.

Il lui sourit d'un air rassurant, et elle fut heureuse de voir qu'il s'agissait d'un vrai sourire de gentillesse, et non d'une grimace de mépris devant son inexpérience.

— Asseyez-vous là, au milieu.

Ellan hocha la tête et se laissa guider vers le centre du bateau, tandis que les hommes prenaient place sur les bancs alentour.

Deux des guerriers de Lady Gwendolyn entrèrent dans l'eau, se positionnant à l'arrière de leur embarcation et, faisant appel à leur force colossale, les poussèrent vers l'avant.

Le bateau glissa sur la surface de la rivière Humber, puis s'élança dans un soubresaut tandis que les hommes plongeaient les rames dans l'eau boueuse.

L'estomac d'Ellan se révulsa face à la sensation inhabituelle de flottaison.

Levant son visage vers le soleil matinal, elle ferma les yeux et imagina que c'était ce que devait ressentir un oiseau quand il volait.

Sentir l'air frais sur ses joues lui donnait une sensation de liberté, tandis que résonnait à ses oreilles le son cadencé des rames fendant l'eau.

Un mouvement sur sa droite la ramena bientôt à la réalité. Ouvrant les yeux, elle vit qu'Henrik avait pris place à côté d'elle sur le banc, la lumière du matin allumant des reflets incandescents dans sa chevelure rousse.

— Il n'était pas dans mon intention de vous déranger, dit-il d'un ton penaud.

Il lui adressa un sourire en coin, qui paraissait plus amical qu'impudent.

Elle hocha la tête, et décida d'engager la conversation.

— C'est la première fois que je monte sur un bateau, dit-elle, en resserrant autour de ses épaules la cape doublée de fourrure que lui avait donnée Lady Gwendolyn.

— Je m'en rends compte. Permettez-moi de vous donner un conseil. Regardez.

Il se tapota l'épaule pour lui indiquer qu'elle devait regarder son dos.

— Vous êtes assise trop raide. Vous serez percluse de courbatures avant midi.

Afin de lui donner l'exemple, il relâcha ses épaules et courba légèrement le dos.

— Si vous vous détendez, vous pourrez suivre les mouvements de la rivière, au lieu de lutter contre eux.

Considérant que cela ne lui coûterait rien d'essayer, Ellan imita sa posture et ressentit aussitôt moins d'inconfort, même si elle ne pouvait affirmer se sentir réellement à l'aise.

— C'est mieux ainsi, dit-elle. Merci.

— Je m'appelle Henrik.

Il lui sourit à nouveau, d'un air engageant.

— Je sais. Vous êtes l'un des hommes d'Aevir. Merci, Henrik.

Le guerrier avait les épaules larges et les bras musclés, mais sa silhouette était plus svelte que celle d'Aevir, moins puissante, sans doute du fait de sa jeunesse. Son nez était droit et fin. Au creux de sa barbe courte et soignée, sa bouche charnue était perpétuellement animée d'un sourire. Ses yeux bleus pailletés d'or pétillaient d'intelligence et, s'ils étaient peut-être un peu trop petits par rapport à la forme de son visage, ça ne l'empêchait pas d'être séduisant.

Elle se força à lui sourire, même si elle était bien trop préoccupée par Elswyth pour se réjouir.

Une lueur d'intérêt s'alluma dans les yeux d'Henrik, et il gonfla légèrement le torse.

— Vous m'avez remarqué ?

Elle rougit. C'était Aevir qui concentrait toute son attention. Et si elle avait repéré Henrik, c'était parce qu'il accompagnait souvent l'homme qui avait ses faveurs.

— Je... Je remarque tous les nouveaux venus.

Il rit.

— Je vous taquine. Je ne devrais peut-être pas, alors que vous vous inquiétez pour votre sœur...

Elle hocha la tête, mais ne put résister à l'envie de poursuivre son observation. C'était le seul Danois à se montrer aussi amical avec elle. Il ne devait pas avoir plus de vingt hivers...

Quel âge pouvait bien avoir Aevir ?

À sa grande consternation, son esprit fut capable de faire naître devant ses yeux une image de ce dernier, comme c'était le cas chaque nuit, tandis qu'étendue dans son lit elle essayait de ne pas penser à lui. Le visage d'Aevir respirait l'expérience, et on sentait que certaines épreuves l'avaient rendu un peu amer. Il devait avoir plus ou moins dans les vingt-cinq hivers.

Un écart de cinq ans faisait-il une telle différence chez

un homme ? En tout cas, Henrik semblait son exact opposé en bien des points.

Le jeune guerrier la regarda à son tour et elle baissa les yeux, ne voulant surtout pas lui donner le moindre signe d'encouragement.

Dans le même temps, elle prit conscience que discuter avec lui serait un excellent moyen d'en apprendre davantage sur les Danois, tout en évitant de penser en permanence à Elswyth. Elle se força donc à poursuivre la conversation, et découvrit bien vite qu'Henrik était d'une compagnie tout à fait agréable.

Contrairement aux autres Danois, d'un tempérament tapageur, grossier et brutal, Henrik semblait plutôt doux et courtois. Il n'était pas arrogant, même s'il ne dédaignait pas de se vanter des batailles qu'il avait menées, et il savait aussi lui montrer de l'intérêt, n'hésitant pas à l'interroger sur sa vie.

La conversation se déroula si harmonieusement que l'après-midi s'annonça bientôt, sans même qu'Ellan s'en soit rendu compte.

Les guerriers dirigèrent l'embarcation vers la rive, puis deux hommes postés à la proue sautèrent à l'eau. Pataugeant dans l'eau limoneuse, ils tirèrent sur la corde de remorquage, jusqu'à ce que le fond du *karfi* s'enchâsse sur la rive sablonneuse.

— Nous allons faire une pause.

Henrik venait de répondre au regard interrogateur d'Ellan.

Il rougit de façon charmante, tandis qu'il se levait et lui prenait gentiment le bras pour l'aider à débarquer.

Il sembla à Ellan que les autres hommes la regardaient d'une manière étrange.

Henrik sauta par-dessus bord et la prit par la taille, avant de pivoter pour la déposer sur la rive sans qu'elle ait à se mouiller les pieds.

Comme elle le regardait sans rien dire, s'étonnant de l'étrange coloration des joues de ce dernier, le rose qui les teintait vira au rouge.

— Vous pouvez...

Il désigna un bosquet d'arbres.

— ... Répondre à l'appel de la nature.

Elle écarquilla les yeux, comprenant enfin que cet arrêt lui était destiné. La plupart des hommes étaient restés sur le bateau.

Ce fut son tour de rougir quand elle comprit que contrairement aux dames ils n'avaient pas besoin de quitter le bord pour se soulager.

Embarrassée, elle pivota brusquement sur ses talons et se précipita vers le buisson le plus fourni.

Ellan remettait de l'ordre dans sa tenue quand un grand cri guttural la fit sursauter. Un homme, à n'en pas douter, mais la voix semblait trop éloignée pour être celle d'un des guerriers qui l'accompagnaient.

Tout à coup, ce fut l'effervescence du côté du bateau. Les guerriers se levaient, leurs bottes raclant le plancher.

Le cœur d'Ellan se mit à battre à tout rompre. Allaient-ils être victimes d'une attaque ?

Un autre bateau approchait.

Il était beaucoup plus grand que leur propre embarcation et, se souvenant des explications fournies par Henrik,

Ellan reconnut un *langskip*, avec sa voile de lin carrée multicolore, sa figure de proue à l'effigie d'un dragon, et son imposant équipage de rameurs.

L'homme qui se tenait à l'avant était vêtu de cuir et d'une cotte de mailles, et non d'une tunique et d'un pantalon de laine comme les hommes qui l'accompagnaient.

Il avait revêtu une tenue de combat.

Il appela, dans cette âpre langue scandinave qu'Ellan ne pratiquait pas encore couramment, et Henrik lui répondit, échangeant avec lui de rapides salutations.

L'équipage du *langskip* avait cessé de ramer, mais personne ne semblait se préparer à débarquer. Le meneur, un homme qu'Ellan reconnut comme un lieutenant de Lord Vidar, à présent qu'il était plus près, plaça ses mains en porte-voix et reprit la parole.

Elle comprit qu'il parlait de bataille. Banford avait été attaqué. Il y avait des blessés.

Courant à toutes jambes, elle se précipita vers leur *karfi*, dérapant sur la rive boueuse. Henrik lui jeta un bref coup d'œil, avant de poursuivre sa conversation avec l'autre guerrier.

Finalement, les deux hommes se quittèrent sur une formule d'adieu que les Danois employaient pour se souhaiter de trouver le bon vent nécessaire à la navigation, et les marins reprirent leurs rames, apparemment pressés de regagner Alvey.

À bout de souffle, Ellan lança une requête éperdue à Henrik.

— S'il vous plaît, demandez-lui des nouvelles d'Elswyth, le pressa-t-elle.

Henrik secoua la tête.

S'ils s'étaient mieux connus, elle avait le sentiment qu'il

aurait tendu le bras et lui aurait touché l'épaule. Peut-être même l'aurait-il prise dans ses bras pour la réconforter.

Au lieu de quoi, il l'enveloppa d'un regard calme et compréhensif.

— Votre sœur va bien. Les pertes sont à déplorer parmi les guerriers et quelques-uns des hommes de Banford.

À présent qu'elle était rassurée pour la sécurité d'Elswyth, ses pensées allèrent à Aevir.

— Les pertes, dites-vous ?

Il hocha la tête.

— Une poignée de guerriers ont été tués, et plusieurs sont blessés.

Henrik avait les épaules crispées, et un étrange murmure courait parmi les occupants du bateau, que son inquiétude pour Elswyth avait empêché Ellan de remarquer plus tôt.

— Il y a autre chose, devina-t-elle.

Elle posa une main sur l'avant-bras d'Henrik.

— De quoi s'agit-il ?

Le jeune guerrier hésita.

— C'est Aevir. Il a été grièvement blessé.

— De quelle manière ? Que lui est-il arrivé ?

— Une blessure à la jambe, une plaie à la tête... Peut-être plus.

Ellan eut l'impression que le sol se dérobait sous ses pieds, tandis que les dernières paroles d'Aevir lui revenaient à l'esprit. « Je vous promets que je mettrai tout en œuvre pour retrouver votre sœur. »

Était-ce sa faute s'il lui était arrivé quelque chose ?

Avait-il été blessé en essayant de tenir la promesse qu'il lui avait faite ?

Et s'il ne survivait pas ?

La douleur que lui inspirait cette crainte était si forte qu'elle préférait ne pas y penser.

— Nous devons nous dépêcher, dit-elle à Henrik.

Il fallait qu'elle constate par elle-même l'étendue des blessures d'Aevir.

Le reste du voyage se déroula pour Ellan dans une sorte de brume d'anxiété. Henrik lui mit de force de la nourriture entre les mains, mais elle n'y goûta pas.

Elle ne cessait d'imaginer Aevir étendu sur le sol, souffrant et appelant à l'aide.

Certes, il pouvait compter sur les autres Danois, et il se trouvait probablement en de meilleures mains que si elle s'était occupée de lui.

Sa seule connaissance des soins se limitait à ceux qu'elles avaient procurés à sa sœur et à son frère, enfants, pour les petits bobos du quotidien. La pire blessure à laquelle il lui avait fallu faire face, c'était quand elle avait bandé la cheville tordue de Galan.

Elle avait beau se répéter cela, rien n'apaisait son inquiétude, ni l'étrange sentiment qu'Aevir avait besoin d'elle.

Cette nuit-là, ils furent contraints de s'arrêter pour s'accorder quelques heures de repos.

De gros nuages gris avaient complètement masqué le rayonnement argenté de la lune. Il faisait si sombre qu'on n'y voyait plus rien, de sorte qu'Henrik avait décidé qu'il aurait été imprudent de continuer.

Ellan prit place dans l'abri, et s'emmitoufla dans la cape doublée de fourrure que Lady Gwendolyn lui avait si aimablement prêtée.

Un peu de neige restait accrochée au sol, mais seuls quelques flocons légers tourbillonnaient dans le ciel, ne laissant heureusement pas augurer d'une prochaine tempête.

Henrik alla chercher une autre fourrure dans un coffre et la drapa délicatement autour d'elle. Elle le remercia mais, ne parvenant pas à se réchauffer, elle soupçonna que la sensation de froid qu'elle éprouvait venait de l'intérieur.

Pourquoi Aevir était-il devenu aussi important pour elle ? Elle n'aurait su le dire.

La seule chose qu'elle savait, c'était qu'elle le vivrait comme une immense tragédie s'il était arraché à son monde.

5

C'était le matin de son mariage.

Le ciel était gris depuis quelques jours, mais aujourd'hui, Thor, dieu guerrier du tonnerre et des tempêtes, avait eu la bonté de leur accorder un ciel bleu et un vent tiède venu du sud.

Un bon présage.

Aevir psalmodia des remerciements, et sourit en entendant leur écho se propager à travers la vallée et les pics couverts de neige au loin.

Des mains jaillirent de nulle part, lui tapotant le dos, lui ébouriffant les cheveux, tandis que ses amis le taquinaient au sujet de sa future union.

Il les connaissait depuis qu'il était enfant, aussi accepta-t-il les plaisanteries comme un mal nécessaire, tandis qu'ils se mettaient tous en marche le long du vallon, afin qu'il aille retrouver sa promise.

Le cœur d'Aevir s'était emballé de joie et d'impatience quand il avait reconnu le début du rêve familier.

Ce dernier comptait parmi ses favoris, même s'il ne le faisait plus très souvent désormais.

En tout cas, tout était aussi vivant et précis que s'il se trouvait réellement sur place, et il s'émerveilla de sentir contre ses jambes et aux creux de ses paumes la caresse des hautes herbes qu'il foulait.

Jamais son rêve n'avait été aussi intense auparavant.

Et si l'herbe lui paraissait si réelle, peut-être pourrait-il aussi sentir Sefa entre ses bras...

Il commença à courir, impatient de la retrouver.

Le groupe arriva au village de sa fiancée.

Bien que celle-ci l'ait prévenu de la superstition qui recommandait que le futur marié ne voie pas sa promise avant la cérémonie, faute d'attirer le malheur sur le jeune couple, il n'avait aucunement l'intention d'attendre.

Il voulait aller la retrouver, s'assurer qu'elle était aussi heureuse de le voir qu'il l'était lui-même.

Au lieu de quoi il fut encerclé par la vaste famille de Sefa. Et si cela lui pesait, il était malgré tout de son devoir de rencontrer les proches de sa future épouse, et d'affronter la question muette qui brûlait dans leurs yeux.

Comment lui, le fils bâtard d'une esclave, pouvait-il épouser une jeune fille aussi pure et honnête que Sefa ?

Peu importait qu'il ait travaillé sans relâche depuis que son maître lui avait accordé sa liberté. Qu'il ait gagné la somme nécessaire pour payer au père de Sefa la compensation que ce dernier jugeait nécessaire. Ou qu'il ait encore suffisamment d'argent pour offrir une maison à sa jeune épouse. Quelque part, au plus profond de lui, il se sentait toujours indigne d'elle, la plus jeune fille d'un fermier.

Son anxiété demeura, jusqu'à ce qu'elle apparaisse enfin, au coucher du soleil.

C'était un rêve, aussi Sefa flottait-elle à quelques pieds au-dessus du sol. L'air autour d'elle, qui lui soulevait les cheveux et faisait battre autour de ses jambes l'ourlet de sa tunique de lin léger, glissait autour de sa silhouette gracile en milliers de gouttelettes étincelantes, comme si elle se déplaçait dans l'eau.

Tout le monde s'écartait sur le passage de Sefa. Quand elle fut suffisamment près pour qu'il puisse lire la joie dans ses yeux, la nervosité d'Aevir s'évanouit.

La sensation de bien-être qui était toujours présente entre eux s'installa. Il ferma un instant les paupières et s'accorda un moment pour se griser de sa présence.

Il était en harmonie avec elle d'une façon qui allait au-delà de la vue et des mots.

Son odeur familière l'accueillit, et il ouvrit les yeux pour découvrir son sourire et ses yeux noisette pailletés de vert et d'or.

— Tu es prêt ? demanda-t-elle dans un murmure.

— Oui.

Jamais il n'avait été aussi prêt pour quelque chose qu'il l'était pour devenir son mari.

Lentement, il tendit la main vers elle.

Autrefois, ses rêves se terminaient toujours à cet instant précis, sans qu'il puisse la toucher. Chaque fois, le contact de la peau chaude de Sefa contre sa paume lui était refusé.

Il espérait que ce serait différent cette fois-ci, qu'elle lui semblerait bien tangible.

Il décida que, s'il pouvait la toucher, s'il avait le sentiment qu'elle était réelle, alors il vivrait ici pour toujours avec elle dans ses rêves.

Du bout des doigts, il effleura la joue de Sefa.

Le sourire de celle-ci s'élargit et elle s'approcha de lui.

Elle posa la paume contre son torse, et il eut un petit cri de surprise tandis qu'une sensation de froid intense se propageait à travers tout son corps.

Persuadé que ce qu'il ressentait n'était pas réel, Aevir baissa les yeux et vit que la main semblait normale, mais qu'elle avait la rigidité d'un bloc de glace.

Le froid suivit la trajectoire de la main de Sefa tandis que celle-ci remontait vers son cou.

Inclinant la tête, elle se pencha pour échanger un baiser avec lui.

Il prit son visage en coupe entre ses paumes, et il lui sembla que celui-ci était également sculpté dans la glace.

Il faillit crier de douleur sous la morsure gelée.

Sefa plissa le front, à la fois surprise et déçue.

— Embrasse-moi, voyons, insista-t-elle.

Il essaya mais, que les dieux tout-puissants lui viennent en aide, il ne parvenait pas à réduire la courte distance entre eux.

Il serra les dents pour s'obliger à tenir bon face au froid, et fit une nouvelle tentative.

Bien qu'il n'y ait aucun obstacle entre eux, l'air lui-même semblait défier ses efforts, le tenant à l'écart d'elle.

— Sefa !

Elle secoua la tête et rit doucement. Ses cheveux blonds lui retombaient sur le front et frôlaient les mains d'Aevir. Les mèches légères auraient dû le chatouiller, mais il ne sentait rien d'autre que le froid.

— Aevir, arrête de me taquiner, protesta-t-elle en riant.

Il l'appela à nouveau, mais il était déjà trop tard.

Son visage s'effaçait. Le rêve se terminait.

Il gémit de frustration, même s'il savait que ça ne servait à rien.

Les rêves se terminaient toujours, malgré les efforts qu'il déployait pour les prolonger.

— Sefa !

Sa propre voix résonna dans sa tête.

Une douleur aveuglante le submergea, confondante d'intensité.

Il chercha désespérément quelque chose à quoi s'accrocher, tandis qu'il se sentait tomber.

— Je vous tiens, dit une voix douce et familière.

Une épaule se logea sous son bras, tandis qu'un corps souple et chaud se plaquait contre son flanc.

Cette voix...

Elle était suave et amicale, avec une tonalité légèrement rauque qui lui rappelait Ellan.

Ça ne pouvait pas être elle. Ellan se trouvait à Alvey, et il était à Banford.

Des visions de bataille lui envahirent l'esprit. Il avait le plus grand mal à réfléchir. Ses tempes battaient douloureusement.

Il s'obligea à ouvrir les yeux pour voir à quoi ressemblait la femme qui lui parlait. Le mouvement lui donna la nausée. Des points lumineux explosèrent derrière ses paupières.

Désespérément, il s'accrocha à elle pour ne pas tomber.

— Étendez-vous.

D'une main, elle pressa doucement sur son torse.

Aevir avait l'impression que son bras droit était lourd et raide, tandis que sa main gauche semblait prisonnière de quelque chose. Il tira pour la libérer, et regretta aussitôt son geste, alors qu'une douleur fulgurante lui traversait l'épaule.

Un grognement de bête blessée s'éleva.

Tandis que le bruit résonnait dans sa poitrine, Aevir réalisa qu'il venait de lui.

La femme se mit à chantonner doucement, comme si elle essayait d'apaiser un enfant.

— Appuyez-vous sur moi, et je vais vous aider à vous étendre.

Elle plaça son corps frêle derrière le sien, et l'encouragea à y prendre appui. Ne comprenait-elle pas qu'il pouvait l'écraser de son poids ? L'inconnue n'était pas plus grande qu'une jeune adolescente.

Aevir essaya de rester droit, mais son corps se plia à la douce commande de la jeune femme, et il fut horrifié de constater qu'il n'avait réellement pas le choix. Il était aussi vulnérable qu'un nouveau-né.

Quand son dos toucha le matelas, son corps se détendit et la douleur se calma quelque peu. Pour la première fois, ses yeux furent capables de fixer son environnement.

Il se trouvait dans une petite maison inconnue, au toit de chaume. Des rideaux étaient tendus entre deux murs, l'isolant du reste de l'habitation, mais un feu craquait et scintillait par l'entrebâillement. L'alcôve n'était pas éclairée, et ne contenait rien d'autre qu'un lit étroit et une petite table.

La main de la femme guida sa tête vers le doux oreiller, puis elle se déplaça pour s'agenouiller à côté de lui.

— Voilà. C'est beaucoup mieux comme ça.

Dans la pénombre qui régnait sur l'alcôve, il pouvait seulement distinguer sa silhouette. Sa chevelure était nattée sur un côté, lui effleurant la poitrine. À distance, la lumière du feu y allumait des reflets de miel.

Ellan ?

Il n'était pas préparé au soulagement qui le submergea quand il s'autorisa enfin à admettre que c'était bien elle.

C'était la seule personne qu'il avait envie de voir. Il fut tenté de tendre la main et de la toucher, afin de s'assurer qu'elle n'allait pas disparaître comme Sefa.

Penser aux deux femmes en même temps lui serra la gorge. Il déglutit avec peine, puis il sursauta quand les doigts glacés d'Ellan se posèrent sur son front.

— Vos mains sont gelées, dit-il, sur un ton de protestation.

Sa propre voix était si éraillée qu'il ne la reconnut pas.

Elle sourit et prit un objet qui ressemblait à une boule faite de toile de lin.

Il lui fallut quelques instants pour comprendre que l'étoffe avait été enroulée autour de quelque chose et nouée à la base.

— C'est de la neige, expliqua Ellan.

Posant très doucement la boule sur son torse nu, elle le massa en dessinant de petits cercles.

Au début, il serra les dents sous la morsure du froid, puis il comprit que ce n'était finalement pas déplaisant. On aurait dit que son corps réclamait de la fraîcheur.

— Vous avez de la fièvre.

Elle parlait comme si elle expliquait quelque chose de particulièrement complexe à un simple d'esprit, mais cela ne semblait pas la contrarier. Au contraire, il y avait comme un sourire dans sa voix.

— J'utilise de la neige pour essayer de vous rafraîchir.

S'il ne pouvait pas bien voir ses traits, il apercevait la lueur de ses yeux, la forme de sa bouche et de son nez... Il se concentra sur ses lèvres tandis qu'elle devisait.

— Je pense que cela donne des résultats. Vous avez toujours chaud, mais c'est beaucoup moins impressionnant maintenant. On aurait dit que vous alliez mettre le feu à votre lit.

— Suis-je mort ?

Il avait déjà perdu le fil de son rêve. Il se rappelait Sefa, mais il ne savait plus de quel souvenir il s'agissait. Leur mariage ? Le jour où il lui avait appris à pêcher ? Ce moment funeste où elle lui avait été arrachée ?

— M'avez-vous ramené à la vie ?

— Non, vous n'êtes pas mort.

Elle déposa la boule de neige dans une écuelle, et se pencha, une main posée sur son torse.

— Vous rappelez-vous ce qui s'est passé ?

Il n'osa pas secouer la tête en signe de dénégation, de crainte de faire revenir l'épouvantable douleur.

— Je me souviens que j'ai rêvé, mais pas ce qui s'est passé avant. Une bataille, peut-être ?

— Les Écossais vous ont attaqués. Cela ne vous dit rien ?

De vagues images de bataille dansèrent devant ses yeux, mais elles étaient moins importantes que la vision qui s'offrait maintenant à lui.

Il avait envie de demander à Ellan d'allumer une

chandelle, afin qu'il puisse mieux la voir, mais il redoutait à moitié qu'il s'agisse également d'un rêve et qu'elle ne disparaisse.

— J'ai combattu...

Il se rappelait qu'il y avait eu une bataille, mais il ne pouvait pas dire ce qui s'était passé. Qui des deux camps avait été victorieux. Comment il avait été blessé.

Il soupira, dépité.

— Je ne sais plus...

Elle lui caressa le front de sa main fraîche, et il ferma les yeux pour mieux savourer l'instant.

Quand il les rouvrit, elle semblait flotter quelque part sur sa droite. Elle revint devant lui, mais elle se déplaçait trop vite, et il en eut le tournis.

D'une main, elle approcha un gobelet de ses lèvres, tandis que de l'autre elle lui soulevait la tête pour l'aider.

— Buvez. Cela vous fera du bien.

Comme il tardait à accepter, elle sourit et ajouta :

— Lord Vidar l'a fait confectionner pour vous.

Il ne parvint pas à trouver les mots pour dire que les encouragements de Lord Vidar n'étaient pas nécessaires. Il aurait accepté n'importe quoi pourvu que ce soit elle qui le lui offre.

Le liquide frais lui humecta les lèvres et coula sur sa langue. C'était de la bière mélangée avec quelque chose de doux-amer. Il grimaça tandis que son estomac regimbait.

Ellan posa avec précaution le gobelet sur la petite table, après qu'il eut avalé trois minuscules gorgées, et reprit la parole.

Il lui fallut un moment pour comprendre qu'elle faisait la liste de ses blessures. Une épaule disloquée, une entaille profonde à la cuisse, et un coup à la tête.

Il leva sa main droite – la valide – et se toucha le dessus du crâne, où une bosse de la taille d'un œuf s'était formée. La douleur fit danser des étoiles lumineuses derrière ses paupières.

— Où suis-je ? demanda-t-il. On m'a ramené à Alvey ?

— Vous êtes toujours à Banford. Je suis venue pour m'occuper de vous jusqu'à ce que vous alliez mieux.

Ce qu'il y avait dans la bière commençait à faire effet. Il sentait le sombre réconfort du sommeil qui essayait de l'envelopper.

Il s'obligea à garder les yeux ouverts afin de pouvoir la regarder.

Elle lui sourit, et il prit conscience que son visage était beaucoup trop près du sien.

— Restez, murmura-t-il.

Elle lui saisit la main, et lui serra les doigts avec une force étonnante.

— Je suis là. Je vais tout faire pour que vous guérissiez.

Son ton était confiant et rassurant.

Pour la première fois depuis longtemps, il se déchargea de ses soucis sur quelqu'un d'autre.

Cela n'avait aucun sens, pas plus que la fascination qu'elle exerçait sur lui, mais il était certain que rien ne lui arriverait tant qu'elle veillerait sur lui.

Le réconfort que lui procurait cette pensée l'aida à sombrer dans un sommeil profond et dénué de rêves.

Ellan observait Aevir étendu dans le lit qu'elle occupait, enfant.

Malgré l'attitude calme et sûre qu'elle avait observée

en lui parlant, il existait une réelle possibilité que ce dernier ne passe pas la nuit.

Et cette pensée la terrifiait.

Ses blessures dataient de la veille mais, d'après Elswyth, la fièvre ne s'était manifestée que ce matin. Elle avait surgi vite, et avec une force renversant tout sur son passage.

Quand Ellan était arrivée, juste avant la tombée de la nuit, Aevir ne réagissait déjà plus, perdu dans ce monde inconnu entre les vivants et les morts. Elle avait passé les dernières heures à lui baigner le torse avec de la neige, dans l'espoir que cela rafraîchirait sa peau brûlante.

— Comment va-t-il ?

Ellan sursauta quand sa sœur passa la tête entre les rideaux séparant l'alcôve du reste de la maison.

Elle s'empressa de cacher leurs mains nouées sous la couverture, ne voulant partager avec personne leur moment d'intimité.

— Il s'est réveillé pendant quelques instants. Il a parlé. Je pense que sa fièvre est en train de baisser.

Elswyth contourna le lit et posa une main sur le front d'Aevir, en faisant attention à la bosse qui pouvait se voir sous ses cheveux.

Contrairement à ce qu'Ellan avait espéré, sa sœur ne sourit pas, ne parut pas soulagée d'une quelconque manière. À la place, elle eut une petite moue dubitative.

— Il est possible qu'il soit un peu moins chaud qu'avant.

Mais Ellan eut la nette impression qu'Elswyth mentait pour la rassurer et que celle-ci n'avait pas remarqué de différence depuis sa dernière vérification, une heure plus tôt.

— En tout cas, ajouta-t-elle, c'est bon signe qu'il se soit réveillé.

Ellan serra les dents et garda les yeux fixés sur Aevir, car elle n'aurait pas pu supporter la pitié qu'elle était certaine de voir sur le visage de sa sœur. Même si celle-ci n'avait pas posé de questions, il était évident qu'Elswyth avait senti qu'il se passait quelque chose entre eux.

Finalement, alors que le silence s'éternisait, Ellan ne put s'empêcher de relever la tête.

L'expression de sa sœur était pire que de la pitié : elle souffrait pour elle.

Parce qu'elle pensait qu'Aevir n'avait aucune chance ?

Un élan de panique monta dans la poitrine d'Ellan, mais elle parvint à le surmonter.

Pour le moment.

La respiration d'Aevir était irrégulière et rauque, son torse se soulevait et s'abaissait avec difficulté. Sa puissante musculature ne lui était d'aucune aide, alors qu'il livrait la bataille la plus importante de sa vie.

— À quoi penses-tu ? demanda-t-elle finalement à sa sœur.

— Eh bien, tu m'as un jour confié que tu l'avais embrassé. Je me demandais... s'il s'était passé quelque chose de plus.

Ellan savait où sa sœur voulait en venir. S'ils avaient été amants, cela aurait expliqué cette horrible douleur suffocante qui l'envahissait chaque fois qu'elle évoquait la possibilité qu'il ne se réveille pas le lendemain matin.

Une telle réaction n'avait aucun sens. Leurs rares moments de compagnie, même s'ils étaient précieux à ses yeux, ne faisaient pas une relation. Et pourtant, elle avait l'impression que c'était le cas.

— Non, il n'y a eu qu'un baiser. Je ne sais pas comment

décrire le sentiment qu'il m'inspire. Mais, la première fois que je l'ai vu, c'était comme si je savais…

Un silence s'installa, et Elswyth attendit un moment avant de demander :

— Tu savais quoi ?

Ellan secoua la tête, ne souhaitant pas exprimer à voix haute ce qu'elle ressentait.

Puis elle comprit que, si elle ne le disait pas maintenant, elle n'aurait peut-être plus d'autre occasion de le faire. Et elle voulait inscrire dans le temps, afin de s'en souvenir toujours, ce moment où elle avait accepté ses sentiments pour ce qu'ils étaient, et avait osé les clamer haut et fort.

— Quand je l'ai vu, c'était comme s'il m'appartenait. Quelque chose en moi l'a reconnu comme étant l'homme que les dieux avaient choisi pour moi.

Elswyth soupira.

— Oh ! Ellan…

S'approchant, sa sœur passa les bras autour de sa taille.

— Je suis tellement désolée.

— Je ne peux pas m'empêcher de penser qu'il est étendu là à cause de moi. Je lui ai fait promettre de te retrouver et de veiller à ta sécurité. Si…

Sa voix se brisa tandis qu'une boule de douleur lui obstruait la gorge.

— Ce n'est pas ta faute, affirma aussitôt sa sœur. Il est têtu comme le sont tous les Danois. Personne ne peut l'obliger à faire quoi que ce soit. Quant à moi, je n'aurais jamais dû partir ainsi sur un coup de tête. Je ne sais pas ce qui m'a pris. J'ai cru que je pourrais parler à Osric, le raisonner, arranger les choses… S'il te faut absolument trouver une coupable, c'est moi.

Après un silence, Elswyth la repoussa à bout de bras et lui adressa un sourire d'encouragement.

— Nous ferons tout ce que nous pouvons pour qu'il vive et que tu puisses devenir son épouse.

Ellan secoua la tête.

— Il ne veut pas de moi. Je lui ai déjà demandé de se marier avec moi, et il a refusé.

Comme Elswyth la dévisageait avec stupéfaction, Ellan expliqua :

— C'était le soir où notre père est venu à Alvey. Nous avons discuté, et il m'a appris qu'il avait arrangé un mariage pour moi. Je me suis dit que je devais épouser un Danois si je voulais y échapper, et j'ai demandé à Aevir.

— Et il t'a dit non ?

Ellan hocha la tête.

— J'étais stupide de penser qu'il pourrait me vouloir pour femme.

Qu'avait-elle à lui offrir, de toute façon ?

— À qui père t'a-t-il promise ?

Ellan haussa les épaules, tandis qu'elle observait la silhouette immobile d'Aevir. Elle n'y avait pas beaucoup pensé depuis qu'Elswyth avait été enlevée.

— Il ne l'a pas dit. Et maintenant qu'il a disparu, je ne suis pas certaine que ce soit important…

Sa sœur hocha la tête.

— J'étais venue te dire que Lord Vidar souhaite te parler. Je vais rester avec Aevir.

Ellan ferma les paupières. Elle avait presque oublié qu'elle était à Banford parce que le *jarl* avait requis sa présence.

— Je t'en prie, ne le quitte pas un instant. Je ne voudrais pas qu'il se réveille et se retrouve tout seul.

Elswyth lui assura qu'elle resterait avec lui, et Ellan quitta l'alcôve.

Alors qu'elle s'emmitouflait dans la cape doublée de fourrure que Lady Gwendolyn lui avait prêtée, Ellan balaya du regard la maison de campagne où elle était née.

Elle y avait passé quelques années, avant que son père, par un complexe jeu d'alliances, soit nommé seigneur de Banford après la mort sans descendance de l'ancien suzerain, et emménage au château.

Elle aurait dû s'y sentir chez elle, et pourtant ce n'était pas le cas. Un feu brûlait dans la cheminée, mais c'était une corvée dont elle s'était chargée bien trop souvent pour admirer sa lumière et sa chaleur réconfortantes. Elle avait une cicatrice sur le dos de la main droite, causée par de la graisse de porc brûlante. Elle n'avait alors que six hivers, et c'était beaucoup trop jeune pour s'occuper des repas de la famille, mais c'était une tâche qui à l'époque lui revenait de manière presque systématique.

Dans un coin se trouvait le fauteuil à haut dossier de son père. Cela aurait dû l'attendrir, lui rappeler de réconfortants souvenirs. Mais cela ne lui évoquait que les nombreuses fois où il s'était tenu assis là, à la réprimander pour une raison ou une autre.

Elle se souvenait aussi de ces occasions où il rassemblait autour de lui Galan, Elswyth et leur jeune frère Baldric, pour leur raconter des mésaventures de sa jeunesse, tandis qu'elle était envoyée accomplir quelque corvée.

Au fond d'elle-même, elle savait que ce rejet n'avait rien de personnel. Son père lui avait souvent dit qu'elle ressemblait à sa mère, et elle avait très vite compris qu'il ne pouvait pas supporter de la voir. Ce n'était pas pour autant que son rejet ne la faisait pas souffrir.

Sa vie n'était pas ici. Mais apparemment, elle n'était pas non plus avec Aevir.

Où était sa place, alors ?

C'était une question qui l'avait rongée depuis des années.

La réponse lui échappait aujourd'hui, comme toujours auparavant.

Serrant sa cape autour d'elle, elle ouvrit la porte, prête à affronter la morsure du vent et à courir à travers champs vers le château.

Elle eut un sursaut quand la lumière de la maison illumina une silhouette familière qui s'avançait sur le chemin.

— Henrik !

Un grand sourire éclaira aussitôt le visage du guerrier, avant qu'il baisse la tête avec embarras.

— Je pensais vous accompagner. Quelques Écossais traînent encore peut-être dans les parages, et ce ne serait pas prudent de cheminer seule, surtout la nuit.

Elle se força à lui rendre son sourire, bien qu'elle soit préoccupée par l'état de santé d'Aevir. Cependant, elle appréciait la prévenance d'Henrik. Et sa timidité, en dépit de son évidente force physique et de ses capacités guerrières, avait quelque chose de charmant.

— Merci. C'est très gentil à vous.

La nuit était déjà bien avancée, et il n'y avait plus personne dehors, aussi Henrik lui fut-il d'une présence réconfortante durant le trajet.

Une neige légère était tombée dans l'après-midi, et

la bise glacée annonçait de nouvelles chutes pour le lendemain matin.

Lorsqu'ils furent à la porte du château, Henrik lui posa une main sur le bras, en un geste amical.

— Ne vous laissez pas intimider par les questions du *jarl*.

Il lui adressa un sourire chaleureux et rassurant.

— Il risque de se montrer sévère, afin d'obtenir que vous lui disiez la vérité, mais je serai à vos côtés.

Elle hocha la tête en signe de remerciement muet mais, quand il ouvrit la porte, elle ne put s'empêcher de penser que ce n'était pas dans l'ordre normal des choses.

C'était Aevir qui aurait dû se trouver avec elle, pas cet homme qui la regardait comme s'il espérait de sa part plus que de l'amitié.

6

Il y avait beaucoup plus d'hommes au château que ce à quoi Ellan s'attendait.

Elle s'était imaginé qu'il s'agirait d'un simple entretien. Lord Vidar lui poserait des questions à propos de son père, elle y répondrait dans la mesure de ses connaissances, et cela serait terminé en quelques instants.

Lorsque la porte s'ouvrit sur la grande salle emplie de guerriers et de notables âgés de Banford, elle vacilla sur ses jambes en comprenant que ce serait beaucoup plus long qu'elle ne l'avait anticipé.

L'endroit paraissait petit et dépouillé comparé à la grande salle d'Alvey. Les torches créaient des ombres effrayantes sur les murs ornés d'anciennes tapisseries représentant des scènes de chasse. Elles n'avaient pas changé de place depuis qu'elle était enfant, et certaines étaient usées jusqu'à la corde.

Les tables, qui étaient d'ordinaire au centre pour former une immense tablée, avaient été poussées sur les côtés afin que Lord Vidar soit assis au fond de la salle, faisant face à la porte.

Le *jarl* danois n'était pas très âgé – sans doute avait-il le même âge qu'Aevir – mais il avait une présence qui le faisait paraître plus vieux. Il faisait penser à un roi sur un trône.

En tout cas, il en avait l'expression hautaine et sévère.

Henrik avait posé la main dans le creux du dos d'Ellan, l'encourageant gentiment à s'approcher.

Elle se rappela qu'elle n'avait rien à craindre d'un homme qui lui offrait le gîte depuis plusieurs mois, et s'avança, plaçant méthodiquement un pied devant l'autre.

Et cependant, tandis que toutes les têtes se retournaient sur son passage, elle avait du mal à réprimer une soudaine angoisse.

Elle aurait voulu que Galan ou Elswyth l'accompagnent, mais elle n'avait d'autre choix que d'affronter cela toute seule.

La voix profonde et grave de Lord Vidar résonna depuis le fond de la salle.

— Comment va Aevir ?

Elle toussota, ayant du mal à retrouver sa voix.

— Sa fièvre fait toujours rage, mais il s'est réveillé quelques instants, et il était lucide quand nous avons parlé.

Enfin, peut-être pas si lucide que ça…

Elle ressentit un picotement au bout des doigts en songeant à la façon dont Aevir lui avait tenu la main. Finalement, elle n'était pas si sûre qu'il savait ce qu'il faisait quand il avait entrelacé ses doigts aux siens.

— C'est bien, dit Lord Vidar.

Son expression se radoucit quelque peu.

Peut-être était-ce la tension de la journée et le fait d'avoir dû s'occuper de tous ces blessés qui lui donnaient cet air si strict.

— Je vous remercie de vous être préoccupée aussi aimablement de son sort.

Ellan dissimula un sourire.

S'il avait su ce qu'elle ressentait réellement, le *jarl* aurait à coup sûr été choqué.

Les premiers moments qui avaient suivi son arrivée s'étaient apparentés à un brouillard de frénésie et de chaos.

Elle s'était dirigée tout droit vers les quartiers des combattants, et avait découvert Aevir sur une fine paillasse qui sentait le moisi... Et d'autres choses qu'elle préférait ne pas évoquer. Ses plaies avaient été pansées, mais le fait qu'il n'y ait personne pour lui tenir compagnie l'avait choquée.

Les guerriers présents s'étaient offusqués de son intrusion, mais ils n'avaient pas tardé à lui obéir quand elle avait exigé qu'ils transportent Aevir dans l'ancienne maison de son père, afin qu'elle puisse veiller sur lui.

La panique lui avait donné du courage.

D'un ton posé et modeste, elle répondit au *jarl* :

— Aevir s'est montré bon envers moi. Je voulais simplement lui rendre cette faveur.

Lord Vidar hocha la tête, mais son regard scruta son visage, comme s'il essayait de découvrir ses véritables intentions.

— Tant que vous serez ici, je vous demande de rester à proximité de votre maison. Pas de promenade dans les bois ou au village sans escorte. Un homme sera posté devant votre porte en permanence, pour votre sécurité.

Pour sa sécurité, ou parce qu'un soupçon planait sur sa famille ?

L'incertitude lui noua l'estomac.

— Je peux me charger de la surveillance, milord, si cela vous agrée.

Henrik la surprit en parlant par-dessus son épaule. Elle n'avait pas réalisé qu'il l'avait suivie à travers la salle.

— Je veillerai aux tours de garde.

Ellan lui lança un regard de gratitude mais, une fois encore, elle ne put s'empêcher de se demander ce qu'Henrik attendait véritablement d'elle.

— Vous avez entendu dire, je suppose, que votre père et vos deux frères ont disparu ?

La voix de Lord Vidar interrompit ses pensées.

— En effet, et je vous assure que je ne sais pas où ils ont pu aller.

— Nous sommes nombreux à suspecter que Godric a rejoint les Écossais. Quelques-uns, cependant, pensent qu'il est resté loyal à Alvey.

Il inclina la tête en direction des anciens du village, qui la regardaient tous avec la même expression réprobatrice qu'arborait si souvent son père.

— Le fait est que nous ne pourrons pas le savoir avant de les avoir trouvés. La seule chose dont nous sommes sûrs, c'est que, à part Elswyth et Rolfe qui se sont entretenus avec eux le matin de leur disparition à Alvey, vous êtes la dernière à leur avoir parlé.

Il laissa planer un silence, avant de demander :

— De quoi avez-vous discuté ?

Ellan prit une profonde inspiration, et tout l'air de la pièce sembla soudain se concentrer autour elle.

Elle essaya de ne pas fléchir sous la pression, de faire en sorte de garder les épaules droites et les pieds fermement plantés dans le sol.

S'assurant que sa voix était forte et claire, elle résuma la conversation qu'elle avait eue avec son père.

Au dernier moment, elle décida de ne pas mentionner

son mariage arrangé, dans l'espoir que personne n'y ferait allusion. Elle n'était même pas certaine que cette histoire de fiançailles soit vraie.

Elle termina par l'insistance de son père à lui ordonner de partir avec lui dès le lendemain matin.

— Je craignais qu'il ne m'autorise pas à revenir à Alvey. Je lui ai donc dit que Lady Gwendolyn m'avait offert un bracelet en or, et que je devais retourner le chercher. C'est seulement alors qu'il m'a laissée retourner à la forteresse, avec la promesse que nous partirions au lever du jour. Le lendemain, il avait disparu.

Lord Vidar la dévisagea sans parler, lui donnant le sentiment inquiétant qu'il savait qu'elle n'avait pas tout dit.

— Il n'a pas évoqué les Écossais avec vous ?

— Non, milord. Je crains qu'il ne m'ait jamais tenue en grande estime, ce qui explique pourquoi il ne me dirait jamais quoi que ce soit qui puisse l'incriminer.

C'était la stricte vérité. Son père ne s'était jamais intéressé à elle autrement que pour lui donner des ordres ou lui faire des remontrances.

Les anciens s'agitèrent sur les bancs.

Leur présence donnait à Ellan l'impression qu'elle était interrogée devant son père lui-même. La plupart d'entre eux étaient amis avec lui.

À n'en pas douter, ils en savaient plus sur ses liens avec les Écossais qu'elle-même.

— Si vous permettez, milord...

Desmond, qui avait semble-t-il endossé le rôle de suzerain de Banford en l'absence de Godric, se leva et marcha vers elle. Il était âgé, avec des cheveux blancs clairsemés, et souffrait d'une claudication marquée, une de ses jambes étant plus courte que l'autre.

Ellan ne put s'empêcher de se dandiner d'un pied sur l'autre, tandis que l'homme lui accordait le même regard réprobateur qu'il lui avait lancé quand il l'avait naguère découverte en train de jouer aux osselets avec son fils.

Le garçon et elle n'avaient chacun pas plus de dix hivers à l'époque, mais Desmond l'avait regardée comme si elle était déterminée à entraîner son fils sur le chemin de la débauche.

Le comportement scandaleux de sa mère avait fait d'elle un être abominable aux yeux des autres, alors même qu'elle n'était qu'une enfant innocente.

Elle dut faire un effort considérable pour soutenir son regard, ce qui lui valut une moue encore plus dédaigneuse du vieillard.

— Cette femme dissimule des informations ! décréta-t-il d'un ton accusateur.

Comment le savait-il ?

Elle tourna la tête vers Lord Vidar, dont l'expression bienveillante était devenue suspicieuse.

— Que voulez-vous dire, Desmond ?

Le vieillard parut très content de lui-même quand il dit :

— Son père l'a prévenue que...

Redoutant de perdre toute crédibilité si elle n'était pas tout à fait honnête, Ellan s'empressa d'intervenir :

— Mon père m'a dit qu'il avait arrangé mes fiançailles avec un Saxon. Il ne m'a pas donné son nom, et je ne pensais pas que le sujet était pertinent avec ce qui nous préoccupe présentement.

— *Tout* est pertinent.

L'intonation de Lord Vidar était froide et sévère.

Intimidée, Ellan baissa les yeux.

— Bien sûr, milord. Veuillez m'excuser.

Son cœur battait dans sa poitrine comme les ailes d'un papillon pris de folie.

Tournant son regard incisif vers Desmond, le *jarl* posa la question dont elle brûlait de connaître la réponse.

— Comment savez-vous que son père lui a parlé de cela ?

Desmond perdit un peu de son arrogance.

— Je ne le savais pas, mais je m'en doutais car j'ai aidé Godric à arranger les fiançailles. Et, comme son père n'est pas là pour respecter sa promesse, c'est à moi de faire en sorte que ce mariage ait lieu.

Stupéfaite, Ellan écarquilla les yeux.

Elle cherchait toujours ses mots quand Lord Vidar reprit la parole, exprimant ce qu'elle voulait dire :

— Êtes-vous bien certain que ces fiançailles soient officielles ?

Desmond se rengorgea.

— Évidemment ! Je n'ai pas pour habitude de raconter des sornettes. Demandez à Tolan de Stapleham. Je suis certain qu'il se rappelle avoir parlé avec Godric.

Le nom de ce village évoquait vaguement quelque chose à Ellan.

Si elle ne faisait pas d'erreur, il se trouvait sur les territoires sud d'Alvey.

— Tolan ? C'est l'homme que mon père me destinait comme mari ?

Le nouveau châtelain hocha la tête, l'air ravi.

— C'est un homme important à Stapleham, et un lointain parent.

Elle se le figura à l'image de Desmond, avec des cheveux blancs clairsemés, des dents jaunes et un excès d'embonpoint, et elle ne put réprimer un frisson.

Désespérée, elle se tourna vers Lord Vidar, l'implorant du regard.

— Je n'ai jamais donné mon accord pour ces fiançailles. En fait, j'ai le souhait d'épouser quelqu'un d'autre. Un Danois.

La stupéfaction de Desmond lui arracha malgré elle un sourire.

Tandis que les mariages entre Saxons et Danois étaient encouragés par Lord Vidar et Lady Gwendolyn, la plupart des anciens avaient du mal à les accepter.

— Vous épouserez un Saxon comme votre père l'a décidé, jeune fille ! décréta Desmond.

Il s'avança d'un air menaçant, mais Lord Vidar intervint.

— Il suffit ! Qui est ce Danois, Ellan ?

Ses lèvres se mirent à trembler, tandis qu'elle cherchait une réponse.

Elle ne pensait pas à un Danois en particulier – sauf peut-être Aevir. Mais il lui avait déjà dit qu'il ne l'épouserait pas.

Donner son nom maintenant ne lui apporterait rien.

Les lèvres de Lord Vidar s'étirèrent en une ligne mince, tandis que son front se plissait, indiquant que sa patience avait atteint ses limites.

La voix de Desmond s'éleva.

— Cette fille est déjà promise à Tolan. Il est totalement exclu qu'elle s'engage avec un Danois, quel que soit son rang.

Lord Vidar leva la main pour obtenir le silence, et s'adressa au nouveau châtelain.

— Savez-vous si de l'argent a été échangé ? Une compensation a-t-elle été offerte à Godric pour prix de sa fille ?

Desmond haussa les épaules.

— Je n'ai pas connaissance des détails, milord.

— En l'absence de Godric, nous ne pouvons affirmer que les fiançailles sont légitimes. Ce Tolan va devoir se justifier auprès de nous.

La panique donna à Ellan l'audace d'intervenir.

— Mais... Milord... Je vous en prie. Je ne veux pas épouser un homme que je n'ai jamais rencontré. Et puis, une union avec un Danois ne serait-elle pas préférable pour la paix ?

Elswyth n'en était-elle pas le parfait exemple, elle qui avait épousé Rolfe par amour ?

— N'encouragez-vous pas les mariages entre Saxons et Danois ?

Elle prenait sur elle pour se retenir de se jeter aux pieds de Lord Vidar tandis qu'elle plaidait sa cause.

Le *jarl* hocha la tête, et son expression se radoucit.

— Si vous avez réellement des vues sur un Danois, présentez-le-moi. Nous écouterons ses arguments, et prendrons alors une décision.

Desmond renifla avec mépris.

Ellan l'ignora et remercia abondamment Lord Vidar, tandis qu'elle pressait ses mains contre son cœur, comme pour l'empêcher de jaillir hors de sa poitrine.

Tournant les talons, elle quitta précipitamment la grande salle, suivie d'Henrik.

La seule chose qui la préoccupait pour le moment, c'était la santé d'Aevir.

Elle aurait tout le temps dans les jours à venir de trouver un moyen d'éviter ce mariage.

7

Aevir ouvrit les yeux sur la plus jolie vision qui lui ait jamais été donnée de voir.

Ellan était assise près du feu, avec les cheveux détachés. La masse épaisse cascadait jusqu'à sa taille, en bouclant légèrement aux pointes. La lumière des flammes peignait des reflets d'or et de cuivre dans les mèches soyeuses.

À l'évidence, ce moment était supposé être privé. Elle ne portait qu'une longue chemise de lin. Le ruban qui aurait dû la fermer autour du cou était dénoué, et les deux pans étaient largement ouverts sur sa gorge, menaçant de révéler la naissance de ses seins.

Lorsqu'elle se tourna et plongea un morceau de toile dans un seau d'eau suspendu au-dessus du feu, il comprit qu'elle faisait sa toilette, et qu'il devrait probablement lui faire savoir qu'il était éveillé.

Il ouvrit la bouche, mais aucun mot n'en sortit lorsqu'il réalisa que le bas de la chemise d'Ellan était relevé sur ses cuisses, lui révélant de longues jambes sculptées, des chevilles fines et des pieds exquis.

Dévoré par l'envie de faire courir ses paumes sur la peau soyeuse, il s'imagina refermer les doigts dans le doux creux derrière les genoux d'Ellan pour lui écarter largement les jambes.

Il y avait une ombre entre ses cuisses qu'il rêvait de voir exposée devant ses yeux. À cette pensée, une raideur inattendue s'empara de son bas-ventre.

Le feu siffla tandis qu'elle retirait la toile du seau, faisant tomber des gouttes d'eau dans le foyer.

Ses mains délicates tordirent la toile pour l'essorer, et la portèrent à sa poitrine.

Un son qu'il ne reconnut pas s'échappa de ses lèvres, tandis qu'il la regardait ouvrir davantage le décolleté de sa chemise, exposant les globes délicieux de ses seins.

Ses mamelons, petits et haut perchés sur son buste, étaient durcis par les passages de la toile humide. Aevir en eut l'eau à la bouche en s'imaginant effleurer délicatement du bout des doigts la pointe des seins dressés comme un bourgeon prêt à éclore.

Comment réagirait-elle s'il les prenait entre ses lèvres, les taquinait de la pointe de la langue, les agaçait du bout des dents ?

Exprimerait-elle son plaisir par des gémissements rauques, des murmures fiévreux ?

Il avait envie de se mettre à genoux devant elle, une main sur sa poitrine, l'autre entre ses cuisses. Sa bouche quelque part à mi-chemin.

La palpitation douloureuse dans son membre viril lui fit crisper les doigts contre son matelas.

Il laissa échapper un grognement étouffé de désir et ferma les yeux devant la tentation qu'elle représentait.

Physiquement, il n'était pas capable de répondre à ses besoins. Chaque élan de chaleur qui lui traversait le corps s'accompagnait d'une pulsation de douleur.

Mais s'il voulait se tenir à l'écart d'Ellan, ce n'était pas uniquement en raison de ses blessures. Son sens du devoir jouait aussi un rôle important.

— Aevir !

Elle avait dû l'entendre. Sa voix était emplie d'inquiétude tandis qu'elle s'activait bruyamment dans la pièce principale.

Il l'imagina en train de jeter la toile dans le seau, et de remettre de l'ordre dans sa tenue.

Il y eut un raclement tandis qu'elle glissait ses pieds dans ses chaussures, avant que ses pas pressés la conduisent à côté de lui dans l'alcôve.

Il s'était réveillé des quantités de fois en découvrant son visage. Chaque fois, elle pressait un gobelet contre ses lèvres parcheminées, ou lui passait un linge humide sur le visage.

À une occasion, il avait ouvert les yeux, alors qu'elle lui tournait le dos pour changer le bandage de sa jambe. La douleur était intense, mais tout ce à quoi il avait pensé, c'était qu'elle avait une nuque ravissante.

— Souffrez-vous ?

Elle l'observait avec de grands yeux inquiets.

Cette question lui arracha un rire amer.

— J'ai mal partout.

Une douleur accablante lui transperçait la tête comme un poignard. Ses tempes battaient avec une régularité lancinante. Il avait le dos raide et douloureux. Le bandage à sa cuisse le brûlait comme s'il était en feu, et sa cheville était enflée.

Et pourtant, au beau milieu de toute cette désolation, son sexe avait la capacité de se gonfler de désir pour elle.

Bien sûr, il était nu sous la couverture, ce qui ne faisait qu'encourager cette réaction.

— Il me reste de la potion, proposa-t-elle.

Elle tendit le bras pour saisir le pichet sur la table d'appoint à côté du lit, mais il lui saisit le poignet pour arrêter son geste.

— Non. Je n'en veux plus.

Sa langue était gonflée et douloureuse, et il avait du mal à parler.

— J'ai déjà l'impression d'avoir des toiles d'araignée dans la tête.

Elle lui adressa un signe de tête réticent, et posa ses doigts frais sur son front.

— La fièvre a cessé tôt ce matin, et elle ne semble pas être revenue. Je vais vous donner de l'eau.

Elle fit un geste pour se libérer, mais sa question l'arrêta dans son élan.

— Depuis combien de temps suis-je ici ?

— La bataille s'est déroulée il y a trois jours. Quand vous êtes arrivé ici, vous étiez brûlant de fièvre, et vous déliriez dans votre sommeil. Nous avons pensé vous ligoter tellement vous étiez agité, mais j'avais peur de blesser davantage votre épaule.

Il baissa les yeux vers le bandage qui lui barrait le torse et maintenait son bras plaqué contre son corps.

Ellan lui avait dit que son épaule était déboîtée. Heureusement, il n'était pas conscient quand elle avait été remise en place.

— Où suis-je ? demanda-t-il, tout en essayant de se redresser sur son bras valide.

Elle fut rapide à prendre place à côté de lui sur le lit pour le soutenir. La position fit que sa poitrine pressa contre son bras. Il ferma les yeux en se rappelant à quoi ses seins ressemblaient quand ils étaient découverts. Crémeux, avec une pointe rose.

Il s'éclaircit la gorge pour s'extirper du souvenir et tenta de la repousser, mais le geste le fit vaciller.

— Pas de mouvement brusque, protesta-t-elle d'une voix douce. Vous n'êtes pas encore guéri.

Elle glissa une couverture roulée dans son dos, et cala un oreiller derrière sa tête, de façon à ce qu'il puisse se détendre dans cette nouvelle position.

— Je peux avoir de l'eau ? demanda-t-il.

Tandis qu'elle se penchait au-dessus de lui, il essaya de ne pas regarder dans l'entrebâillement de sa chemise, mais n'y parvint pas. Elle avait renoué le ruban avant de le rejoindre, mais l'encolure était suffisamment lâche pour qu'il puisse apercevoir sa peau soyeuse.

Ellan retourna précipitamment dans la pièce principale, lui laissant juste le temps de vérifier que ce qu'il restait de son érection était dissimulé par la couverture, avant qu'elle revienne avec un gobelet d'eau.

Il la but d'un trait et lui redonna le gobelet.

— Merci.

Il aurait voulu ne pas apprécier autant le fait qu'elle lui accorde une telle attention. Mais il ne pouvait nier, alors qu'elle repoussait une mèche de cheveux tombée sur son front, qu'il avait envie de prolonger ce contact.

La lumière du jour entrait dans la pièce principale, mais seul un maigre rai de soleil filtrait par l'entrebâillement du rideau.

Ellan ou quelqu'un d'autre avait apporté un chandelier, mais, sur les trois branches, seule une bougie brûlait encore. C'était suffisant pour qu'il puisse voir son visage, et le vert pailleté d'or de ses yeux.

— Pourquoi suis-je ici ?

Son intonation était plus brusque qu'il n'en avait eu l'intention et, devant le regard surpris d'Ellan, il ajouta d'un ton radouci :

— Après la bataille, je me souviens qu'on m'a ramené à mon galetas.

— Je vous ai fait déplacer ici, afin que je puisse veiller sur vous. Vous êtes chez moi.

Il se crispa.

— Dans la maison de Godric ? Vous m'avez conduit chez votre père ?

Elle secoua la tête et pressa les doigts sur son épaule valide pour l'empêcher de se redresser.

Il essaya de ne pas penser au contact de la main d'Ellan sur sa peau nue.

— Pour le moment, c'est *chez moi*. Mon père n'a pas encore été retrouvé. Vous êtes dans le lit qu'Elswyth et moi partagions quand nous étions enfants.

Ce n'était rien d'autre qu'une plate-forme de bois légèrement surélevée par rapport au sol, avec un matelas empli de paille.

— Et maintenant, promettez-moi de ne pas bouger, le temps que j'aille vous chercher de la nourriture.

— Ce n'est pas utile. Je n'ai pas faim.

— Vous n'avez pas mangé depuis des jours. Si vous voulez vous rétablir, vous ne pouvez pas rester plus longtemps le ventre vide.

En dépit du temps qu'il avait passé au lit, Aevir devait admettre qu'il n'avait pas la force d'aller où que ce soit.

Même le hochement de tête qu'il lui adressa à contrecœur lui donna le vertige.

Ellan retourna précipitamment vers la cheminée et transféra dans un grand bol deux copieuses louches de potée de viande et de légumes.

Il n'avait pas très faim, mais il savait qu'il avait besoin de s'alimenter pour reprendre des forces.

Lorsqu'elle revint s'asseoir à côté de lui, il comprit qu'elle avait l'intention de le nourrir.

Il protesta, vexé.

— Je peux me débrouiller seul !

Il commençait à se sentir comme un animal de compagnie choyé à l'excès.

Ellan secoua la tête avec un sourire entendu.

— Tant que vous serez ici, je devrai m'occuper de vous.

Aevir ne pouvait s'empêcher de s'étonner d'une telle bonté.

La veille de son départ d'Alvey, il avait à la fois refusé la proposition de mariage d'Ellan et lui avait offert de devenir sa concubine, ce qu'elle avait catégoriquement rejeté. Il avait alors commencé à l'interroger, et il était allé jusqu'à l'accuser d'espionnage.

Pour quelle raison serait-elle maintenant aussi investie dans sa guérison ?

— Pourquoi ? demanda-t-il.

Elle approcha de ses lèvres une cuillère de soupe, tout en affichant une expression obstinée.

Retenant un soupir devant cette manifestation de sa nature tenace, il ouvrit la bouche et accepta la becquée qu'elle lui offrait.

Son effort fut récompensé par un lumineux sourire.

— Est-ce vraiment important de savoir pourquoi ?

demanda-t-elle. Vous devriez être ravi que j'aie décidé de veiller à votre guérison. Quand je suis arrivée, il n'y avait personne à vos côtés.

Il savait ce qu'elle voulait dire. Avant que la fièvre l'emporte, il se souvenait d'avoir aboyé des ordres à ses hommes, exigeant de rester seul.

Rétrospectivement, ce n'était sans doute pas la meilleure décision.

Ravalant sa fierté, il répondit :

— Je vous en suis reconnaissant. Merci de m'avoir aidé, Ellan.

Elle rougit de façon charmante et baissa la tête.

Il eut envie de lui demander si elle se rappelait les moments précédant son départ d'Alvey, quand elle l'avait supplié de trouver sa sœur.

Se rappelait-elle la façon dont elle s'était jetée dans ses bras ?

Probablement pas. Elle était dans une telle détresse qu'elle se serait comportée de la même façon avec n'importe qui d'autre.

Quand elle lui proposa une bouchée de viande, il la mâcha consciencieusement, avant de demander :

— Est-ce que vous m'aidez parce que vous espérez trouver un mari parmi mes hommes ? Peut-être voulez-vous que je vous fasse des recommandations ?

Un besoin pervers de la faire sortir de ses gonds lui avait fait poser cette question.

Elle s'immobilisa pour le dévisager.

— Quoi ?

Elle eut une mimique désappointée, tandis qu'elle s'occupait inutilement de trier les morceaux de viande au fond du bol de soupe.

— Cela n'a rien à voir. Je me sens seulement responsable de votre état.

— Comment pourriez-vous en être responsable ? Étiez-vous secrètement enrôlée parmi les Écossais qui nous ont attaqués ?

Elle haussa les épaules avec dédain devant cette piètre tentative de plaisanterie.

— Je vous ai fait promettre de trouver Elswyth, et de la ramener. Et je me suis dit que, peut-être…

Elle s'obstinait à éviter son regard.

— Que cherchez-vous à me dire ?

S'était-elle inquiétée de son sort, comme elle s'inquiétait pour sa sœur ?

— Eh bien, vous avez peut-être pris votre promesse trop à cœur, et vous avez été blessé en essayant de la tenir.

Ses paroles, associées à la lueur chagrinée dans son regard, lui firent penser qu'elle s'était bel et bien inquiétée pour lui.

Une pression inconfortable monta dans sa poitrine.

Il avait pris sa promesse très à cœur, en effet. Tout le temps de la chevauchée vers le nord, il n'avait pensé à rien d'autre qu'à ramener Elswyth, comme Ellan le lui avait demandé. Mais ce n'était pas la peine qu'il lui fasse savoir ce que cela signifiait pour lui. C'était même un sentiment sur lequel il n'avait pas envie de s'interroger.

— J'ai été fidèle à ma promesse, Ellan, mais ça n'a rien à voir avec ma blessure. C'est arrivé après que nous l'avons sauvée des mains des Écossais, tandis que ces derniers battaient en retraite.

Elle croisa brièvement son regard, avant de baisser à nouveau les yeux.

— Oh…

Brisant le silence gêné qui s'ensuivit, il dit :

— Vous êtes donc délivrée de votre devoir envers moi.

— Ce n'est pas un devoir.

— Mais, vous avez dit...

Elle secoua la tête.

— Je sais ce que j'ai dit. Mais en réalité, voyez-vous, ce n'est pas uniquement à cause de cette promesse que je veux vous aider.

La frustration lui faisait froncer les sourcils et dessinait une moue boudeuse sur ses lèvres.

— Il y a un lien entre nous, reprit-elle. Je sens que nous pourrions être amis, et...

Aevir fit un effort pour se redresser et tenta de protester :

— Ellan...

Elle leva la main pour le faire taire.

— Non, s'il vous plaît. Je... Je comprends pourquoi vous ne voulez pas m'épouser...

Elle écarquilla les yeux, apparemment choquée par la façon brutale dont les mots lui avaient échappé, et se reprit :

— Je veux dire que je comprends les raisons pour lesquelles vous pensez que je devrais épouser un simple homme de troupe, plutôt qu'un guerrier plus gradé. Je suis une fille de la campagne, et ma famille est soupçonnée de trahison. Je n'ai rien à vous apporter, et j'en suis parfaitement consciente. Mais rassurez-vous, je n'ai pas l'intention de poursuivre dans cette voie avec vous, si c'est ce que vous craignez.

— Je n'avais pas pensé à ça.

— Bien. Dès lors, je ne vois pas ce qui pourrait m'empêcher de vous aider. Lord Vidar m'a convoquée ici, nous sommes amis, et vous avez besoin de moi... Je veux dire, vous avez besoin d'aide. Donc, pendant que je suis là, autant que je... Eh bien, que je vous aide.

Bien qu'il ait été exprimé de façon on ne peut plus confuse, il accepta son raisonnement d'un signe de tête, tout en ne sachant pas s'il était soulagé ou déçu.

Il était absolument *impossible* qu'ils soient amis. Ce qu'il ressentait pour elle était trop puissant, trop incertain.

Néanmoins, ce n'était pas cela qui le préoccupait pour le moment.

À la vérité, il ne pouvait s'empêcher de ressasser cette opinion qu'elle venait d'exprimer, selon laquelle elle ne serait pas assez bien pour lui. C'était tout bonnement faux ! Jusqu'alors, il n'avait pas compris qu'elle pourrait ressentir une telle chose.

Il ne pouvait la laisser continuer à croire cela.

— Ce n'est pas vrai, Ellan. Je n'ai jamais pensé que vous n'étiez pas digne d'un guerrier.

Elle soupira. Par Odin, pourquoi avait-il poursuivi dans cette voie ? La réponse qu'il venait de lui apporter semblait pour le moins inadéquate au regard de la honte évidente que ressentait Ellan.

Elle afficha un sourire courageux, mais ses lèvres tremblaient tandis qu'elle luttait pour s'y accrocher.

— Je trouverai peut-être un fermier qui acceptera de m'épouser. Ou bien, je finirai par me résigner à épouser le Saxon que mon père m'a réservé. Je comprends que telle est ma place... Et cependant, je préférerais entrer au couvent plutôt que d'accepter son choix.

Aevir secoua la tête, provoquant une vague de douleur qui l'aveugla quelques instants.

Il vit le corps d'Ellan se tendre, comme si elle s'apprêtait à se lever, et il lui posa la main sur la cuisse pour l'en empêcher.

Elle eut un petit hoquet de surprise et baissa les yeux vers l'endroit où il la touchait, mais il ne put se résoudre à ôter sa main.

— Vous devriez pouvoir épouser qui vous voulez, fermier ou guerrier. Vous pourriez même faire un très beau mariage. Certes, vous êtes la fille d'un fermier, mais vous n'êtes pas sans valeur en tant qu'épouse.

Elle secoua la tête.

— S'il vous plaît, Aevir. Ce n'est pas nécessaire.

Il sentit la cuisse d'Ellan se crisper sous ses doigts, et il ôta enfin sa main.

— Vous devez me croire, Ellan. Et je suis d'autant mieux placé pour savoir ce que je dis, que je suis le fils d'une esclave.

Elle laissa échapper un cri de surprise.

— Mais... Vous êtes un grand commandant. Vous êtes venu à Alvey avec un bataillon de cinquante combattants !

Elle s'obstinait à secouer la tête, comme si elle ne le croyait pas.

À cet instant, il lui sembla impératif de lui faire comprendre qu'ils n'étaient pas aussi différents qu'elle se l'imaginait.

— Je suis né esclave, et mon maître, qui était en réalité mon père, m'a accordé la liberté peu de temps avant son décès. C'était un fermier, déjà pourvu de quatre fils et n'ayant nullement l'utilité d'un cinquième. Il ne m'a jamais reconnu, mais tout le monde savait qu'il était mon père.

Il soupira.

— Cela ne faisait toutefois aucune différence. Quand

il est mort, personne n'a pris ma défense, et j'ai été obligé de quitter ma maison sans un sou en poche.

Ellan ouvrait de grands yeux tout en l'écoutant.

— Mais alors... Comment ?

— J'ai travaillé pendant un temps comme journalier, offrant mes services de ferme en ferme. Puis je me suis fait embaucher sur un bateau de pêche.

C'était ainsi qu'il avait rencontré Sefa.

Le bateau appartenait au frère de celle-ci, dont il avait très vite gagné l'estime. C'était à la faveur d'un retour au pays qu'il avait fait sa connaissance. Elle l'avait ignoré au début, tandis qu'elle aidait à servir leur repas.

Même la plus jeune fille d'un fermier était hors de sa portée. Ou tout du moins était-ce ce qu'il avait pensé.

Il fit un effort pour s'arracher à ce souvenir, et prit conscience de l'expression captivée d'Ellan.

— Vous voyez, ça n'a aucune importance que vous soyez la fille d'un fermier. Votre valeur est en vous, quelle que soit votre naissance. Je ne vous ai pas rejetée à cause de ce que vous êtes, mais parce que je ne suis pas libre de vous épouser.

— Je ne comprends pas. Si ce que vous dites est vrai, comment êtes-vous devenu un guerrier tenu en si haute estime par Lord Vidar ?

— J'ai travaillé. J'ai accepté tous les emplois qu'on voulait bien me donner, même les plus durs. Je suis né esclave mais, en mon for intérieur, je ne me suis jamais considéré comme tel.

L'expression ébahie d'Ellan le fit sourire. Il trouvait plaisant d'être capable de la surprendre.

Mais, plus encore, il espérait que son propre passé l'aide à prendre conscience qu'elle ne devait rien s'interdire sous prétexte qu'elle ne serait pas assez bien, ou qu'elle ne le méritait pas.

— Il me semble évident que vous ne vous percevez pas comme une simple fille de fermier, pas plus que je ne me considère comme un esclave.

Elle hocha la tête.

— Vous avez raison. J'ai toujours pensé que ma place était ailleurs qu'ici.

— Eh bien, n'acceptez pas d'y être maintenue.

Elle baissa les yeux vers le bol de soupe qui avait refroidi dans sa main, et les releva aussitôt.

Leurs regards se croisèrent.

Une partie de la confiance qui était en train d'éclore en elle l'atteignit, diffusant sa chaleur jusque dans son ventre.

Il serra le poing pour se retenir de la toucher, mais le doux sourire d'Ellan faillit avoir raison de sa résolution.

— Merci, Aevir. Je savais bien que je serais récompensée de vous avoir sauvé.

Il rit, mais son mal de tête s'accentua, et la douleur dans sa cuisse se réveilla.

Vidé du peu de force qu'il avait rassemblé, il se cala contre l'oreiller, et dût faire un effort pour ne pas se laisser emporter par le sommeil.

— Allez prévenir le *jarl* que j'ai l'intention d'assister au dîner de ce soir.

— Chut. Ne dites pas de sottises.

Elle déposa le bol sur la table et se pencha au-dessus de lui.

Sa main fraîche se posa sur son front.

— La fièvre n'est toujours pas revenue, mais il n'est pas question que vous vous leviez aujourd'hui.

Il ouvrit la bouche pour protester, mais elle eut l'audace de lui couvrir les lèvres avec sa paume.

— Dormez. Je veille sur vous.

Il ne le fit pas délibérément, pour l'apaiser, mais ses paupières se fermèrent toutes seules, et il ne parvint pas à les rouvrir.

Et il devait bien admettre qu'il était rassurant de la savoir là.

Son parfum le suivit jusque dans son sommeil, profond et dénué de rêves.

8

Plus tard dans l'après-midi, quelqu'un frappa à la porte.

Surprise, Elswyth s'interrompit dans sa tâche et tourna la tête. Elle était occupée à installer un matelas près de la cheminée. Rolfe et elle dormaient là chaque soir, tandis qu'Ellan, consciente que le jeune couple aurait sans doute aimé profiter de son intimité, se sentait comme une intruse de l'autre côté du foyer, sur son propre matelas.

Une voix étouffée leur parvint de l'autre côté de la porte.

— Ellan. C'est moi, Henrik.

Devant le regard interrogateur d'Elswyth, Ellan s'empressa de fournir une explication :

— Il veut probablement discuter des tours de garde que Lord Vidar a ordonnés.

La crainte qui lui nouait l'estomac lui indiquait plutôt qu'il souhaitait discuter de quelque chose de beaucoup plus personnel.

Elle avait résumé à sa sœur son entretien de la veille avec le *jarl*, mais s'était bien gardée de parler de ses doutes à l'égard du lieutenant d'Aevir.

— Bonsoir, Henrik.

La neige s'était mise à tomber un peu plus tôt, et il semblait que cela durerait jusqu'à la nuit. Henrik portait une lourde cape de fourrure, abondamment recouverte de flocons blancs.

Seule sa bonne éducation incita Ellan à l'inviter à entrer, alors qu'elle ne désirait rien tant que d'éviter une conversation à propos de ce qu'ils s'étaient dit la veille.

— Ne restez pas sur le seuil.

Il eut un sourire de gratitude et s'empressa d'entrer.

La présence d'Elswyth près de la cheminée le surprit, et il s'arrêta net.

— Bonsoir.

Elswyth le salua, regardant tour à tour le nouveau venu et sa sœur, avec un sourire entendu.

— Qu'est-ce qui vous amène par une si froide soirée, Henrik ?

— Je viens prendre mon tour de garde, mais j'aurais voulu avant avoir des nouvelles d'Aevir. Rolfe m'a dit qu'il s'était réveillé un peu plus tôt dans la journée ?

Se frottant les mains l'une contre l'autre, il les tendit au-dessus du feu. Son regard se porta vers le rideau dissimulant l'alcôve, avant de revenir sur Elswyth.

Il semblait éviter de regarder Ellan, et l'effort qu'il faisait était presque comique.

— Il s'est en effet réveillé, comme Rolfe l'a dit, répondit celle-ci. Il a parlé, et semblait avoir toute sa raison. Heureusement, sa fièvre a disparu.

— C'est une bonne nouvelle. Il est fort. Je suis certain qu'il se rétablira pleinement.

Il lui parlait à elle, mais continuait à regarder Elswyth.

Cette dernière baissa la tête pour dissimuler un sourire, mais elle ne fut pas assez rapide et Ellan le vit. Tout ce que pensait Henrik se lisait sur son visage.

— Peut-être devrais-je aller en faire part à Lord Vidar, proposa Elswyth.

Ellan adressa un regard sévère à sa sœur, dont la bonne volonté à les laisser seuls n'était malheureusement pas la bienvenue.

— Je suis certaine que ce n'est pas nécessaire.

Elswyth balaya cette remarque d'un geste de la main.

— Cela ne me dérange aucunement.

Déjà, elle s'emparait de sa cape, et Ellan s'empressa de protester :

— Si quelqu'un doit y aller, c'est moi. J'ai parlé avec Aevir. Si Lord Vidar a des questions, je suis la seule à pouvoir y répondre.

Mais elle comprit que sa remarque ne servait à rien quand sa sœur drapa sa cape sur ses épaules.

— Je t'assure que cela ne m'ennuie pas.

Elswyth lui adressa un sourire exagérément sucré.

— Et puis, il faut que j'aille chercher mon mari. Il s'est attardé bien trop longtemps après le souper, à boire quantité d'hydromel.

Ellan aurait voulu la supplier de rester et de ne pas la laisser avec Henrik, mais elle ne pouvait agir ainsi sans que ce dernier se demande à quoi était due cette crainte soudaine de se trouver seule avec lui.

Au lieu de quoi, elle resta donc immobile et muette de frustration, à regarder sa sœur fermer la porte derrière elle.

Henrik n'avait toujours pas bougé, et elle finit par trouver le courage de regarder dans sa direction.

Il avait les yeux rivés sur le feu.

— Puis-je vous offrir quelque chose ? De la bière ? De l'eau ? Il nous reste un peu de potée…

— Non, merci. À dire vrai, je suis venu pour avoir une discussion avec vous, Ellan.

Quand il la regarda enfin, son expression était solennelle.

— Je sais que nous nous connaissons à peine, dit-il, en donnant l'air de peser chacun de ses mots, mais je crois qu'il existe une certaine forme d'amitié entre nous…

Sa timidité serra le cœur d'Ellan. Il était si adorablement sincère qu'elle regrettait qu'il ne soit pas l'homme qu'elle désirait.

La vie aurait été tellement plus simple si elle avait pu avoir pour Henrik les sentiments qu'elle avait pour Aevir.

— Bien sûr, Henrik. Vous avez été très bon pour moi, et je vous considère comme un ami.

Il hocha la tête et laissa passer un silence.

— Êtes-vous bien sûre que vous ne souhaitez pas honorer l'engagement que votre père a pris ?

Ellan se rembrunit.

— Il ne m'a jamais consultée. L'homme qu'il a choisi m'est inconnu. N'importe quelle femme éprouverait la même réticence que moi.

La voyant agacée, il leva une main en signe de paix.

— Mon intention était de savoir si vous étiez catégoriquement opposée à cette union.

Elle croisa les bras sur sa poitrine.

— Ma réponse est oui.

— La nuit dernière, vous avez évoqué la possibilité d'épouser un Danois. Je me demandais si… si vous aviez quelqu'un en tête.

Ellan ne put s'empêcher de tourner la tête vers l'alcôve.

Il n'y avait qu'Aevir. Mais il lui avait de nouveau signifié aujourd'hui que ce n'était pas envisageable.

— Je n'ai conclu aucun accord avec qui que ce soit.

— C'est une bonne nouvelle, Ellan. J'étais inquiet à l'idée qu'un autre homme vous ait fait sa demande avant que je puisse avoir cette conversation avec vous.

Tandis qu'il affichait un sourire réjoui, Ellan resta sans voix.

C'était bien ce qu'elle craignait.

— Je sais que c'est un peu précipité, reprit-il, et que nous nous connaissons à peine. Mais il faut regarder la vérité en face : votre choix se limite à épouser ce Tolan ou un Danois.

Il s'était avancé vers elle en parlant, et il s'arrêta un peu trop près au goût d'Ellan.

Elle aurait volontiers reculé si elle n'avait pas été aussi médusée par sa requête.

— Considérez-moi comme un candidat possible.

Comme elle ne répondait pas, il se pencha légèrement, et lui effleura la joue du revers de ses doigts gelés.

Elle chercha son souffle. Qu'Henrik exprime son intérêt était une chose, mais elle ne s'attendait pas du tout qu'il la demande en mariage.

— Je vous traiterai bien. Vous avez ma parole. Nous éprouvons déjà de l'amitié l'un pour l'autre, ce qui est bien davantage que ce que connaissent au début la plupart des mariages.

— Mais que faites-vous de Tolan ?

Il sourit, tandis qu'une lueur de fierté faisait scintiller son regard.

— J'ai déjà engrangé une appréciable fortune avec Aevir. Je peux offrir à Tolan plus que votre père ne lui aurait donné. Et si cela ne fonctionne pas, je suis prêt à faire usage de mes poings de façon à ce qu'il me comprenne.

Ellan rejeta la tête en arrière, pour échapper à la caresse de ses doigts.

— Je… Je ne suis pas certaine que Lord Vidar approuverait.

Mille pensées tournoyaient dans sa tête, tandis qu'un élan de panique s'emparait d'elle.

Quelles étaient ses options ?

Elle pouvait s'enfuir, mais l'hiver était déjà bien installé, et elle ne survivrait pas plus de quelques jours, livrée à elle-même. Elle connaissait ses limites.

Elle pouvait supplier Lady Gwendolyn de prendre son parti, mais les impératifs de la diplomatie pourraient exiger que l'union ait lieu.

Henrik avait raison sur un point : ils étaient amis, et elle savait qu'il la traiterait toujours avec respect. Si choisir un Danois pour époux était sa seule opportunité, il était assurément le meilleur choix possible.

Ce n'était pas une certitude qu'elle pouvait avoir s'agissant de ses compagnons… La plupart d'entre eux semblaient à peine civilisés.

Mais quelle que soit la façon dont elle essayait d'envisager les choses, elle en revenait toujours au cœur du problème, à savoir Aevir.

C'était lui qu'elle voulait, et aucun autre homme ne ferait l'affaire.

Le fait qu'il lui ait confié ses humbles débuts ne faisait qu'accroître l'admiration qu'elle éprouvait pour lui.

Mais rien n'était possible entre eux, et Henrik se trouvait devant elle, à lui faire une proposition qu'elle serait bien sotte de refuser.

— Lord Vidar est ouvert à la discussion, affirma-t-il,

et je suis certain qu'il considérera mon idée comme la meilleure qui soit, en la circonstance.

— Mais que diront Desmond et Tolan ?

Cette argumentation était montée de toutes pièces, ne servant qu'à lui donner un peu plus de temps pour réfléchir.

— L'argent n'a pas son pareil pour panser les orgueils blessés. La somme sera peut-être prodigieuse mais, à mes yeux, vous en valez la peine, Ellan.

— Je ne sais pas quoi dire... Merci pour votre offre. J'apprécie votre générosité et votre amitié, Henrik. Mais... Je ne m'attendais pas à... cela.

Dès le début, Henrik n'avait pas caché son intérêt pour elle et, si elle n'avait pas une grande expérience des hommes, elle n'était pas aveugle pour autant.

La nuit dernière, au château, il avait paru curieux de son sort, et elle se doutait qu'il souhaitait en discuter avec elle. Mais jamais l'idée qu'il puisse la demander en mariage ne lui avait traversé l'esprit.

Henrik ne parut pas déçu par son manque d'enthousiasme.

— Je comprends que vous ayez besoin d'y réfléchir. Je n'espérais pas que vous me donniez une réponse ce soir.

Son sourire s'était adouci, passant de l'exaltation à la calme certitude qu'elle finirait par accepter son offre.

Il avait probablement raison d'être aussi sûr de lui. Si elle y réfléchissait bien, quel autre choix pouvait-elle faire ?

Sans même s'en rendre compte, elle avait à nouveau laissé son regard s'attarder vers l'alcôve où dormait Aevir.

Ce fut la voix de Henrik qui l'arracha à sa rêverie.

— A-t-il vos faveurs ?

Il désigna le rideau dissimulant le lit d'Aevir.

Elle ouvrit les lèvres, mais découvrit que sa voix l'avait désertée.

Henrik se rapprocha. Même s'il n'avait pas la solide prestance d'Aevir, il était probablement aussi grand, et il la surplombait de plus d'une tête.

— Je le comprendrais. Beaucoup de femmes l'apprécient.

Il avait baissé la voix jusqu'à murmurer, sans doute afin qu'Aevir ne puisse pas l'entendre, dans l'hypothèse où il se serait réveillé.

Surprise qu'il dise les choses aussi simplement et directement, Ellan chercha son regard.

Henrik lui adressa un hochement de tête solennel, avant de reprendre la parole :

— Durant nos voyages, il n'est jamais en manque de femmes. Mais il ne s'attache à aucune. Une fois, dans la ville de Jórvík, une Saxonne a prétendu qu'elle portait son enfant. Eh bien, cela n'a pas suffi à retenir l'attention d'Aevir.

Ellan n'était pas certaine de vouloir en entendre davantage.

Et cependant, elle ne put s'empêcher de demander :

— Que s'est-il passé ? Qu'a-t-il fait ?

— Il lui a donné suffisamment d'argent pour élever le petit, et l'a renvoyée chez elle.

Ellan en eut le souffle coupé.

Elle jeta un coup d'œil vers le rideau derrière lequel Aevir dormait.

L'image d'une jeune fille de son âge lui apparut. Comment, alors qu'il était lui-même un enfant non désiré, avait-il pu condamner sa propre descendance à un sort incertain ?

Qu'avait-il dit à cette femme quand il l'avait rejetée après lui avoir donné de l'argent ? Était-ce le sort qu'elle-même aurait subi si elle avait accepté de devenir sa concubine ?

— En êtes-vous certain ?

Cela ne ressemblait pas à l'homme qu'elle connaissait... Ou plutôt, à l'homme qu'elle avait envie qu'il soit. Son cœur croyait le connaître, mais elle n'avait aucune idée de qui il était vraiment.

Quelque chose se tordit dans son ventre, et elle ressentit un léger malaise.

— Oui. Et je ne dis pas ça pour le ternir à vos yeux. Beaucoup d'hommes auraient réagi de la même façon, et sans lui donner d'argent, qui plus est. Si je vous le dis, c'est pour que vous compreniez qu'il n'y a pas d'avenir possible avec lui, si c'est à cela que vous pensez.

— Je le sais bien, qu'il n'y a pas d'avenir avec lui.

Un chagrin immense s'abattit sur elle tandis qu'elle l'admettait.

— Bien. Je n'ai pas envie de vous voir souffrir, Ellan.

D'une certaine façon, c'était déjà trop tard.

Elle aurait eu envie de croire qu'Henrik était malintentionné, qu'il avait dit cela pour discréditer son rival. Mais il se dégageait de lui une telle candeur qu'elle avait du mal à le voir autrement qu'honnête et déterminé à l'aider. Ses yeux, en tout cas, ne pouvaient pas mentir.

— Pourquoi, selon vous, est-il ainsi avec les femmes ? Pourquoi le croyez-vous incapable de s'établir ? Pourquoi ne me choisirait-il pas ?

Henrik eut une mimique dubitative.

— C'est difficile à dire. J'ai entendu dire qu'il avait été marié. Certains racontent qu'il l'a quittée, mais je n'accorde guère de crédit à cette rumeur. C'est un homme d'honneur et, quand il donne sa parole, il ne se parjure pas.

Mais cela ne l'avait pas empêché de laisser derrière lui une femme et un enfant.

— D'autres disent qu'elle est morte, reprit Henrik. Peut-être n'a-t-il pas envie, maintenant qu'il est libre, d'être à nouveau lié à une femme.

Et peut-être n'avait-elle aucune chance de faire comprendre à Aevir qu'il avait besoin d'elle dans sa vie.

Mais avait-elle réellement envie d'occuper cette place ? Henrik n'était-il pas son meilleur choix ?

— Merci, Henrik. Vraiment.

Elle avait besoin d'être seule. Elle lui prit le bras et l'entraîna vers la porte.

— Vous penserez à mon offre ?

Comme précédemment, son sourire était tout à la fois timide et empli d'espoir.

— Oui, j'y penserai intensément, et je vous donnerai ma réponse très vite.

Son sourire s'élargit, et il lui toucha à nouveau la joue.

Elle ferma les paupières, et essaya de ressentir quelque chose.

Il ne se passa rien.

— Je promets de faire de mon mieux pour vous rendre heureuse, dit-il.

— Je sais que vous le ferez.

Elle se força à sourire, et le poussa dehors aussi vite qu'elle le put.

Elle croyait à sa sincérité. Cependant, elle redoutait de ne jamais connaître le bonheur dans ses bras.

La porte de la maison se referma, et Aevir ferma les yeux afin qu'Ellan pense qu'il dormait, si jamais elle venait vérifier que tout allait bien.

Elle ne croirait probablement pas à sa ruse.

Son cœur battait à tout rompre, et il avait le plus grand mal à réguler sa respiration afin de ne pas se trahir.

Il était impossible qu'elle le croie endormi si elle le voyait maintenant.

Un déluge d'émotions le submergeait, dont ressortaient en tête la colère et la frustration.

Quelque part au fond de son esprit s'insinuait la pensée qu'Henrik avait dépassé les bornes en parlant à Ellan de cette Saxonne et de Sefa.

Mais ce n'était pas cela qui le mettait dans un tel état de rage.

Non, la furie qui courait aveuglément dans ses veines était due au fait qu'Henrik avait demandé Ellan en mariage.

Ellan lui appartenait.

Certes, cette notion n'avait aucun ancrage dans la réalité. Elle lui avait demandé de l'épouser et il avait refusé. Dès lors, elle était libre de se marier avec n'importe quel autre homme de son choix.

Mais maintenant... Ici... Confronté à cette évidence...

Il ne pouvait pas le supporter.

9

Ellan se réveilla pour la dixième fois au moins depuis qu'elle s'était étendue sur son matelas.

Le cœur de la cheminée dessinait un halo orange dans la grisaille du matin. Le feu s'était réduit en braises, mais il y avait encore assez de lumière pour qu'elle puisse voir sa respiration dessiner de petits nuages de buée dans l'air froid.

Bien que ses yeux soient sableux et las, son esprit était agité de pensées concernant Henrik et son offre, ainsi que des choses qu'elle avait apprises au sujet d'Aevir.

Elle n'avait pas eu l'opportunité d'interroger ce dernier pour connaître sa version des faits.

Cela ne la concernait en rien, il est vrai, mais c'était surtout sa propre lâcheté qui la tenait éloignée de lui.

En l'absence de confirmation de sa part, elle pouvait toujours se laisser aller à croire qu'Henrik ne lui avait pas rapporté la vérité.

Mais dans le cas contraire, il lui aurait été plus facile de tirer un trait définitif sur l'espoir qu'elle avait d'un revirement d'opinion de la part d'Aevir…

Après le départ d'Henrik, elle avait jeté un bref coup

d'œil derrière le rideau, et avait été soulagée de voir qu'il dormait paisiblement.

Le matelas crissa, et un brin de paille lui piqua la hanche tandis qu'elle roulait sur le dos et remontait la fourrure sous son cou. Elle devait ce luxe à la générosité de Lady Gwendolyn. En dehors de la paire de chaussures qu'elle portait au quotidien et de quelques vêtements, elle ne possédait rien. Dans ce domaine, son père avait toujours été d'une frugalité qui confinait à la radinerie, et elle s'était trouvée contrainte de tout partager avec Elswyth : les rubans, les peignes, les quelques rares frivolités pour les cheveux...

Peut-être était-ce pour cette raison qu'elle se sentait aussi désemparée depuis le mariage de sa sœur.

Elle n'avait pas de maison, aucun endroit où elle se sentait la bienvenue. Son univers s'était toujours résumé à Elswyth, mais celle-ci avait désormais un mari et aurait bientôt une famille à elle.

Alvey était le seul lieu où elle avait le sentiment qu'on avait besoin d'elle et que sa présence était appréciée à sa juste valeur.

Était-il concevable qu'elle soit si avide de posséder un foyer qu'elle s'était inventé un attachement pour Aevir ?

Il était impossible de nier leur attirance physique. Elle s'était manifestée dès le premier jour, alors qu'elle ne pouvait détacher les yeux de lui dans la grande salle du château.

Mais ne confondait-elle pas un désir charnel coupable avec quelque chose de plus sincère ?

Était-elle à ce point comme sa mère ?

Même s'il lui était difficile de croire qu'elle s'était

fourvoyée, elle avait malgré tout l'étrange sensation d'avoir la tête plus claire, à présent.

C'était comme si un orage était passé, laissant derrière lui un ciel d'un bleu lumineux et dépourvu de nuages.

La tension se retirait de ses tempes, et la raideur de son cou s'estompait. Pour la première fois depuis qu'elle avait entendu la dérangeante histoire d'Henrik, elle respirait à nouveau normalement.

Peut-être n'était-elle pas amoureuse d'Aevir, après tout. Elle faisait simplement de son mieux pour se trouver un port d'attache.

Elle hocha la tête pour elle-même. À présent, elle était disposée à étudier de façon rationnelle la proposition d'Henrik.

Un murmure masculin se fit entendre depuis le matelas placé de l'autre côté de la cheminée. Il fut suivi par la voix douce d'Elswyth et par un gloussement.

Un gloussement de son austère sœur, qui n'avait jamais gloussé de sa vie !

Confrontée malgré elle à l'évident bonheur du jeune couple, Ellan leva les yeux au ciel. Elle ne leur en voulait pas, mais elle devait bien avouer qu'elle les enviait quelque peu.

La veille, Elswyth était rentrée en annonçant que Rolfe devait partir dès le lever du jour, car son tour était venu de battre la campagne à la recherche des Écossais.

Même si cela n'était pas une surprise, Elswyth n'avait pas masqué son inquiétude, ce qui était bien compréhensible. Tout comme l'était leur besoin de profiter d'un peu d'intimité avant leur séparation forcée.

Aussi discrètement que possible, afin d'éviter toute gêne, Ellan se leva et mit de l'ordre dans sa tenue et sa chevelure. Glissant les pieds dans ses chaussures, elle s'enveloppa dans sa fourrure et s'apprêta à se diriger vers le château pour y prendre son repas du matin.

Un Danois, qu'elle reconnut pour l'avoir croisé à plusieurs reprises mais dont elle ignorait le nom, la salua lorsqu'elle quitta la maison.

Il était encore très tôt, et Henrik avait monté la garde jusqu'à une heure avancée de la nuit. Aussi espérait-elle ne pas le voir.

Elle ne souhaitait pas non plus rencontrer Lord Vidar.

En effet, elle lui en voulait toujours d'avoir laissé entendre qu'il pourrait la contraindre à accepter l'union que son père avait arrangée pour elle.

Il était peu probable toutefois qu'elle parvienne à éviter le *jarl*.

À sa grande surprise, de nombreux hommes étaient déjà levés et se préparaient à accompagner Rolfe dans sa mission.

Elle était habituée aux réveils matinaux et industrieux de son petit village. Les garçons et les filles s'occupaient de la traite. Les bébés pleuraient, attendant leur nourriture. L'air s'emplissait d'une odeur de fumée, tandis que les feux étaient ravivés dans les cheminées.

Ce matin, il n'y avait que le cliquettement des boucliers et des armures tandis que les guerriers s'équipaient. L'odeur âcre de la terre humide martelée par les bottes et les sabots des chevaux emplissait l'air froid et coupant.

Après la relative sécurité des murs d'Alvey, toute cette agitation sur fond de paysages sauvages lui donnait les mains moites et l'incitait à presser le pas vers le château.

Ils étaient vraiment en guerre.

Sa première pensée fut de se réjouir qu'Aevir ne soit pas contraint de se joindre à l'expédition.

Puis, tandis qu'elle dérapait sur une plaque de glace et ralentissait le pas, elle se demanda si ce soulagement, qui lui faisait trembler les jambes et la laissait presque sans force, était cohérent avec sa conviction de ne pas être amoureuse de lui.

La fascination et le désir n'étaient pas *de l'amour.*

Mais alors, pourquoi était-elle aussi reconnaissante aux dieux d'avoir fait en sorte qu'Aevir se retrouve cantonné chez elle ?

D'où lui venait ce besoin presque incontrôlable de faire précipitamment demi-tour et d'aller le rejoindre ?

Se morigénant en son for intérieur, elle se força à mettre un pied devant l'autre, jusqu'à ce qu'elle entre dans la grande salle.

Des guerriers qui venaient de terminer leur repas la bousculèrent au passage, l'obligeant à continuer sa progression en longeant les murs.

Parvenue devant la cheminée, elle se remplit un bol de gruau et prit place à une table en retrait, car elle désirait par-dessus tout éviter Lord Vidar et les anciens.

Pour tout dire, elle n'aurait vu aucun inconvénient à ne plus jamais adresser la parole à Desmond.

Ellan achevait son repas quand la voix de sa sœur l'arracha à ses pensées.

— Ton irascible Danois te demande.

Elswyth affichait un sourire épanoui, et il ne fallait

pas être devin pour comprendre que son époux et elle avaient mis à profit leur moment d'intimité.

La salle était presque vide à présent, à l'exception des quelques femmes qui nettoyaient le carnage laissé par le repas du matin.

Combien de temps avait-elle passé à rêver devant son bol de gruau ?

— Il est de mauvaise humeur ? Souffre-t-il ?

Elswyth gloussa et secoua la tête.

— Peut-être, mais je ne crois pas que ce soit la source de son irritabilité. Il semble en colère.

Ellan sentit son estomac se nouer.

Elle ne voulait pas se retrouver devant lui avant d'avoir fait le tri dans ses sentiments. Mais ceux-ci étaient tellement complexes qu'il lui faudrait probablement des jours pour y voir clair.

Avec un soupir, elle mit de côté ses craintes et se leva.

Lorsque Ellan apporta le plateau avec le matériel requis pour refaire son pansement, Aevir ne la regarda pas.

Il avait meilleure mine aujourd'hui, et sa peau avait retrouvé sa couleur naturellement hâlée. Ses cheveux lui tombaient autour du visage, soulignant les contours acérés de ses pommettes et de son nez droit.

Elle s'immobilisa tandis que son cœur se mettait à battre à tout rompre, comme c'était le cas à chaque fois qu'elle posait les yeux sur lui après une absence.

N'était-ce pas la preuve que le désir, plus que la véritable affection, animait ses sentiments pour lui ?

Déposant le plateau sur l'étroite portion du lit qu'il ne

remplissait pas de sa large silhouette, elle essaya de ne pas dévorer des yeux son torse nu.

Elle fit également de son mieux pour éviter de penser qu'il ne portait rien sous la couverture.

Elle trouvait qu'elle ne s'en sortait pas si mal – jusqu'à ce que leurs regards se croisent.

Tandis que ses yeux d'un bleu de glace la retenaient captive, elle essuya discrètement sur sa jupe ses paumes moites.

— Comment vous sentez-vous ?

Après un tremblement au début, elle parvint à contrôler sa voix, et tendit la main vers le bol vide posé sur le ventre d'Aevir. Visiblement, Elswyth s'était occupée du porridge de ce dernier avant de partir.

— Avez-vous encore faim ?

Il s'empara du bol avant qu'elle ait pu l'atteindre, et le posa sur la table d'appoint.

La main suspendue au-dessus de son entrejambe, Ellan écarquilla les yeux d'embarras et s'agrippa au plateau.

— Non, répondit-il.

— Est-ce que tout va bien ? Vous semblez contrarié.

Avait-il entendu la proposition d'Henrik la nuit dernière ? Était-ce la cause de son évidente colère ?

— Je ne suis pas du tout contrarié.

Elle leva un sourcil et contourna le lit.

Il se crispait d'irritation à chaque fois qu'il la regardait.

D'un geste décidé, elle écarta la couverture pour révéler sa cuisse blessée, et se tourna pour prendre le couteau sur le plateau.

Il saisit précipitamment la couverture pour dissimuler sa virilité.

— Attention !

Sa voix était bougonne et agacée.

Ellan ne put retenir un sourire.

C'était peut-être mesquin de sa part de le tourmenter ainsi alors qu'il était blessé et à sa merci, mais elle ne pouvait s'empêcher de trouver cela assez réjouissant.

— Cela ne me dérange pas le moins du monde que vous soyez dévêtu. Je ne l'avais même pas remarqué.

Une ride creusa le front d'Aevir et il désigna le bandage, alors qu'elle utilisait le couteau pour couper la toile enroulée autour de sa cuisse.

— Je parlais de ça.

— J'ai refait votre bandage deux fois par jour, et je ne vous ai pas coupé une seule fois. Ayez confiance.

Le regard suspicieux d'Aevir passa du visage d'Ellan à sa jambe blessée.

L'entaille, profonde et longue de plusieurs pouces, avait été grossièrement recousue. Les chairs tuméfiées et purulentes étaient responsables de sa fièvre, mais cela s'améliorait à présent. Il n'y avait plus de sécrétions jaunes, et si la plaie boursouflée était encore rose vif, ce n'était plus aussi enflammé qu'au début.

— C'est beaucoup mieux, dit-elle, d'un ton qui se voulait rassurant.

— Vraiment ?

L'inquiétude avait fait monter la voix d'Aevir d'un cran dans les aigus.

— Oui.

Elle garda un ton mesuré et lui sourit avec gentillesse.

— J'avais oublié que vous ne l'aviez pas encore vue. Au début, c'était deux fois plus gonflé et très rouge. Voyez-vous cette incision, là ?

Elle désigna une petite entaille près de la blessure originelle.

— Lord Vidar a demandé que le pus soit drainé, juste après que je vous ai fait transférer ici. Cela a permis à la plaie de dégonfler, et aussi de faire baisser votre fièvre. Vous lui devez peut-être la vie…

Émue, elle s'interrompit un instant.

— Quoi qu'il en soit, vous avez commencé à cicatriser. Votre fièvre a définitivement disparu, et votre jambe a retrouvé sa couleur normale.

Comme il ne disait rien, elle détacha ses yeux de la blessure et chercha son regard.

Une étrange lueur dansait dans les prunelles d'Aevir, et elle ressentit de l'embarras.

— Qui dois-je remercier, le *jarl*, ou vous ?

Sa voix était basse et langoureuse.

La force de son regard et sa façon délibérée de s'exprimer firent trembler les mains d'Ellan.

Sa bouche était si sèche qu'elle eut du mal à s'exprimer.

— Peut-être les deux.

La paille du matelas craqua lorsqu'il s'appuya contre le mur. Détendant les muscles de sa jambe, il la laissa s'occuper de lui.

La peau de sa cuisse était presque aussi dorée que son torse. Elle avait d'abord cru que la couleur était due au soleil, mais cela n'expliquait pas que ses jambes, cachées par les pantalons, soient brunes elles aussi.

Ce teint mat lui venait-il de sa mère ?

En dépit du fait qu'elle avait changé son pansement et son bandage des quantités de fois, elle était toujours aussi ébahie par la taille et la force de sa cuisse.

Il est vrai qu'elle n'avait jamais vu auparavant les jambes

nues d'un homme, mais elle avait du mal à croire que tous avaient cette impressionnante musculature. Assise à côté d'Henrik, sur le bateau, elle n'avait pas remarqué, à travers l'étoffe de son pantalon, qu'il avait des jambes aussi puissantes. Peut-être Rolfe s'en approchait-il un peu... Mais il était loin d'avoir la beauté sauvage d'Aevir.

S'ordonnant de se concentrer sur sa tâche, au lieu de se laisser aller à d'audacieuses rêveries, elle demanda à Aevir de soulever le genou, afin qu'elle puisse enrouler un linge propre autour de sa blessure.

La couverture remonta sur sa cuisse, révélant le creux de son aine, et laissant deviner l'ombre d'une toison blond foncé.

Elle essaya de ne pas regarder, mais ses yeux semblaient dotés d'une volonté propre et revenaient sans cesse s'y poser.

Y avait-il une corrélation entre la taille de ses cuisses et celles de ses parties intimes ?

À cette pensée, son visage s'enflamma d'embarras. Mais à présent que cette question était entrée dans sa tête, elle ne pouvait plus s'en défaire.

Quand elle eut terminé le pansement, elle se dirigea vers la cheminée, décrocha un seau d'eau qu'elle avait laissé à tiédir près des flammes, l'apporta dans l'alcôve et dit à Aevir :

— Lord Vidar a indiqué à l'homme qui garde la porte qu'il souhaite venir vous voir plus tard. Vous devez être propre pour sa visite. Vous sentez la sueur et le sang.

Le ricanement d'Aevir indiqua que sa colère s'estompait.

— On peut dire que vous ne mâchez pas vos mots.

— Dites plutôt que je connais la valeur d'un bain.

— Oui, je sais cela de vous.

Elle fut horrifiée de voir son regard s'enflammer.

— Vous m'avez vue !

Ce jour-là, elle n'avait su dire avec certitude s'il avait été réveillé ou non.

Elle resta figée, ne sachant pas si elle devait le réprimander ou seulement s'en aller.

— À vrai dire, je n'ai pas vu grand-chose.

Le regard d'Aevir se posa sur ses seins, en une réaction qui paraissait involontaire, puis remonta aussitôt vers ses yeux.

Cela avait été si rapide qu'elle aurait pu croire que c'était un effet de son imagination si son corps ne s'était pas brusquement réveillé.

Soudain, son ventre était en feu, et ses seins se tendaient douloureusement.

Surprise par sa propre réaction, elle voulut s'en aller, mais il lui saisit le poignet.

— Lâchez-moi !

Elle eut un mouvement de recul, et fut surprise qu'il la libère aussitôt.

Il leva les deux mains en un geste de paix.

— Je ne veux pas vous contraindre à rester, mais j'aimerais vous parler de ce qu'Henrik vous a relaté la nuit dernière.

Ellan avait eu l'intention de partir, mais ces mots la figèrent sur place.

Peu lui importait à présent qu'Aevir l'ait vue alors qu'elle se baignait. Seule comptait cette Saxonne qu'il avait trahie.

— Venez. Asseyez-vous. Je vais tout vous raconter. Et je vous promets que ce n'est pas du tout ce que vous croyez.

L'espoir d'être soulagée de ses doutes incita Ellan à reprendre sa place sur le lit.

Le matelas de paille s'enfonça légèrement sous son poids, et la cuisse d'Aevir vint se coller à la sienne, lui faisant monter le rouge aux joues.

Elle le fixa, espérant que ses paroles allaient l'innocenter, lui prouvant ainsi que son intuition à son sujet était juste.

— La femme de Jórvík, dont Henrik vous a parlé, s'appelait Seledrith. C'était une Saxonne, mais sa loyauté n'allait pas à son pays. Son père vendait des tuniques et des capes de qualité. Il se moquait que ses clients soient scandinaves ou saxons dès lors qu'ils avaient de l'argent. Je l'ai rencontrée dans sa boutique. Elle travaillait là, et j'ai vite compris qu'elle était généreuse de ses faveurs.

Ellan ne put retenir un ricanement de dérision.

— Comme c'était commode pour vous !

Il lui toucha gentiment la main, pour lui demander de l'écouter plutôt que pour le lui ordonner.

— Ce n'était pas une mauvaise femme. Quand elle est venue à moi, cela faisait déjà deux ou trois mois qu'elle portait un enfant. Son père l'a découvert et l'a jetée dehors. Elle n'avait nulle part où aller, alors elle m'a demandé si elle pouvait rester avec moi.

— Et en contrepartie, elle a partagé votre couche, dit Ellan d'un ton accusateur.

Aevir soupira.

— Elle a dormi sous ma tente pendant un temps, et partagé ma couche, je le concède. Mais je ne lui ai jamais fait de promesses.

Il lui pressa les doigts, comme pour mieux la convaincre.

— Croyez-moi, si l'enfant avait été le mien, j'aurais

veillé à son bien-être. Je sais mieux que quiconque ce que c'est que de grandir sans père pour vous protéger.

Les yeux d'Aevir la suppliaient de le croire, et elle était tentée de le faire.

— Comment être sûre de pouvoir vous faire confiance ?

Il sourit.

— Parce que je ne vous ai jamais menti. Et je ne vois pas ce que j'aurais à gagner à vous raconter des sornettes à propos de Seledrith. Quoi qu'il en soit, nous sommes restés ensemble un moment, et quand je suis parti vers le nord, je lui ai donné de l'argent afin qu'elle n'ait pas à s'inquiéter pour son avenir immédiat.

Ses paroles semblaient vraies - mais était-ce parce qu'elles l'étaient vraiment, ou juste parce qu'elle avait envie de le croire ?

— Pourquoi auriez-vous fait ça ?

Il haussa les épaules et parut légèrement mal à l'aise, tandis qu'il évitait soigneusement son regard.

— C'était une bonne personne. Pourquoi ne l'aurais-je pas aidée, alors que j'en avais les moyens ?

Ellan ne savait réellement pas si elle était satisfaite ou non de la version que venait de lui livrer Aevir. Mais si tout était vrai, elle ne l'en estimait que plus, et elle avait déjà tellement de raisons d'éprouver de l'admiration pour lui.

Il l'avait réconfortée après la disparition d'Elswyth, et lui avait promis de ramener sa sœur. Il s'était élevé dans la société, et avait eu le courage de lui parler de son passé d'enfant esclave pour lui faire comprendre qu'elle avait plus de valeur qu'elle ne le croyait. Et maintenant, elle ne pouvait que louer sa bonté. Grâce à lui, l'avenir de cette femme et de son enfant avait été grandement amélioré.

Elle approuva d'un signe de tête.

— C'était très généreux de votre part.

— On ne dit pas souvent cela de moi.

Il grimaça un sourire.

— Généralement, les commentaires sont plus… incisifs.

Ellan sentit la tension entre eux s'apaiser.

Elle avait envie de lui demander s'il avait entendu la proposition d'Henrik. Mais était-ce vraiment important ? Aevir n'avait aucun rôle à jouer dans sa décision – en dehors du fait que c'était *lui* qu'elle avait envie d'épouser.

À la place, elle lui posa une autre question qui la taraudait :

— Pourquoi m'avez-vous raconté cela ?

Il soutint son regard tandis qu'il reprenait son souffle.

— Vous avez suffisamment de raisons de croire que je suis sans cœur. Je ne voulais pas vous en donner une qui n'était pas vraie.

— Je ne pense absolument pas que vous êtes sans cœur, Aevir.

Elle se pencha au-dessus de lui pour dénouer le linge qui maintenait son bras plaqué contre son flanc.

— Vous avez été bon pour moi quand Elswyth a disparu.

Comme il ne répondait pas tout de suite, elle chercha son regard.

Il semblait troublé et gardait les sourcils froncés, comme s'il essayait de comprendre quelque chose.

— Quel âge aviez-vous quand votre mère est partie ? demanda-t-il à brûle-pourpoint.

Elle hésita. En lui confiant des choses aussi intimes, elle risquait de mettre son cœur un peu plus en danger, mais le besoin de lui répondre fut le plus fort.

— Je n'en suis pas certaine, mais je crois que c'était l'année de mes six ans.

Elle avait eu l'intention de s'arrêter là, mais les mots semblaient lui échapper :

— Une nuit, j'ai été réveillée par une dispute entre mes parents. Je me suis levée tout doucement, et je me suis rapprochée pour écouter. À l'époque, je n'ai pas compris. Mais maintenant, je crois qu'elle était tombée amoureuse d'un guerrier...

Son regard se perdit dans le vague, tandis qu'elle revivait cet épisode de son passé.

— Des Danois avaient établi leur campement près de Banford, reprit-elle. L'un d'eux a dû avoir ses faveurs car elle a découvert qu'elle portait un enfant, et elle pensait que cela pouvait être celui du Danois. Mon père lui a demandé de partir. Elle hésitait, mais elle s'est assez vite rangée à sa décision.

— Et elle vous a laissée avec un père rongé d'amertume.

La colère qui vibrait dans la voix d'Aevir surprit Ellan. Son visage avait peut-être la rigidité de la pierre, mais ses yeux lançaient des éclairs.

Aussitôt, elle ressentit le besoin de défendre sa mère.

— Sans doute, mais je ne crois pas qu'elle savait à quel point il se montrerait négligent. Ou peut-être n'en pouvait-elle plus de vivre avec lui. Vous pouvez sans doute imaginer que ce n'est pas un homme facile.

— Et pourtant, elle vous a laissée avec lui. Ne la haïssez-vous pas pour ça ?

Elle se sentait surtout seule et perdue dans un monde qui semblait ne pas avoir de place pour elle. Ce n'était cependant pas quelque chose qu'elle pouvait avouer.

— Il y a eu des moments où j'ai ressenti de la colère, je le reconnais. Elswyth, quant à elle, n'a pas voulu parler de notre mère pendant des années.

Elle haussa les épaules, résignée.

— Finalement, j'ai compris que notre père n'est pas un homme bon. Même avant le départ de notre mère, il était prompt à se mettre en colère. Et plus prompt encore à juger autrui. Notre mère n'était pas comme cela. Elle était aimante et pleine de vie. Je pense qu'il aurait fini par la briser si elle était restée...

Émue, elle marqua une courte pause.

— Elle est partie pour sauver sa propre vie, et je ne peux pas lui en vouloir pour ça.

Aevir la regarda longuement, avec une expression indéchiffrable.

— Vous êtes étonnamment sage pour votre âge, finit-il par dire, d'une voix bourrue.

Mais pas suffisamment pour lui, apparemment.

Bannissant cette pensée, Ellan reporta son attention sur l'épaule blessée d'Aevir.

L'immobilisation forcée n'avait pas fait fondre ses muscles, et l'épaule offrait la même apparence que l'autre, mais sa peau était encore tuméfiée.

Elle avait mal rien que de la regarder, aussi se décida-t-elle à reprendre ses soins.

Prenant un carré de tissu sur le plateau, elle le trempa dans le seau et préleva un peu de savon dans un bol.

— Que faites-vous ?

— Je vous lave.

— Non. Il y a encore certaines choses que je suis capable de faire seul, et me laver en fait partie.

Il lui arracha le tissu des mains, et désigna le rideau qui isolait l'alcôve.

— Sortez !

10

Aevir attendit que le rideau retombe derrière Ellan, avant de prendre appui contre le mur.

Il ferma les yeux, tandis qu'un mélange de soulagement et de regret l'animait.

À chaque rencontre, cette fille s'insinuait de plus en plus dans son esprit.

Comment expliquer qu'elle soit capable de toucher un cœur qu'il gardait soigneusement sous clé depuis des années ?

En l'écoutant parler, il n'avait pu s'empêcher d'imaginer l'enfant qu'elle avait été, et il s'était apitoyé sur le sort de cette petite fille privée de sa mère.

Lui-même avait de tendres souvenirs de sa propre mère. Elle était esclave et leur vie n'avait pas été facile, mais jamais elle ne l'aurait abandonné.

Sa mère avait été le seul soutien sur lequel il avait toujours pu compter dans sa vie.

Ellan avait dû être anéantie par cet abandon.

D'une certaine façon, c'était pire que la mort, car sa mère avait *choisi* de partir, laissant sa fille seule et sans amour, avec un père trop épris de vengeance pour lui apporter la moindre affection.

Laissant échapper un soupir, il passa le carré de tissu sur sa peau, frottant aussi fort qu'il le pouvait pour bloquer la route aux émotions qui essayaient de se frayer un chemin en lui.

Il n'avait plus à se préoccuper d'Ellan. Et tant pis si une autre menace attendait celle-ci. Ce n'était pas son problème.

Il avait retrouvé sa sœur, et sa mission s'arrêtait là.

Des quantités de femmes étaient mariées par leur père chaque jour. Et puis, qui sait, ce Saxon que Godric lui avait trouvé était peut-être un homme tout à fait correct...

Avec un grognement de frustration, il jeta à travers la pièce le chiffon mouillé, qui heurta le mur avant de tomber au sol.

Sa toilette terminée, Aevir avait passé un long moment à ressasser de sombres pensées, sans parvenir à trouver de solutions à ce qui le préoccupait.

Cette fille n'était pas pour lui.

Il ferait bien de se le mettre en tête une bonne fois pour toutes, et de passer à autre chose.

Finalement, il décida de tester sa jambe.

Il n'avait pas l'habitude d'être aussi sédentaire, et restait en forme grâce aux batailles et aux entraînements. Cela lui évitait de penser à des choses qui ne lui faisaient aucun bien.

Laissant échapper un gémissement, il commença à se redresser sur le lit.

Au même moment, la porte s'ouvrit et un courant d'air glacé s'insinua jusque dans l'alcôve, soulevant la fine couverture qu'il avait drapée autour de ses épaules.

Il se rappela alors qu'il devait absolument trouver des vêtements.

Les lourds bruits de bottes sur le sol de la pièce principale lui apprirent que le visiteur était un homme.

Déterminé à se lever et à accueillir le guerrier avec dignité, il maintint la couverture avec son bras blessé, et utilisa l'autre pour se hisser contre le mur.

Une douleur cruelle se répandit dans sa jambe, mais il l'ignora.

Des points noirs dansèrent devant ses yeux tandis qu'il vacillait. Incapable de retrouver son équilibre, il tomba lourdement en arrière sur le matelas.

Secouant la tête pour essayer de recouvrer ses esprits, il venait à peine de se redresser en position assise quand Lord Vidar en personne entra.

— Aevir !

La voix du *jarl* semblait emplir toute la maison.

— Je pensais vous trouver couché. Ellan m'a dit que votre santé s'améliorait, mais j'ignorais que vous vous portiez si bien.

— Je vais beaucoup mieux, en effet.

Mais pas aussi bien qu'il l'avait cru, cependant.

Quelque chose lui disait que sa convalescence allait durer plus longtemps que prévu.

Son expression contrariée avait dû le trahir, car Lord Vidar lui sourit avec compréhension.

— La guérison prend du temps. Vous avez frôlé la mort, mon ami. Sans la ténacité d'une certaine Saxonne, vous ne seriez peut-être plus parmi nous.

— Je le sais, bougonna-t-il. Elle me l'a dit.

Le *jarl* eut un rire bon enfant.

— Je ne pense pas que l'humilité fasse partie de ses vertus.

Aevir secoua la tête d'agacement. Toutes ses conversations allaient-elles avoir Ellan pour sujet ? Il avait déjà bien assez de mal à accepter cette intimité forcée qui découlait de sa convalescence.

— Parlez-moi de nos victimes. Combien d'hommes avons-nous perdus ?

Après un compte rendu consacré aux blessés et aux quelques rares morts à déplorer, la conversation entre Aevir et Lord Vidar porta sur les derniers déplacements des Écossais, et sur la mission dévolue à Rolfe et ses hommes.

— Rien ne laisse présager une attaque imminente, déclara le *jarl*. Si Rolfe revient et me dit qu'il n'a vu aucune trace d'une troupe en mouvement, je vais pousser plus au nord. Nos hommes sont prêts à partir. J'attends l'arrivée d'un messager la semaine prochaine, mais je crains qu'une nouvelle rencontre se termine une fois de plus par des menaces.

— Vous avez l'intention de négocier la paix ?

— Pourquoi pas ? Les Écossais nous laissaient tranquille jusqu'à présent. J'aimerais savoir à quoi rime toute cette effervescence.

— Pensez-vous que Godric ait quelque chose à y voir ?

— En effet. Il est connu pour être un agitateur, mais aussi un va-t-en-guerre particulièrement dangereux. Aucun Écossais doté d'un minimum de bon sens ne prendrait le risque de tenter d'annexer Banford avec un homme pareil à la tête de ce territoire. Mais en s'alliant à lui, en revanche, l'ennemi pourrait repousser sa frontière plus au sud, grignotant ainsi une partie d'Alvey. Et Godric sait qu'il peut compter sur la loyauté des villageois, qui se rangeront inévitablement de son côté.

Le regard du *jarl* détailla Aevir de la tête aux pieds, comme s'il faisait le compte de ses blessures.

— Une question demeure : quel rôle ses filles jouent-elles là-dedans ?

Et voilà que la discussion déviait à nouveau sur Ellan !

— Vous êtes venu pour parler d'elles ?

Le *jarl* releva le menton et raidit les épaules.

Le changement était subtil, mais il n'y avait pas à s'y tromper. En un clignement de paupières, l'attitude amicale de Lord Vidar avait laissé place à l'autorité incontestable du suzerain.

— En effet. Après votre installation ici, j'ai eu l'opportunité d'interroger Ellan à propos de son père.

Une étrange prémonition envahit Aevir, et il ressentit une sincère inquiétude pour elle.

— Vous ne pensez quand même pas qu'elle est sa complice ? Parce que je peux vous affirmer que…

Lord Vidar balaya cette inquiétude d'un revers de main, et se mit à aller et venir nerveusement dans l'alcôve.

— Non, la fille est honnête et loyale envers nous. Je n'ai aucun soupçon à son égard. Le souci vient de quelque chose qu'elle m'a confié.

Aevir n'était toujours pas rassuré.

— De quoi s'agit-il ?

— Son père l'a promise à un Saxon.

Lord Vidar marqua une pause, le regard inquisiteur.

Aevir se contenta de hocher la tête. Il n'avait aucune

raison de révéler au *jarl* qu'Ellan lui avait demandé de l'épouser et qu'il avait refusé.

— Desmond, le suzerain honoraire de Banford, exige que l'union soit concrétisée car le promis est un parent à lui. Ellan a fait savoir qu'elle s'oppose à ce mariage, et qu'elle souhaiterait épouser un Danois, si on lui en laissait le choix.

Lord Vidar eut une petite moue entendue.

— J'ai l'impression qu'elle a quelqu'un en tête.

Aevir eut l'impression de voir passer une lueur narquoise dans le regard du *jarl*, avant que ce dernier demande :

— Sauriez-vous, par le plus grand des hasards, de qui il peut bien s'agir ?

Aevir espérait que l'union imaginée par le père d'Ellan ne serait pas conduite à terme. Mais si Desmond avait pris la place de chef de Banford en l'absence de Godric, il avait toute légitimité pour imposer ce mariage, surtout si le promis lui était apparenté.

— Me demandez-vous si je suis ce Danois ?

C'était forcément à lui qu'Ellan pensait au moment de sa discussion avec le *jarl*, puisque Henrik n'avait fait sa demande qu'après coup.

Lord Vidar haussa les épaules.

— Les relations entre les Saxons et nous sont précaires. Surtout à Banford. Vous devez comprendre que cela me place dans une position extrêmement difficile. J'aimerais répondre favorablement au souhait d'Ellan, mais je ne puis m'opposer à Desmond.

Observant à nouveau Aevir avec intensité, il ajouta :

— À voir la façon dont elle a débarqué ici, et s'est chargée de vos soins… Eh bien, je me suis demandé si quelque chose s'était passé entre vous deux à Alvey. Un événement qui aurait pu lui donner l'impression qu'un lien spécial vous unissait.

Aevir chercha son souffle. Que convenait-il de répondre au *jarl* ?

Lui-même ne comprenait pas ce qui se passait entre Ellan et lui, et il ne savait pas comment s'expliquer.

Pour finir, il décida de tout confesser.

— Je ne lui ai fait ni déclaration ni promesse, mais nous avons échangé un baiser...

Voyant que Lord Vidar tiquait, il s'empressa de préciser :

— Hormis cela, je ne l'ai pas touchée. Avant que je quitte Alvey, elle m'a révélé les projets de son père, et m'a demandé si j'accepterais de l'épouser.

Il prit une profonde inspiration pour se donner du courage, conscient que la suite risquait de lui attirer des problèmes.

Mais l'honnêteté était son seul choix. Il n'avait pas pour habitude de cacher des choses à son seigneur.

— J'ai refusé, mais je lui ai proposé de devenir ma concubine.

La colère et l'incrédulité empourprèrent le visage de Lord Vidar.

— Vous avez voulu faire d'une jeune fille innocente votre catin ?

Présentée ainsi, son offre semblait encore plus scandaleuse qu'au moment où il l'avait faite.

— J'ai pensé que cela pourrait l'aider, dit-il piteusement. Et bien sûr, je vous aurais demandé votre accord, dans l'hypothèse où elle aurait accepté...

— Vous saviez pourtant que les deux sœurs étaient sous ma protection, et qu'il ne fallait en aucun cas les importuner, n'est-ce pas ?

Aevir serra les dents. Il n'avait pas l'habitude que ses décisions soient remises en question, et encore moins qu'on lui fasse comprendre qu'il avait tort.

— Oui, je le savais. Et je comprends que je suis allé à l'encontre de ce que vous souhaitiez. Mais je pensais qu'elle valait la peine que je prenne ce risque.

— Vous avez désobéi à un ordre qui était pourtant clair !

La voix du *jarl* était mordante.

Aevir baissa la tête.

— Je sais.

Ses réactions face à Ellan étaient au mieux irrationnelles, au pire dangereuses.

S'armant de courage, il affronta le regard de Lord Vidar.

— Je suis prêt à accepter le châtiment que vous estimerez approprié.

Les sourcils du *jarl* étaient toujours froncés, mais il ne semblait plus en colère.

— Puisque vous n'êtes pas venu m'en parler, j'en déduis qu'elle vous a dit non.

— Elle a refusé, en effet. Il semblerait qu'elle préfère la sécurité du mariage.

— C'est une femme intelligente.

Lord Vidar soupira, et son expression se radoucit.

— Vous pensez donc que c'était à vous qu'elle faisait allusion ?

Aevir répondit par un hochement de tête.

— C'est fort probable.

Au lieu de s'en tenir là, il ne put s'empêcher de s'interroger. Le *jarl* allait-il contraindre Ellan à épouser le Saxon ?

C'était plus fort que lui. Il avait besoin de savoir.

— Qu'allez-vous faire ?

— À dire vrai, je ne suis pas certain qu'elle ne soit pas

contrainte d'honorer cet accord. Cependant, je voulais connaître votre sentiment sur le sujet, avant de prendre ma décision.

Aevir crispa les doigts sur la couverture, sans parvenir à se contrôler.

Imaginer Ellan avec Henrik était déjà très difficile, mais la savoir mariée avec un Saxon était encore pire. Surtout si elle y était opposée.

Il y eut un léger frémissement dans sa voix quand il répondit :

— Je pense qu'elle devrait être autorisée à choisir elle-même son époux.

Lord Vidar hocha la tête.

— Je suis certain que Lady Gwendolyn partage votre opinion. Pour ma part, je suis malheureusement contraint de tenir compte de la diplomatie, et je ne puis rien vous garantir.

Le *jarl* sembla hésiter un instant.

— Il y a autre chose, cependant…

Il se remit à aller et venir, et Aevir le regarda avec anxiété, se retenant de justesse de le presser de continuer.

Finalement, Lord Vidar reprit la parole :

— Il m'a été rapporté qu'un de vos hommes – Henrik, je crois – avait proposé à Ellan de l'épouser. Je pense qu'il a agi ainsi pour la sauver d'un mariage forcé. Il semble être un noble guerrier, et je crois qu'il a développé une affection sincère pour elle durant le voyage.

Tous les sens d'Aevir furent soudain en alerte.

— Le voyage, dites-vous ?

— Oui, il l'a accompagnée jusqu'ici. Il semble d'ailleurs très attaché à elle.

Jusqu'à quel point Henrik et Ellan avaient-ils « fait connaissance » ?

Il n'avait fait que les entendre la nuit dernière, sans les voir, mais il imaginait sans peine le jeune homme timide et naïf dévorant Ellan des yeux, avec admiration et soumission.

Il en eut la nausée.

— Non !

Il s'était exprimé si brutalement que Lord Vidar s'arrêta net pour le regarder.

— Vous vous opposez à leur mariage ?

— Henrik ne peut pas l'épouser. C'est un guerrier de valeur, et j'ai besoin de lui pour combattre les Écossais. Il ne me sera d'aucune utilité s'il passe son temps à rêver de la jeune épouse qu'il a laissée derrière lui.

— Nombre de nos guerriers sont mariés, et cela n'altère en rien leurs qualités de combattants.

— Pas Henrik. Ce n'est qu'un gamin. Donnez-lui quelques années, et je crois qu'il saura faire face. Mais se marier maintenant serait très mauvais pour lui.

Lord Vidar ne souriait pas, mais il y avait malgré tout de l'amusement dans ses yeux.

— Vous avez été marié, et vous ne deviez pas être beaucoup plus âgé qu'Henrik.

Il était même plus jeune que lui quand il avait épousé Sefa.

— J'étais un pêcheur, alors. Pas un guerrier.

Lord Vidar le dévisagea, ne semblant pas croire à son raisonnement.

— Fort bien. Votre opposition à cette idée a été entendue.

Aevir avait le plus grand mal à comprendre l'afflux

d'émotions qui le submergeait. Imaginer Ellan dans les bras d'Henrik lui faisait grincer des dents.

Au lieu de faire un commentaire, il préféra changer complètement de sujet.

— Je viendrai au château pour le souper.

— Non, pas ce soir. Vous allez mieux, mais j'ai besoin que vous soyez en pleine forme pour la bataille qui risque de se tenir la semaine prochaine. Vous avez l'ordre de vous reposer. En attendant, je vais vous faire porter un copieux repas. Vous rejoindrez les hommes dans quelques jours.

— Non ! Je veux partir d'ici.

Les mots lui avaient échappé avant même qu'il ait eu le temps de réfléchir à ce qu'il allait dire. Mais il devait absolument s'éloigner d'Ellan, avant qu'elle ne lui fasse perdre totalement la raison.

Lord Vidar pivota sur ses talons et le dévisagea avec surprise.

Sans doute essayait-il de comprendre la source d'un tel désespoir.

Il n'eut pas à attendre longtemps car Ellan entra précipitamment dans l'alcôve, attirée par les éclats de voix.

Elle s'arrêta net, l'air étonnée par le silence qui était soudain retombé.

— Est-ce que tout va bien ?

Lord Vidar haussa un sourcil, et il sembla attendre qu'Aevir s'explique.

— Je disais au *jarl* que je dois réintégrer mes quartiers, expliqua-t-il.

Ellan blêmit, et son sourire parut forcé.

— Vous n'êtes pas en état de vous déplacer. Vous ne pouvez pas m'abandonner maintenant.

La façon dont elle avait dit ces mots fit de la peine à Aevir.

En dépit du fait qu'il lui avait volé un baiser et lui avait fait une proposition scandaleuse, elle puisait du réconfort en lui. Il l'avait senti la nuit du départ d'Elswyth, et en avait eu la confirmation plus tard quand elle avait pansé ses blessures.

Il ne comprenait pas pourquoi, mais il ressentait la même chose. Et c'était pour cela qu'il avait si désespérément besoin de la fuir. Il ne voulait plus éprouver cette proximité avec personne, et il ne pensait d'ailleurs pas qu'il en était encore capable. Jusqu'à maintenant.

Jusqu'à elle.

Mais tandis qu'il plongeait dans les profondeurs insondables de ses yeux verts, il comprit qu'il ne pouvait pas la quitter. Il ne pouvait pas l'abandonner, alors que quelque chose d'aussi mineur que sa présence avait le pouvoir de lui apporter du réconfort.

Aussi, au mépris de tout bon sens, et aussi de sa tranquillité d'esprit, il répondit :

— Non, pas maintenant.

Le regard d'Ellan s'illumina et elle hocha la tête avant de tourner les talons, le laissant seul avec Lord Vidar.

— Elle demeurera intouchée, ou vous m'en répondrez, dit celui-ci. Quant à votre sanction pour m'avoir désobéi, nous en discuterons quand vous serez totalement guéri.

Aevir acquiesça d'un bref signe de tête, et le *jarl* s'en alla.

11

Cette nuit-là, Ellan fut réveillée par un bruit inquiétant.

Aevir gémissait de douleur, comme durant ces nuits où il avait lutté contre la fièvre, et elle eut peur que celle-ci ne soit revenue.

Le cœur dans la gorge, elle se leva d'un bond et se précipita vers l'alcôve.

Aevir était assis dans son lit et se tenait la jambe, tout en respirant avec difficulté entre ses dents.

La couverture avait été repoussée et, grâce à la lumière de la cheminée qui filtrait à travers les ombres, Ellan put voir que le muscle de la cuisse était gonflé, formant sous la peau un nœud qui paraissait douloureux.

Il était arrivé la même chose à Galan, quand il s'était cassé le pied et avait dû rester immobilisé pendant des jours.

— Laissez-moi vous aider.

Elle se précipita auprès de lui et tomba à genoux.

Il ne lâcha pas son mollet, et ne la regarda pas non plus. Les paupières crispées, il combattait la douleur.

— Le muscle s'est crispé. À force de ne pas être utilisé, je pense. J'ai vu ça avec Galan, une fois. Je peux le masser pour le détendre.

Sans attendre la réponse d'Aevir, elle essaya de presser le muscle. Il était aussi dur que la racine d'un arbre, et tout aussi inflexible.

Elle fouilla sa mémoire pour se rappeler ce qu'ils avaient fait pour Galan, et se souvint qu'il fallait exercer des rotations du pied.

Changeant de position, elle s'assit sur le lit, et posa le pied d'Aevir sur son estomac. Puis, tenant d'une main ses orteils, et de l'autre sa cheville, elle fit travailler le muscle, jusqu'à ce que la pression se relâche.

— Merci, dit-il, après quelques minutes de cet exercice.

Sa voix était à peine plus qu'un souffle, et son front était couvert de sueur.

Elle hocha la tête et entreprit de le masser. Il grogna de satisfaction.

Un de ses hommes avait déposé des vêtements un peu plus tôt dans la journée, et il portait une sous-chemise de laine fine qui lui tombait à mi-cuisses.

À cause de sa blessure et de son bandage, il ne pouvait toujours pas porter de pantalon. Elle touchait donc sa peau, et le duvet qui couvrait les jambes d'Aevir lui chatouillait les paumes.

Quelque part au fond de son esprit, elle avait conscience de poser les mains sur une jambe magnifique, toute en peau souple et dorée et muscles puissants.

Toutefois, elle ne perdit pas de temps en rêveries inutiles.

À quoi lui servirait-il de le convoiter du regard, alors qu'il avait formellement exprimé ce qu'il ressentait pour elle ?

Au bout d'un moment, Ellan prit conscience du silence qui régnait dans la pièce. Elswyth dormait toujours, inconsciente de ce qui venait de se passer à deux pas d'elle, et la respiration d'Aevir était revenue à la normale.

Ellan lui accorda un bref regard, et constata qu'il la fixait intensément.

— Quelle réponse avez-vous donnée à Henrik ? demanda-t-il.

Elle interrompit son massage dans un sursaut. Jusque-là, elle n'avait pas été absolument certaine qu'il ait entendu cette partie de la conversation, puisqu'il n'avait fait aucun commentaire depuis.

Pourquoi s'en souciait-il ?

La curiosité la rongeait, mais la fierté lui fit relever le menton.

— En quoi cela vous concerne-t-il ?

Il resta silencieux quelques instants, retenant son souffle.

— C'est un de mes guerriers.

Naturellement. Son intérêt n'avait rien à voir avec elle.

— Alors, posez-lui la question vous-même.

Ses doigts dessinaient de fugaces lignes blanches sur la peau d'Aevir, tandis qu'elle reprenait son massage avec un peu plus de force qu'il n'était nécessaire.

— C'est à vous que je la pose, dit-il.

Il y avait un ordre dans sa voix, et cela contraria Ellan.

— Et je ne vais pas vous répondre. Vous n'avez aucune autorité sur moi.

Il laissa échapper ce qui devait être un juron dans sa langue.

Elle avait déjà entendu des Danois utiliser ces mots après s'être fait mal, ou avoir perdu le combat lors d'un entraînement. Personne ne lui en avait donné la traduction, mais ils étaient généralement exprimés avec une telle force que cela se passait d'explication.

— Ellan...

Il avait prononcé son prénom comme si elle était la créature la plus irritante qu'il ait jamais rencontrée.

Cette pensée la fit sourire, car il était lui-même passablement agaçant.

Tout d'abord, il affirmait qu'il n'y avait rien entre eux. Puis il lui posait avec beaucoup de gentillesse des questions sur elle. Personne ne l'avait jamais fait avant lui, et elle était encore étonnée de tout ce qu'elle lui avait raconté à propos de sa mère.

Et le plus surprenant, c'était qu'il l'avait écoutée avec un intérêt qui semblait bien réel.

— Répondez-moi. Avez-vous l'intention d'épouser Henrik ?

— En quoi est-ce si important à vos yeux ?

C'était la vanité qui lui faisait poser cette question.

Quelque part, dans un coin sombre et inexploré de son cœur, elle avait envie qu'il soit jaloux.

Elle voulait l'entendre dire qu'il avait fait une erreur, qu'il était désolé de l'avoir rejetée et qu'il allait l'épouser.

Oh ! pourquoi était-elle aussi stupide quand il était question de lui ?

Mue par la frustration, elle enfonça un peu trop durement les doigts dans sa chair, mais il ne réagit même pas, ce qui ne fit que l'agacer davantage.

— Je veux vous voir heureuse, dit-il.

Mais il avait l'air particulièrement morose en disant cela.

— Donc, vous me posez la question afin de pouvoir me donner votre bénédiction ?

— Non, je n'ai pas dit ça.

Elle interrompit son massage pour croiser son regard.

— Pourquoi ? Vous dites vouloir me voir heureuse, et Henrik a promis de faire en sorte que je le sois.

Il ricana.

— Henrik est un enfant. Il est trop jeune pour vous.

— Il n'est pas trop jeune, mais là n'est pas le problème. Je suis certain qu'il sera un meilleur choix que Tolan.

Aevir parut contrarié.

— Tolan est le Saxon auquel votre père vous a promise ?

— Oui. Avez-vous entendu parler de lui ?

Il secoua la tête, et le silence s'installa entre eux.

Comment osait-il lui poser des questions aussi personnelles, alors qu'il ne lui avait pour ainsi dire rien livré de lui ?

— Avez-vous des sentiments pour Henrik ?

La voix d'Aevir était plus basse que précédemment, ce qui lui donna l'impression qu'il n'avait pas eu l'intention de lui poser la question mais que, peut-être, il n'avait pas été capable de se retenir.

— Il est devenu un ami.

— Un ami comme moi ?

Elle croisa à nouveau son regard, et cette fois elle n'eut pas la force de tourner la tête.

Pourquoi jouait-il à ce jeu ?

Il la repoussait, puis il lui disait des choses lui laissant croire qu'il voulait d'elle.

Elle n'avait pas d'expérience avec les hommes, mais elle pensait qu'il désirait autre chose que ses faveurs pour un soir.

Sa façon de la regarder lui donnait l'impression que…

Incapable de supporter cela plus longtemps, elle demanda :

— Pourquoi faites-vous cela ? Pourquoi me posez-vous ces questions sur ma famille et sur Henrik ?

Consciente que sa voix pouvait réveiller Elswyth, elle baissa le ton :

— Vous m'avez clairement fait savoir que vous ne vouliez pas m'épouser, et je ne peux pas être votre concubine. Que reste-t-il d'autre ?

Une lueur de tristesse avait peut-être traversé le regard d'Aevir, mais il faisait trop sombre pour qu'elle puisse le dire avec certitude.

Comme il ne semblait pas enclin à répondre, elle insista :

— Je pense que vous m'appréciez plus que vous ne voulez bien l'admettre.

Le cœur battant si fort qu'il résonnait à ses oreilles, elle ajouta :

— Je pense que vous voulez...

— Je vais me marier prochainement, Ellan.

Un lourd silence suivi cette annonce.

Elle avait même l'impression que son cœur s'était arrêté.

Sa gorge se noua, et ses paupières commencèrent à picoter.

Cette soudaine envie de pleurer était complètement ridicule et injustifiée, mais elle était pourtant bien là.

— Qui est-ce ?

L'aimait-il ? Avait-il échangé un baiser avec elle ?

— En fait, je l'ignore. C'est une femme du sud d'Alvey. Une Saxonne, donc.

— Vous ne connaissez pas son nom ?

— Lord Vidar l'a mentionné, mais je l'ai oublié.

Ellan déglutit avec peine. Il la refusait, mais il acceptait cette *Saxonne* ?

La douleur était si forte qu'elle menaçait de la submerger.

Elle serra les dents pour la contenir.

Finalement, quand elle eut repris le contrôle, elle demanda :

— Pourquoi ?

Ce simple mot fut le seul qu'elle parvint à articuler. Ajouter quoi que ce soit aurait été trop révélateur.

Il haussa les épaules.

— Pourquoi les gens se marient-ils ? Pour le pouvoir. La richesse. Le statut.

L'amour.

Voilà ce qu'elle avait envie de lui crier. Mais elle avait sa fierté.

C'était tout ce qu'elle possédait, et elle l'arborait comme une armure.

— Je n'avais pas compris que ces choses étaient aussi importantes pour vous. Je pensais que vous étiez déjà fortuné.

— En effet. C'est le statut que je convoite.

— Parce que vous êtes le fils d'une esclave et que votre père ne vous a pas reconnu ?

— En partie. Mais il n'y a pas que cela.

Il parut réfléchir un moment, avant de reprendre la parole :

— Quand vous êtes de basse condition, on dirait que les gens ne voient que cela. Ils n'ont aucun respect pour vous. Ma mère était en butte à toutes les humiliations, et pourtant elle gardait la tête haute.

Il pinça les lèvres en une grimace amère.

— Croyez-vous qu'on l'aurait admirée pour sa force de caractère ? Non. Ça ne lui attirait que plus de mépris encore.

Il détourna le regard, et son visage disparut dans

l'ombre. Sa douleur était cependant perceptible, et Ellan ne put s'empêcher de lui toucher le bras.

— Aujourd'hui, j'en suis honteux, reprit-il avec un soupir, mais il y a eu une période dans ma jeunesse où moi aussi je la méprisais. Je me disais qu'elle aurait dû se battre davantage pour se faire accepter. Mais cela ne dépendait pas d'elle, évidemment. Sa naissance avait fait d'elle une esclave, et elle était condamnée à demeurer ainsi toute sa vie. Si j'avais été moins égoïste, plus attentif à la réalité des choses, je l'aurais compris.

Ellan fut émue par son accablement.

— Je crois qu'il est normal de se rebeller contre l'injustice quand on est jeune, dit-elle d'un ton compréhensif. Vous ne devez pas éprouver de culpabilité pour cela.

— Elle était d'une patience infinie avec moi, et ne m'a jamais rien reproché. Je lui ai promis qu'un jour j'aurais tout ce qui m'avait manqué : le statut, l'honneur. Et que les hommes m'écouteraient quand je m'exprimerais.

— Vous avez tout cela à présent, Aevir. Même la richesse. Vos hommes vous écoutent quand vous parlez, et ils vous respectent.

Il secoua la tête.

— Mais vous n'avez pas vu ceux qui refusent de se battre à mes côtés, sous mes ordres.

— Encore aujourd'hui ?

— Non, au début.

— Cela appartient au passé. Aujourd'hui, vous avez tout ce que vous voulez.

À nouveau, il secoua la tête pour exprimer son désaccord.

— Je n'ai que *l'illusion* du statut. Je peux tout perdre.

— Comment cela ? Votre valeur de guerrier n'est-elle pas reconnue de tous ?

Il secoua la tête pour la détromper.

— Je commande une armée de mercenaires, et ils ne m'ont pas fait allégeance de façon permanente. Ce n'est qu'avec des terres et un titre de *jarl* que je pourrai l'obtenir. Un jour j'aurai tout cela, et je ne connaîtrai pas de repos avant de l'avoir obtenu.

Ellan comprenait enfin pourquoi il l'avait rejetée. En l'épousant, il ne gagnerait rien d'autre que sa personne, et il voulait plus.

Retirant sa main, elle se redressa sur le lit.

Elle aurait probablement dû s'en aller, mais un petit démon la poussa à demander :

— Si j'avais pu vous apporter un statut, m'auriez-vous épousée ?

Il l'observa longuement, et elle retint son souffle.

Ce n'était pas grand-chose, ce n'était pas l'homme lui-même, mais si elle pouvait au moins avoir ça, elle en éprouverait de la consolation.

— Non.

Ellan sentit son cœur se déchirer.

— Pourquoi ?

Sa voix n'avait été qu'un murmure.

Elle crispa les doigts dans la couverture pour se raccrocher à quelque chose.

Malgré toutes les promesses qu'elle s'était faites, elle avait recommencé. Elle avait mis son cœur à nu devant lui, et il l'avait à nouveau blessée.

Aevir chercha en lui la cruauté nécessaire pour remuer le couteau plus profond dans la plaie et couper enfin le lien invisible qui l'attachait à Ellan.

Il suffisait de quelques mots bien sentis pour la faire souffrir au-delà du supportable et la pousser à prendre la fuite.

Elswyth pourrait très bien s'occuper de ses soins à partir de maintenant. Même un de ses hommes pourrait s'en charger. Il avait commencé à cicatriser, sa santé s'améliorait de jour en jour, et il n'avait plus besoin qu'on s'occupe de lui en permanence.

Mais il ne pouvait se résoudre à le faire.

C'était pourtant le moment ou jamais.

Et cependant, tout ce qu'il pouvait faire, c'était regarder le chagrin marquer le visage d'Ellan, en rêvant de le faire disparaître de ses traits d'une caresse ou d'un baiser.

Les yeux de celle-ci étaient brillants de larmes contenues, et sa lèvre inférieure tremblait légèrement.

La chaleur de sa main délicate se diffusait sous la sienne et, quand il baissa les yeux, il vit que ses doigts couvraient les siens.

Il avait dû les poser là sans s'en rendre compte, et elle n'avait pas bougé.

Sans le vouloir vraiment, comme si quelqu'un d'autre agissait à sa place, il lui pressa gentiment la main, pour lui apporter du réconfort.

— Je veux vous parler de Sefa.

Les mots lui avaient échappé.

Il ne parlait jamais de sa femme. Mais c'était la seule chose qu'il pouvait faire pour lui offrir un peu de paix.

Ellan hocha la tête.

— Vous avez prononcé ce prénom pendant votre sommeil.

Elle s'interrompit pour reprendre son souffle, le regard pétillant d'intérêt.

— C'était ma femme.

Il aurait voulu s'arrêter là, mais il s'obligea à poursuivre.

Parler de Sefa n'avait rien de spontané pour lui. Cependant, il voulait qu'Ellan comprenne.

— Nous avons été mariés pendant deux hivers.

— Vous l'aimiez.

Ce n'était pas une question.

Elle le savait, tout comme elle avait deviné pourquoi il était obnubilé par l'obtention d'un statut. Elle le connaissait comme s'ils étaient intimes depuis des années.

Une preuve de plus qu'elle pouvait être dangereuse pour lui.

— Oui, je l'aimais.

— L'aviez-vous épousée pour gravir les échelons de la société ?

Il secoua la tête, tout en se demandant ce qu'il pouvait lui dire exactement.

En réalité, il n'y avait pas vraiment matière à débattre. Cette attirance entre eux exigeait qu'il lui raconte tout.

C'était la seule façon de lui faire comprendre pourquoi ils ne pouvaient pas être ensemble.

Peut-être s'ils s'étaient rencontrés à un autre moment...

Avant Sefa.

Il fixa leurs mains unies à côté de sa cuisse.

Comment aurait-il réagi s'il n'avait jamais rencontré Sefa ? Sa vie aurait-elle été meilleure ou pire ?

Dans les mois qui avaient suivi son décès, il avait maudit les dieux de l'avoir fait entrer dans sa vie. La douleur avait été insupportable.

Pourquoi donner l'amour si c'était pour le reprendre ?

— Je l'ai épousée parce que je suis tombé amoureux d'elle. Je travaillais sur le bateau de son frère afin d'assurer ma subsistance. Je projetais de devenir guerrier, mais je devais économiser pour m'offrir ma première épée. Puis je l'ai rencontrée.

Il marqua une pause.

— Elle était tout ce que je recherchais chez une femme. Il n'a pas fallu longtemps… quatre ou cinq rencontres… avant que je cherche un moyen d'en faire mon épouse.

Il resta silencieux quelques instants, perdu dans ses pensées.

— Finalement, j'ai mis plusieurs mois à amasser suffisamment d'argent pour gagner le respect de son père et oser lui demander la main de sa fille.

À nouveau, il posa les yeux sur leurs doigts entrelacés. Ceux d'Ellan étaient longs, gracieux. Sa peau était pâle et légèrement rougie par le froid et le travail, et ses mains paraissaient si fragiles à côté des siennes.

C'était étrange comme elle était différente de Sefa, plus petite, plus fine, moins blonde… Et pourtant, il se sentait aussi bien avec elle. Il éprouvait la même impression que leur rencontre avait été parfaite et légitime.

Un sentiment de culpabilité accompagna cette pensée, et pesa si fort sur sa poitrine qu'il eut soudain du mal à respirer.

Comment pouvait-il penser cela d'elle, tout en parlant de sa femme ?

Malgré sa honte et sa frustration, il ne pouvait se résoudre à la laisser s'en aller. Tenir sa main était comme respirer : nécessaire et parfois douloureux.

Ça lui faisait penser aux circonstances dans lesquelles il avait été blessé, quand le Saxon l'avait chargé à cheval, ne lui laissant pas le temps de réagir. Avant qu'il comprenne ce qui lui arrivait, il s'était retrouvé sur le dos, l'épaule écrasée par l'animal, sans plus d'air dans ses poumons.

La netteté du souvenir l'étonna. C'était la première fois qu'il se rappelait clairement les détails de la bataille.

Les doigts d'Ellan se resserrèrent autour des siens, et il lui rendit la pression.

Pour le moment, cela seul comptait.

— Même si cela ne vous rapportait rien, vous vouliez l'épouser ?

— Je l'aimais, et j'étais prêt à remettre à plus tard mes ambitions. Atteindre mon but ne me semblait pas aussi important que l'avoir elle.

Ellan tiqua.

— Je comprends, dit-elle d'un ton blessé. Je ne vaux pas la peine que vous renonciez pour la seconde fois à vos projets.

Elle voulut se lever, mais il la retint.

— Non, Ellan. Je suis en train de vous dire exactement le contraire. Vous le voyez bien. Vous sentez ce qui se passe entre nous.

Il soupira.

— Cela pourrait si facilement être la même chose entre nous.

La façon dont elle reprenait son souffle, tandis qu'elle levait les yeux vers lui, fit battre son cœur plus vite.

Alors, il fut incapable de retenir ses mots.

— Ellan, je pourrais avoir des sentiments pour vous. Très profonds.

Voilà !

Il l'avait finalement admis.

Il s'attendait à éprouver du soulagement, mais il n'y avait que de la douleur.

Avec le temps, cette attirance qu'il avait éprouvée au premier regard pour Ellan aurait pu gagner en intensité.

Il avait ressenti cela au début avec Sefa. Mais avec Ellan, quelque chose lui disait que ce serait encore plus rapide et plus brûlant.

Déjà, il se sentait incroyablement proche d'elle.

Il passa le pouce sur la peau douce de son poignet, et découvrit que le battement désordonné de son pouls s'accordait au sien.

— Vous pourriez ? dit-elle dans un murmure.

C'était déjà le cas, mais cela ne leur ferait de bien ni à l'un ni à l'autre s'il l'avouait.

— Sefa est morte au printemps. Cela n'aurait pas dû se produire. Elle était forte et en bonne santé, et son ventre commençait à s'arrondir de la vie qu'elle portait. Par un froid matin, elle est allée jusqu'à la plage avec sa sœur et n'est jamais revenue. L'eau l'a emportée.

Sa voix se brisa sur un sanglot au souvenir de son corps échoué entre les rochers. Sefa lui avait été enlevée avec leur enfant à naître.

Lorsqu'il eut retrouvé son souffle, il reprit :

— Nous l'avons trouvée un peu plus tard dans la journée. Elle était...

— Aevir.

Posant la main sur le haut de son bras, puis sur sa nuque, elle fut dans ses bras avant qu'il n'ait eu le temps de le réaliser.

Elle se pressa contre lui, et il la tint serrée, savourant le contact de ce corps chaud contre son torse, cherchant le réconfort qu'elle pouvait lui apporter, se laissant envelopper par sa douce odeur de miel.

— Je suis si désolée qu'elle vous ait été arrachée.

Il ferma les paupières, en essayant de contenir ses larmes.

L'odeur d'Ellan lui emplissait les narines à chaque inspiration, et il prit conscience qu'elle lui était déjà familière.

Elle serra si fort les bras autour de lui que son épaule lui fit mal. Loin de la repousser, il plongea le visage dans son cou pour la respirer davantage.

— Vous ne voulez plus ressentir cela, n'est-ce pas ?

Elle avait deviné ce qui l'angoissait.

S'il l'épousait, il ne pourrait s'empêcher de l'aimer. Elle n'était pas une enfant, comme il aurait aimé le croire. Sa maturité était indéniable au regard de la façon méticuleuse dont elle avait soigné ses blessures. Du courage avec lequel elle avait surmonté la perte de sa mère, la négligence de son père.

Il rejeta la tête en arrière pour observer son visage. Ses yeux clairs étaient solennels et brillants de larmes contenues.

— Je suis désolé de ne pas pouvoir être plus pour vous, murmura-t-il.

En dépit de sa tristesse, elle lui adressa un petit sourire, et posa la paume sur sa joue.

Il ne put s'empêcher de lui donner un rapide baiser sur le pouce.

— Je comprends, dit-elle.

— Est-ce vrai ?

Il la fixa avec insistance.

— Je comprends que vous soyez réticent à engager à nouveau votre cœur.

Il y avait de la tristesse dans le fond de ses yeux, mais aussi de la sympathie et de la tendresse.

Il chercha un signe de colère ou de haine, mais il n'en vit pas.

Elle était trop bonne avec lui.

— Ellan, murmura-t-il, en ne pouvant se résoudre à la libérer.

Elle fut la première à mettre ses lèvres sur les siennes.

C'était un baiser d'une infinie douceur. Timide et léger. À peine ébauché. Mais à la seconde où leurs bouches se frôlèrent, tout le corps d'Ellan frémit, et un gémissement bref lui échappa.

Ne pouvant résister à l'envie d'un baiser plus passionné, il s'empara avec force de sa bouche, qu'il explora avec audace et volupté, tandis que ses mains la couvraient de caresses fiévreuses.

Crispant les doigts dans ses cheveux, elle répondit avec la même ardeur à l'urgence presque désespérée qu'il communiquait à son baiser.

Et pourtant, ce fut elle qui mit fin à leur étreinte.

— Laissez-moi, dit-elle dans un souffle, en évitant de le regarder.

L'idée de ce renoncement le mit au supplice.

— Ellan...

— Non. C'est fini. S'il vous plaît.

Ce fut cette supplique, prononcée d'une voix brisée, qui le rappela à la raison.

Fermant les yeux, il laissa aller sa tête en arrière contre le mur.

En voulant lui expliquer les raisons qu'il avait de la repousser, il n'avait réussi qu'à la lier davantage à lui.

12

La convalescence d'Aevir se poursuivit encore quelque temps dans la maison d'Ellan.

Plus les jours passaient, plus son humeur s'assombrissait.

Ils n'avaient pas reparlé de la conversation qu'ils avaient eue au milieu de la nuit.

Ellan savait que ce serait source d'angoisses renouvelées, et elle n'avait pas insisté.

Aevir semblait s'en tenir à la même décision, même si son regard laissait transparaître d'autres idées.

Ses yeux la suivaient en permanence. Parfois, elle avait l'impression qu'ils pouvaient voir au fond de son âme.

Souvent, elle les sentait rivés sur elle, alors qu'elle se trouvait près de la cheminée, et que le rideau entre la pièce principale et l'alcôve était tiré.

Ses regards la réchauffaient et entretenaient cette petite lueur d'espoir qui refusait de s'éteindre, même si elle savait que leur situation était justement sans issue.

Chaque jour, elle réussissait à ne pas penser à l'avenir.

Aevir était avec elle pour le moment, et elle comptait en profiter autant que possible.

Le moment où il lui faudrait songer à Tolan et Henrik, et à une vie sans Aevir, viendrait bien assez tôt.

— Ellan, m'avez-vous entendu ?

Aevir l'appelait mais, curieusement, sa voix n'était pas comme à l'ordinaire étouffée par le rideau.

Elle tourna le dos à la cheminée, et eut la surprise de le découvrir sur le seuil de l'alcôve.

— Vous vous êtes levé tout seul !

Il lui adressa un sourire, le premier depuis des jours, et le cœur d'Ellan fit un bond dans sa poitrine.

— Oui. Je vous ai dit que j'allais mieux.

Il s'avança, d'un pas légèrement chancelant.

Elle se précipita pour l'aider, mais il l'en dissuada d'un signe de main.

— Où est mon pantalon ? Je vais prendre mon repas au château ce soir.

— Ce n'est pas une bonne idée. Vous pourriez rouvrir votre blessure à la cuisse. Elle n'est pas encore cicatrisée.

Une mimique agacée remplaça son sourire.

— Vous répétez cela sans cesse. Pourtant, cela fait des jours que j'arpente ma prison, et ça ne s'est jamais produit.

Qu'il se soit secrètement essayé à marcher ne l'étonnait qu'à moitié. Mais elle était trop perturbée pour le réprimander.

En prenant son repas au château, il faisait le premier pas vers leur séparation.

C'était de la folie de penser cela, mais c'était aussi terriblement vrai.

S'il sortait ce soir, alors il passerait encore plus de temps au château dès le lendemain. Le jour suivant, il pourrait décider qu'il allait suffisamment bien pour y rester durant la nuit aussi...

Et alors, elle n'aurait plus d'excuses pour passer du temps avec lui.

Elle savait qu'il finirait par partir, mais elle espérait avoir droit à quelques jours de plus.

— Il est trop tôt, s'exclama-t-elle en se tordant les mains.

— Vous répétez toujours cela aussi.

Il regarda autour de lui, et elle comprit qu'il cherchait les vêtements qu'un de ses hommes avait apportés quelques jours auparavant.

Il avait raison. Elle répétait toujours la même chose.

— Je ne veux pas que vous vous blessiez à nouveau.

Les épaules basses, elle se dirigea vers le coffre où ses vêtements avaient été pliés et rangés.

Lorsqu'elle se retourna, il avait réintégré l'alcôve.

Elle le retrouva assis sur le lit, en train de se masser la jambe machinalement.

Elle déposa ses vêtements à côté de lui sur le matelas et resta postée devant lui, à se tordre les mains de désœuvrement.

— Avez-vous besoin de mon aide ?

Il grommela.

— Je ne suis pas invalide.

Elle protesta vigoureusement :

— Vous n'êtes pas guéri. Tant s'en faut.

Il continua à marmonner tandis qu'il prenait le pantalon et y glissait les pieds.

Durant sa convalescence, il avait pris l'habitude de porter des culottes courtes en lin léger, et il les avait gardées tandis qu'il essayait de remonter son pantalon.

Voyant sa maladresse, Ellan ne put s'empêcher d'intervenir.

— Laissez-moi vous aider.

— Je peux m'habiller tout seul, merci, dit-il entre ses dents serrées.

Lorsque le pantalon arriva à ses genoux, il se leva, vacillant sur ses jambes tandis qu'il le faisait passer le plus doucement possible sur sa cuisse blessée.

Ellan avait envie de tendre les mains vers lui, mais elle se retint et le laissa se débrouiller seul.

Quelque chose dut mal se passer car elle l'entendit souffler entre ses dents serrées, tandis qu'il étouffait un gémissement.

Elle se précipita pour l'aider à garder l'équilibre au moment même où il se tournait vers elle – et ils tombèrent tous les deux sur le lit.

Il grogna de douleur, et elle s'empressa de s'asseoir, songeant qu'elle lui avait fait mal.

— Je vous ai blessé ? Comment va votre jambe ?

Elle baissa les yeux vers sa cuisse, s'attendant à voir du sang détremper le lin de ses culottes courtes. Grâce au ciel, il n'en était rien.

— Je vais bien.

La voix d'Aevir était calme, ce qui la soulagea.

Il cillait comme pour accommoder sa vision, et son regard finit par se poser sur elle.

À sa grande surprise, il sourit.

— Vous ne pesez rien. Comment voulez-vous me faire mal ?

— Je pourrais vous prouver le contraire si vous me faites à nouveau peur comme ça. Vous avez *aussi* une blessure à la tête, je vous rappelle. Vous ne devriez pas vous lever.

Son ton était plus brutal qu'elle ne l'aurait voulu, mais c'était uniquement parce qu'elle avait eu peur pour lui.

— Tout va bien, Ellan. Je n'ai rien.

Il lui posa sa main chaude au creux du dos, et elle en ressentit l'effet dans tout son corps.

Prenant alors conscience que leur chute les avait laissés étroitement enlacés, elle leva vers lui un regard embarrassé.

Le regard d'Aevir était si intense qu'elle en eut la gorge serrée. Dans ses prunelles bleues soudain obscurcies, elle crut lire un désir sauvage et plus fervent que jamais.

Peut-être auraient-ils échangé à nouveau un baiser, si la porte d'entrée ne s'était ouverte dans un grincement, faisant bondir Ellan.

Elswyth était rentrée.

Aevir s'assit et finit de s'habiller, paraissant déterminé à ignorer ce qui venait de se passer.

Eh bien, elle aussi pouvait faire comme si de rien n'était !

Elle devait accepter que son temps avec lui arrive à sa fin.

Soulevant les lourdes bottes qu'elle avait rangées au pied du lit, elle les déposa à côté de lui.

— Tenez. Je vous aiderai à marcher jusqu'au château quand vous serez prêt.

— Merci.

Il lui toucha la main avant qu'elle n'ait eu le temps de s'écarter, et une vague de chaleur monta tout le long de son bras.

Elle retira sa main et croisa les bras sur sa poitrine.

— Vous avez besoin d'aide pour mettre vos bottes ?

— Je ne serais pas un guerrier digne de ce nom si j'étais incapable de me chausser, plaisanta-t-il.

Eh bien, au moins cet incident avait-il amélioré son humeur ! Il avait cessé de marmonner et de grommeler.

À son tour, elle adopta un ton rieur :

— Hâtez-vous de vous habiller. Il ne faut pas tarder à

y aller, car cela pourrait nous prendre des heures pour arriver au château, au rythme où vous marchez.

— Impertinente !

La voix d'Aevir la suivit hors de l'alcôve.

Comble de malchance, Henrik était de garde cette nuit-là.

Le jeune guerrier écarquilla les yeux quand il vit Aevir sortir de la maison en s'appuyant sur Ellan.

— Vous allez prendre le souper au château ? D'habitude, on vous apporte vos repas.

D'un geste agacé de la main, Aevir repoussa la tentative d'aide de son lieutenant, et resserra son bras autour d'Ellan.

Elle aurait aimé qu'il s'agisse d'une démonstration de possessivité, mais savait que c'était par pure nécessité qu'il agissait ainsi.

— Je vais beaucoup mieux, Henrik. Et je suis content de vous voir. Dites-moi comment se passe l'entraînement.

Aevir avait reçu des comptes rendus quotidiens, et avait continué à donner des ordres, mais les échanges avaient été sommaires.

Il ne faisait aucun doute qu'il avait hâte de prendre à nouveau son bataillon en charge.

Les deux hommes discutèrent tout le long du chemin, privant Ellan de ce qu'elle ressentait comme étant ses derniers moments avec Aevir.

Une fois qu'ils auraient franchi les portes du château, il ne serait plus à elle.

À peine cette pensée eut-elle traversé son esprit qu'elle la chassa. Il n'était *pas* à elle, et des idées comme celle-ci s'apparentait dangereusement à de la folie.

Décidée à prendre le dessus sur cette ridicule obsession, elle aida Aevir à s'installer à la table de Lord Vidar, et alla prendre place à une petite table située dans un recoin de la salle, en compagnie d'Elswyth.

La présence d'Aevir donnait au repas des airs de célébration. Tout le monde semblait plus heureux, plus bruyant, et l'hydromel circulait plus librement.

En dépit de ses inquiétudes pour la sécurité de Rolfe, même Elswyth paraissait plus gaie et plus à l'aise.

Devisant avec sa sœur tout en savourant les plats appétissants et copieux qu'on leur servait, Ellan comprit que ce moment de répit était précisément ce dont elle avait besoin pour oublier ses soucis.

Sa principale inquiétude avait bien sûr concerné la vie d'Aevir. Mais une fois qu'elle avait été rassurée sur ce sujet, elle s'était rongé les sangs à l'idée de ne jamais avoir ce qu'elle désirait le plus au monde.

Un foyer.

Un endroit où elle serait aimée et désirée.

Tolan, le Saxon, ne lui donnerait pas cela. Henrik avait fait sa demande, et elle craignait fort de n'avoir d'autre choix que d'accepter.

Si seulement Lady Gwendolyn avait été là. Sans doute aurait-elle pu intercéder en sa faveur...

— Je crois que ton Danois est incapable de détacher les yeux de toi.

La voix d'Elswyth la ramena au présent.

Quelque chose frémit dans l'estomac d'Ellan, comme un envol de papillons.

Elle suivit le regard de sa sœur, et vit qu'elle parlait d'*Henrik* – pas d'Aevir. En effet, il l'observait depuis le bout de la table qu'il occupait avec Aevir et Lord Vidar.

Une bouffée d'angoisse remplaça son exaltation.

Il sourit et lui adressa un signe de tête courtois.

Elle savait qu'il commençait à s'impatienter, car elle ne lui avait toujours pas donné sa réponse. Il n'en avait pas reparlé mais chaque fois qu'elle croisait son regard elle pouvait y lire la même question.

— Ce n'est pas *mon* Danois, marmonna-t-elle, tout en rendant son signe de tête à Henrik.

— Eh bien, il croit qu'il l'est.

Elswyth semblait trouver cela très amusant, et Ellan lui adressa un regard désapprobateur.

Elle ne put cependant s'empêcher d'interroger sa sœur.

— Que sais-tu de lui ?

Si elle n'avait pas fait part à Elswyth de la demande en mariage d'Henrik, c'était précisément dans l'espoir d'éviter des situations comme celle-ci. Et finalement, elle y avait plongé la tête la première !

— Seulement qu'il te regarde comme un agneau regarde sa mère.

L'image était tellement niaise qu'Ellan ne put s'empêcher de rire.

— Voilà que je serais sa mère, maintenant ? Quelle horrible chose à dire.

Elswyth rit à son tour.

— Non, mais je suis certaine qu'il te laisserait prendre le contrôle si tu le voulais.

Elle secoua la tête.

— Je ne veux rien de tel.

Des coups frappés à l'autre bout de la salle attirèrent soudain l'attention des deux sœurs.

Un Danois tapait sur la table et demandait l'attention de l'assemblée. Cela prit un moment, car l'hydromel et la bière coulaient à flots, et les guerriers étaient un peu plus indisciplinés qu'à l'accoutumée. Mais ils finirent par se calmer quand ils virent que Lord Vidar souhaitait prendre la parole.

Pour une fois, un sourire détendu éclairait le visage du *jarl*. Depuis qu'elle était arrivée, Ellan ne l'avait jamais vu autrement que sombre et crispé, sans doute en réaction à l'attaque des Écossais.

Il était bien qu'il puisse lui aussi trouver du soulagement dans l'ambiance festive que la soirée avait apportée.

— Ce soir, nous fêtons la guérison d'Aevir, un valeureux guerrier, et nous réjouissons de l'avoir bientôt à nos côtés pour une nouvelle bataille.

Le *jarl* leva haut son gobelet, avant de boire une longue gorgée d'hydromel.

Ivres de joie, les guerriers firent un vacarme épouvantable, faisant vibrer le plancher de la grande salle sous leurs coups de bottes.

Ellan se surprit à sourire, et but avec eux.

Lorsque le bruit s'apaisa, Lord Vidar reprit la parole :

— Nous célébrons aussi la femme qui s'est occupée de lui et nous l'a rendu.

Ellan sentit son visage s'empourprer. Elle ne s'attendait pas à être complimentée en public.

— Ellan, merci pour vos efforts. Nous avons tous une dette envers vous.

Il leva à nouveau son gobelet, et les guerriers se mirent à scander son prénom.

Lord Vidar semblait l'attendre. Elle hocha donc la tête et but une gorgée, tout en se tortillant nerveusement sur son banc. Heureusement, le *jarl* parut satisfait de sa réponse et se mit à siroter son hydromel.

Le regard d'Ellan chercha Aevir, qui était assis à côté de Lord Vidar. Elle ne le voyait pas bien à cause de la bande de guerriers qui s'étaient rassemblés autour de lui.

Aevir se pencha, réussit à la voir entre les épaules de deux hommes vigoureux, et lui adressa un signe de tête reconnaissant. Il articula le mot « merci », et soutint son regard un peu plus longtemps qu'il n'était nécessaire.

Elle aurait pu décrire ce regard comme admiratif, si elle n'avait pas été aussi déterminée à ne pas avoir ce genre de pensées le concernant.

— Et finalement…

La voix de Lord Vidar s'éleva à nouveau, réclamant l'attention.

— Le moment me semble idéal pour annoncer le mariage d'Aevir. Il épousera au printemps Annis de Glannoventa. Puissent-ils vivre longtemps ensemble et avoir beaucoup d'enfants.

Ce fut un tonnerre de félicitations, mais pour Ellan le bruit se réduisit à un bourdonnement, et elle ne vit bientôt plus rien, comme si le monde autour d'elle s'effaçait.

Quelle sotte elle avait été !

Aevir lui-même lui avait dit qu'il devait épouser une autre femme, mais cela ne lui avait pas semblé réel. C'était plutôt comme une sorte de chimère. Une éventualité qui se produirait peut-être dans un futur très lointain…

Elle n'avait pas réalisé avant cet instant, avant que tout vole en milliers d'éclats, combien elle avait d'espoir pour eux deux.

Une main lui toucha l'épaule et elle sursauta.

Elswyth s'était déplacée afin d'être assise plus près d'elle.

— Je suis désolée.

Ellan vit la bouche de sa sœur articuler les mots plus qu'elle ne les entendit, tant elle était sous le choc.

Même si elle le savait, le fait que ce soit annoncé publiquement, et avec une telle emphase, était dévastateur.

C'était comme si la terre s'était ouverte sous ses pieds.

Sa sœur lui adressa un sourire réconfortant et lui pressa l'épaule.

Le bourdonnement cessa, et sa vision redevint nette.

Elle essaya d'apercevoir Aevir, mais c'était impossible avec cette foule qui l'encerclait pour le congratuler.

Il devait être heureux…

En tout cas, les hommes qui s'écartaient de lui après l'avoir félicité ne semblaient pas dépités. Cela signifiait qu'Aevir ne les avait pas détrompés, ne contestant pas la déclaration de Lord Vidar.

Son rêve, par ces mots officiels, venait d'être brisé.

Il ne lui restait rien d'autre que cette souffrance cruelle et lancinante qui la suffoquait.

Tout espoir de bonheur avec Aevir était anéanti à jamais.

13

Aevir faisait de son mieux pour voir Ellan, mais le flot des hommes qui venaient le féliciter semblait sans fin.

Il avait beau se démancher le cou, dès qu'une ouverture se présentait, un autre guerrier comblait le vide, bloquant son champ de vision.

Il ne pouvait même pas dire si elle était encore dans la salle. Telle qu'il la connaissait, il était fort possible que l'annonce l'ait fait fuir dans la nuit.

Il avait beau avoir clarifié les choses entre eux, le fait qu'elle ait encore des sentiments pour lui n'était pas un secret.

Et s'il était honnête envers lui-même, les quelques jours qui venaient de s'écouler n'avaient fait que renforcer son affection pour elle.

C'était bien la raison pour laquelle il était d'humeur si sombre.

Être forcé de se trouver près d'Ellan et ne pas pouvoir la toucher, de crainte de lui faire de la peine, avait été une vraie torture.

Plutôt que d'endurer une nouvelle discussion avec elle, qui aurait pu les entraîner beaucoup trop loin, il avait choisi de faire preuve d'une courtoisie un peu froide et de garder ses distances.

Et si elle était seule dehors, dans la nuit ?

Il était toujours possible qu'un espion écossais isolé ou un traître saxon rôde dans les parages. Et, même si leurs chemins ne tarderaient probablement pas à se séparer, il se sentait obligé de veiller à sa sécurité tant qu'elle faisait encore partie de sa vie.

Croisant le regard d'un des hommes postés à côté de la porte, il lui fit signe.

— Ellan a-t-elle quitté le château ?

— Non, je ne l'ai pas vue sortir.

— Trouvez-la. Restez auprès d'elle et, si elle veut s'en aller, raccompagnez-la directement chez elle.

L'homme acquiesça et partit immédiatement à la recherche d'Ellan.

Aevir respirait mieux, de savoir que quelqu'un la protégeait.

Et à présent que cette inquiétude était apaisée, la colère qui mijotait à petit feu en lui pouvait bouillir et faire sauter le couvercle.

Le *jarl* n'avait pas le droit d'annoncer son mariage ! Il n'y avait pas eu de fiançailles officielles.

Pas encore, du moins.

Certes, il savait qu'il avait promis à Lord Vidar de faire son devoir, et il respecterait sa parole. Cependant, en l'absence d'engagement, et du consentement explicite du tuteur de la jeune femme à marier, cette union n'était pas encore actée.

Il était même tout à fait possible que cela échoue avant le printemps.

Vraiment ? Si elle existait, cette possibilité devait être infime.

La lueur d'espoir qui accompagnait cette pensée ne valait pas la peine qu'on s'y attarde. Et même si l'union envisagée par le *jarl* n'avait pas lieu, Ellan serait probablement déjà mariée de son côté.

En outre, il ne fallait pas que ses sentiments pour elle deviennent encore plus profonds qu'ils ne l'étaient déjà. Son cœur ne le supporterait pas.

Oleif, l'un de ses meilleurs guerriers, lui assena une grande claque amicale dans le dos.

La vibration se déplaça jusque dans son épaule déboîtée, et il serra les dents sous l'effet de la douleur.

— Je ne pensais pas qu'un jour viendrait où je vous verrais enchaîné à une femme.

L'homme lui adressa un sourire bon enfant.

— Je dois admettre que je n'y croyais pas moi-même, s'efforça de plaisanter Aevir.

Quand cela s'arrêterait-il ?

S'il avait trouvé distrayant de parler avec les hommes et de boire de l'hydromel, il aspirait maintenant à retourner à la petite maison de campagne.

Quelques heures seulement s'étaient écoulées, et il lui manquait déjà d'avoir Ellan pour lui seul.

Et, dans l'hypothèse où l'annonce du mariage l'aurait blessée, il avait également besoin de lui dire qu'il ne se doutait en aucune façon que Lord Vidar en parlerait publiquement.

— Est-ce que cela signifie que la jeune beauté saxonne est libre ?

Oleif fit un signe de tête dans la direction où Ellan se trouvait assise quelques instants auparavant.

— Ou bien avez-vous l'intention de la garder pour vous ?

Un mélange de colère et de jalousie brûla à l'intérieur de la poitrine d'Aevir.

Avant qu'il ait eu le temps de répondre, un autre homme se mêla à la conversation.

— Toutes les femmes ne sont-elles pas folles de toi, Oleif ?

Ils partirent tous deux d'un rire gras, mais Aevir ne put se résoudre à se joindre à eux.

Était-ce cela qu'il ressentirait en sachant qu'Ellan était hors de sa portée ? Finirait-elle par accepter la proposition d'Henrik pour échapper au mariage avec le Saxon ?

Il regarda autour de lui, essayant d'apercevoir la chevelure rousse de son lieutenant.

Et si Ellan se trouvait avec Henrik à cet instant et que, sur un coup de tête, elle acceptait de devenir sa femme ?

— Elle est toujours sous la protection du *jarl*, rappela-t-il aux deux mercenaires. Ne la touchez pas.

Mais n'avait-il pas lui-même involontairement porté atteinte à cette protection ? Si les hommes pensaient qu'ils étaient amants – et il était évident que ces deux-là au moins en étaient persuadés – alors n'importe qui pourrait être tenté de porter la main sur elle.

Le besoin de la voir et de lui parler était dévastateur.

Il salua les hommes présents autour de lui et fendit la foule, acceptant au passage leurs vœux de bonheur enthousiastes.

Lorsque le paysage se fut dégagé, il put enfin voir Ellan à l'autre bout de la grande salle. Elle était assise avec sa sœur et discutait, ne semblant pas affectée le moins du monde par l'annonce.

Peut-être s'était-elle fait une raison. Et si c'était le cas, il ne pouvait que s'en féliciter. Pourtant, le fait qu'elle ait l'air de l'avoir accepté aussi facilement lui faisait mal.

Au moins Henrik n'était-il pas avec elle...

Il traversa lentement la pièce, en jurant tout bas face à la douleur difficilement soutenable dans sa cuisse.

Il ne voulait pas l'admettre, mais Ellan était probablement dans le vrai en affirmant qu'il était peut-être trop tôt pour qu'il se rende au château.

Celle-ci écarquilla légèrement les yeux lorsque, levant la tête, elle le vit avancer vers elle. Mais lorsqu'il trébucha sur une planche disjointe du sol, elle se leva d'un bond et se précipita pour l'aider.

Se glissant contre son flanc afin de soutenir une partie de son poids, elle lui souleva le bras et le passa autour de ses épaules.

— Laissez-moi vous aider à rentrer à la maison.

Sa voix était calme et douce.

Était-elle vraiment indifférente, ou cachait-elle sa peine ?

Il resserra son bras autour d'elle, savourant la douce chaleur de son corps.

— Vous allez bien ? demanda-t-il.

Ils étaient occupés à naviguer à travers la salle surpeuplée, et elle ne tourna pas la tête vers lui.

— Bien sûr. Et vous ? Avez-vous mal ? Êtes-vous fatigué ?

Il fit le choix de la franchise.

— Un peu, mais ça va.

Elle prit un ton réprobateur :

— Je savais bien que c'était trop tôt.

Au moment de franchir le mur d'enceinte, ils marquèrent une pause.

Une neige légère avait commencé à tomber. Soulevant un pan de sa cape de fourrure, Aevir la drapa autour d'Ellan, puis il posa à nouveau son bras autour de ses épaules et l'attira contre lui.

Cela semblait si naturel de l'avoir ainsi à ses côtés, et de partager sa chaleur avec elle…

Étonnamment, elle n'en semblait pas affectée, arborant une expression déterminée tandis qu'elle regardait droit devant elle.

Une fois encore, il se dit que c'était mieux ainsi. Elle était parvenue à se défaire de son béguin pour lui. Et cependant, il ne pouvait contrôler la jalousie qui le dévorait.

Il observa à quelque distance de là la sombre silhouette des arbres et leurs branches immobiles sous la neige, évaluant le chemin qu'il leur restait à parcourir.

Le manteau immaculé couvrait tous les signes de la bataille qui avait fait rage à cet endroit une semaine auparavant.

Était-ce la même chose avec Ellan ? Avait-elle revêtu une apparence de froideur pour cacher sa douleur intérieure ?

S'engageant dans la nuit avec elle, il insista :

— Allez-vous *vraiment* bien ?

— Que voulez-vous dire ?

Cette fois, elle leva les yeux vers lui, les sourcils froncés. Le halo de la lune saupoudrait ses traits d'argent.

Il lui pressa l'épaule, d'un geste réconfortant mais non dépourvu d'une certaine intimité. Pendant un court instant, le masque d'Ellan glissa, révélant la douleur dans ses yeux, avant qu'elle ne tourne la tête.

— Je ne savais pas que Lord Vidar annoncerait le mariage ce soir. Vous devez me croire. Si cela avait été le cas, alors je l'en aurais empêché.

Elle garda si longtemps le silence qu'il se dit qu'elle avait l'intention de l'ignorer.

L'homme qui montait la garde devant la maison les vit s'avancer sur le chemin et se hâta de leur ouvrir.

Ce ne fut qu'une fois à l'intérieur qu'Ellan réagit. S'écartant d'Aevir, elle se défit de sa cape.

— Pourquoi l'en empêcher ? Vous avez bel et bien l'intention de vous marier. C'est normal que Lord Vidar ait souhaité l'annoncer ce soir.

Elle déposa sa cape sur le dossier d'une chaise, puis se dirigea vers la cheminée pour raviver le feu. Il ne restait plus que des braises, et la maison s'était refroidie. Elle collecta plusieurs petites bûches dans la pile à côté de la porte et les disposa dans le foyer.

— Ellan, arrêtez et regardez-moi.

Laissant retomber ses bras le long de son corps, elle serra les poings. Le chagrin qui se lisait dans ses yeux faillit briser Aevir.

Franchissant les quelques pas nécessaires pour la rejoindre, il se retint à grand-peine de la toucher.

— Je ne voulais pas qu'il l'annonce, parce que je savais que ça pourrait vous faire du mal.

— Je vais bien.

Mais tout en elle disait le contraire. Elle semblait à la fois meurtrie et en colère.

Il essaya de penser à quelque chose qu'il pourrait dire pour alléger son chagrin, mais aucune parole d'apaisement ne lui vint.

Si seulement il avait pu la prendre dans ses bras...

Cela ne lui aurait pas enlevé sa peine, mais ça l'aurait peut-être rendue plus supportable.

Soudain, la punition qu'il encourait de la part du *jarl* s'il la touchait n'avait plus d'importance. Il ne se souciait pas non plus de souffrir davantage en donnant lieu à un instant d'intimité entre Ellan et lui.

Il avait besoin de faire en sorte qu'elle se sente mieux, même si les effets n'étaient que temporaires.

Retenant un juron, il tendit le bras vers elle et l'attira contre lui.

Avant qu'elle ait eu le temps de protester, il s'empara de sa bouche.

Un doux gémissement résonna au fond de la gorge d'Ellan, faisant naître dans son bas-ventre un embrasement qui exigeait davantage.

Elle s'abandonna contre lui, noua les mains autour de sa nuque, et laissa ses doigts se perdre dans ses cheveux.

Avec un grognement soulagé, il prit sa bouche comme il avait rêvé de le faire depuis le premier instant où il l'avait vue.

Son baiser était brutal et exigeant. Sa langue réclamait celle d'Ellan, l'emprisonnant et la marquant de son empreinte.

Lorsqu'il fut contraint de reprendre sa respiration, il s'écarta, mais il découvrit qu'il lui était impossible de la quitter.

Elle était comme un puissant nectar auquel on lui aurait longtemps interdit de goûter. Elle était enivrante, et il avait envie d'y étancher sa soif encore et encore.

Il dessina un chemin de baisers le long de son cou, léchant le sel de sa peau, et sentit son propre corps vibrer.

Le petit cri d'Ellan, tandis qu'il empoignait d'une main les rondeurs délicieuses de son postérieur, ne fit que l'enflammer davantage.

Par le sang de Thor, il était déjà assez dur pour la

prendre sur-le-champ ! Jamais il ne s'était trouvé aussi rapidement dans un tel état.

Elle crispa un peu trop fort les doigts dans ses cheveux, lui causant une douleur qui ne suffit pas à le ramener à la raison.

— Ellan, murmura-t-il.

Son autre main vint se refermer sur un sein haut et ferme qui lui remplissait agréablement la paume.

Il en avait déjà le goût sur la langue, tandis qu'il penchait la tête et glissait les doigts dans son encolure pour atteindre sa peau sous l'étoffe.

— Non !

Le mot avait été prononcé d'une voix si basse qu'il n'était pas certain de l'avoir bien entendu, jusqu'à ce qu'elle appuie sur ses épaules pour tenter de le repousser.

— Aevir, arrêtez !

Surpris, il s'écarta juste ce qu'il fallait pour baisser les yeux vers elle, mais il ne la libéra pas.

Ses doigts s'enfonçaient toujours dans la chair souple et appétissante de ses fesses, plaquant son ventre contre sa vibrante érection.

— Qu'est-ce qui ne va pas ?

— *Rien* ne va. Ce n'est pas bien.

La souffrance dans les yeux d'Ellan s'était intensifiée, et cela suffit à le faire sortir de sa stupeur.

Il laissa retomber ses mains, et un étroit espace s'ouvrit entre eux.

— Vous avez raison. Et si vous vous inquiétez à propos de Lord Vidar...

Les paroles d'Aevir moururent sur ses lèvres tandis qu'elle secouait la tête.

— Ce n'est pas cela...

— De quoi s'agit-il, alors ?

— Vous vous êtes engagé auprès d'une autre, Aevir.

— Je ne suis pas encore marié.

— Mais vous le serez bientôt. Vous avez choisi cette femme.

— Je ne l'ai pas choisie. Lord Vidar a décidé pour moi. Je ne l'ai jamais rencontrée. Je ne fais qu'accomplir mon devoir en obéissant à mon suzerain.

Elle prit une profonde inspiration, comme si elle venait de parvenir à une résolution – et il était certain de ne pas l'aimer.

— Dans ce cas, il serait peut-être plus exact de dire que vous ne m'avez pas choisie.

Il la dévisagea avec stupéfaction, incapable de croire qu'elle pouvait penser cela.

— Ellan, je croyais avoir été clair.

Il fit un geste pour prendre son visage entre ses mains, mais elle recula, creusant un peu plus la distance entre eux.

— C'est vous que j'aurais choisie si la situation avait été plus simple. Je vous veux plus que toute autre femme.

Il secoua la tête au lieu de continuer sur cette ligne de pensée.

D'un air décidé, il s'approcha d'elle, ne laissant que la place d'un souffle entre eux, mais il n'essaya pas de la toucher à nouveau.

— Il y a au moins une chose que je peux vous donner. Maintenant. Ce soir.

— Ne comprenez-vous pas, Aevir ?

Cette fois, ce fut au tour d'Ellan de lui prendre le visage entre ses mains.

— Je ne peux rien accepter de moins que vous tout entier.

Relâchant le souffle qui était resté coincé au fond de sa gorge, Aevir appuya son front contre celui d'Ellan.

La brutale honnêteté de cette réponse le surprenait.

Il était au bord du précipice avec elle. Un faux pas, et il plongerait la tête la première.

Elle avait mille fois raison de le repousser cette nuit. En la faisant sienne, rien pour lui ne serait plus comme avant.

Mais son corps refusait d'écouter sa raison. Il brûlait de désir pour elle.

— Vous ne connaissez pas la demi-mesure, n'est-ce pas ? Vous aimez sans rien retenir ou dissimuler.

C'était précisément ce qui l'attirait chez elle, et aussi la raison pour laquelle il devait prendre ses distances.

Elle soupira.

— Comment faire autrement ? Y a-t-il une autre solution ?

— Peut-être n'y en a-t-il pas, en effet.

En tout cas, il n'en existait pas pour lui. Il avait aimé si intensément Sefa que sa mort l'avait quasiment détruit.

Quand il donnait, c'était totalement. Il ne savait pas se retenir ni reprendre.

Déjà, une racine avait pris naissance dans son cœur à l'idée qu'Ellan ne serait jamais à lui comme il en avait envie. Jamais il ne verrait un petit garçon aux yeux verts comme sa mère l'appeler papa.

L'amertume le taraudait tant qu'il recula avec brusquerie, en vacillant sur sa jambe blessée.

Elle tendit les mains pour l'aider à retrouver son équilibre, mais il secoua la tête.

— Merci de m'avoir soigné, dit-il. Je suis à présent apte à retourner à mes devoirs. Je déménagerai demain matin.

Et sur ces mots, il regagna pour la dernière fois l'alcôve qui avait été leur sanctuaire.

14

Le lendemain matin, Ellan apporta le plateau avec le matériel nécessaire aux soins, afin de changer le bandage d'Aevir avant qu'il s'en aille.

Elle le trouva assis sur le rebord du matelas, et vêtu de sa sous-chemise. Sa tunique était posée à côté de lui, et il avait déjà défait son vieux bandage.

D'un rapide coup d'œil, elle constata que sa blessure à la cuisse cicatrisait de belle manière.

— Bonjour, dit-elle.

Son intonation était tendue, car elle savait que ce serait la dernière fois qu'elle le verrait ainsi.

Il lui adressa un regard froid, prouvant combien les choses avaient changé entre eux depuis la nuit précédente.

Il y avait de la distance dans ses yeux, comme si elle était une inconnue pour lui. Il avait rendossé son personnage de guerrier sans états d'âme.

Puis il prit la bande sur le plateau qu'elle avait posé à côté de lui.

— Merci, dit-il, sans la regarder. Je me sens assez bien pour faire mon bandage moi-même. Envoyez-moi Oleif. Je vais prendre le repas du matin au château.

Elle s'immobilisa, serrant les poings le long de son corps, tandis qu'elle le regardait refaire son bandage.

Dans la lumière du feu, sa chevelure blonde se parait de reflets bronze.

En dépit de tout ce qui s'opposait à ce qu'ils soient ensemble, l'amour qu'elle lui portait s'épanouissait dans son cœur telle une fleur ouvrant ses pétales au soleil.

Elle n'essaya pas de l'expliquer ou de le justifier.

Le pourquoi ou le comment n'avaient plus d'importance.

C'était niché là, lui déchirant le cœur avec ses petites griffes insistantes, et elle était certaine que cela ne s'en irait jamais.

Elle était restée éveillée une grande partie de la nuit, à se demander si elle avait fait le bon choix.

Aurait-il été mieux de passer leur dernière soirée ensemble dans les bras l'un de l'autre ?

Y repenserait-elle plus tard, quand elle aurait des cheveux blancs, en regrettant sa décision ?

Plusieurs fois, elle s'était levée pour aller le voir, mais elle s'était toujours ravisée.

Une chose l'avait retenue. S'il la choisissait, elle voulait que ça vienne de lui, et non parce qu'elle l'avait influencé en lui donnant du plaisir.

Tandis qu'elle était plongée dans ses pensées, Aevir avait achevé son bandage.

Lorsqu'il releva la tête vers elle, il y avait une question dans son regard, vite remplacée par une légère lueur de regret.

Lui adressant un dernier sourire, Ellan tourna les talons et se rendit au château, pour y trouver Oleif.

Elle n'avait pas l'intention d'y rester pour prendre le

repas du matin. Elle n'avait pas faim, et elle avait une autre idée en tête.

Consciente qu'il lui fallait absolument sécuriser son avenir, elle alla trouver Henrik.

Les hommes étaient déjà fort occupés par leurs corvées quotidiennes et par leurs entraînements.

Il semblait que la construction d'un mur autour de Banford avait été ordonnée et, au lointain, les arbres étaient abattus pour les constructions du printemps.

Un homme coupait des bûches aux abords de la forêt. Sa hache accompagnait en rythme le bourdonnement d'activités matinales. Un peu plus loin, dans un champ, résonnait le cliquettement des épées.

Ellan opta pour cette direction, en se disant que ce serait le meilleur endroit pour trouver Henrik.

Un guerrier nommé Ander l'accompagnait. C'était un des hommes d'Aevir, et il montait la garde à la porte de la maison quand elle était sortie.

Les cheveux roux d'Henrik furent faciles à repérer parmi les hommes qui bataillaient.

Il maniait son épée avec aisance et ardeur, et Ellan fut surprise, tandis qu'elle l'observait, de ressentir de la fierté pour lui. Il était plus jeune que la plupart des guerriers, mais il ne déméritait pas. Il était certain qu'il deviendrait un jour l'égal des hommes les plus valeureux d'Aevir.

Elle attendit sur le côté jusqu'à ce qu'il y ait une pause dans la session, avant de l'appeler et d'agiter le bras pour attirer son attention.

Il sourit et ôta son casque, le portant sous son bras tandis qu'il avançait vers elle. La froideur de l'air mêlée à l'exercice avait coloré son visage d'un rouge presque aussi vif que celui de ses cheveux.

— Bonjour, dit-il avec un grand sourire.

— Bonjour. Je ne voulais pas vous interrompre. J'étais seulement venue vous demander si vous pourriez passer à la maison un peu plus tard, quand vous aurez un moment.

Il baissa la tête, dissimulant un sourire.

— C'est en rapport avec ma proposition ?

Ellan sentit son estomac se nouer, mais ce n'était plus le moment de tergiverser.

— Oui.

— Nous pouvons parler maintenant. J'ai terminé pour la matinée.

Malgré le froid, une perle de sueur lui coulait sur la tempe.

— Êtes-vous certain ? Je peux attendre.

Il secoua la tête.

— Maintenant, c'est bien.

Il se dirigea vers une pile d'équipements déposés à quelques pas de là, et prit un fourreau pour y glisser son épée.

— Merci, Ander. Vous pouvez retourner au château et prendre votre repas. Henrik va m'accompagner.

Après avoir interrogé du regard ce dernier, qui lui apporta une confirmation par un signe de tête, Ander salua Ellan et rebroussa chemin.

Henrik la rejoignit quelques instants après, avec son épée attachée dans le dos, et son casque balançant au bout de ses doigts.

— Allons-y. L'air est glacial dehors.

Elle hocha la tête, bien qu'elle n'ait pas remarqué le froid. Ses mains tremblaient parce qu'elle était anxieuse, et elle les tint serrées devant elle.

— Je veux vous remercier à nouveau pour votre offre généreuse. Vous vous êtes montré un ami précieux quand j'en avais désespérément besoin.

Il inclina la tête, mais son beau sourire confiant avait disparu de ses traits.

— Je pensais que vous aviez compris que je désire plus que de l'amitié de votre part.

Ellan, qui avait commencé à faire quelques pas, s'interrompit, surprise par la brutale franchise d'Henrik, alors qu'il semblait si timide au début.

— Je sais, dit-elle. Et avant de vous répondre, je voudrais être sûre que nous avons tous les deux la même vision de cet... arrangement.

Il acquiesça de la tête, et elle fut soulagée de voir revenir son sourire.

Ils reprirent leur marche.

— Je comprends que vous ne m'auriez pas choisi si vous n'y étiez pas forcée, dit Henrik, après un long silence.

Les paroles étaient dures, mais le regard qu'il lui glissa était bienveillant.

— Ce n'est pas tout à fait vrai, s'empressa-t-elle de le rassurer. Je vous apprécie beaucoup, Henrik. Peut-être qu'après un peu de temps, j'aurais pu spontanément vous choisir.

Et sans doute l'aurait-elle fait, si Aevir n'était pas entré dans sa vie.

— Le fait est que je n'ai pas de temps, c'est pourquoi je voudrais accepter votre demande en mariage si jamais Tolan vient me réclamer.

— Seulement dans ce cas ?

Il s'arrêta et se tourna vers elle.

— Vous êtes un ami, et peut-être que ce sentiment entre nous grandira et se transformera. Si j'en ai la possibilité, je voudrais donner le temps aux choses.

Elle fut surprise quand il se pencha et lui prit délicatement le menton entre ses doigts.

— C'est à cause d'Aevir ?

Elle rougit.

— Peut-être un peu.

Sa voix était sortie dans un souffle, comme un aveu pas entièrement assumé.

Elle devait une explication à Henrik, mais le simple fait de penser à Aevir lui nouait la gorge.

— Vous l'aimez ?

— Oui.

Ce fut tout ce qu'elle parvint à répondre.

— Qu'en dit-il ?

Elle voulait lui répondre. Henrik méritait la vérité. Mais, quand elle ouvrit la bouche pour tout lui dire, cela lui parut trop intime et douloureux.

— Il a dit non, murmura-t-elle.

— Ah...

Il passa le pouce sur son menton, en une caresse légère qui n'était pas totalement déplaisante.

En fait, cela aurait même pu être très agréable si elle n'avait pas pensé à la façon dont elle réagissait quand Aevir la touchait. Il lui semblait mal qu'un autre homme prenne de telles libertés avec elle.

— Je suis désolé.

Elle était persuadée de sa sincérité.

— Je ne vous mérite pas, Henrik. Êtes-vous certain

qu'il n'y a pas une autre femme que vous souhaiteriez épouser ?

— Mais cela vous laisserait dans les griffes de votre diabolique Saxon, plaisanta-t-il.

Elle se força à sourire, voulant lui laisser la chance de renoncer à leur arrangement maintenant qu'il connaissait la vérité.

Il méritait un bonheur qu'elle n'était pas certaine de pouvoir lui donner.

— Je ne vous laisserai pas affronter cela toute seule, Ellan.

Des larmes de gratitude lui jaillirent des yeux, sans qu'elle puisse les retenir.

Cet inconnu était prêt à la sauver, tandis que l'homme qu'elle aimait s'y refusait.

Sans plus réfléchir, elle se blottit contre lui.

Quand il referma les bras autour d'elle, elle enfouit le visage dans le creux de son épaule, et essaya de contenir la vague d'émotions qui roulait en elle.

Si seulement il avait pu s'agir d'Aevir.

Aevir observait l'étreinte d'Ellan et son lieutenant depuis l'entrée du château. La colère, la jalousie et la douleur se disputaient en lui la première place.

Il avait envie de se précipiter vers eux, de les écarter l'un de l'autre sans ménagement, et de jeter Ellan en travers de son cheval pour l'emmener loin, très loin.

En un instant, il vit l'avenir se dérouler devant ses yeux.

Elle allait épouser cet homme, et il serait contraint d'en être le témoin.

Ses sourires, ce serait à Henrik qu'elle les accorderait.

Le soir, elle quitterait le château avec lui.

Elle porterait son enfant.

Cette idée, plus que tout autre, lui coupait le souffle. Il ne pourrait pas le supporter.

Oleif s'arrêta derrière lui, et vit le couple par-dessus son épaule.

— J'ai entendu dire qu'il l'avait demandée en mariage, mais je n'y croyais pas. Jusqu'à maintenant.

— Ils ne se marieront pas.

C'était la seule certitude qu'il avait pour le moment.

Oleif garda le silence, ce qui était aussi bien, car Aevir était trop occupé à essayer de trouver une solution à cette situation impossible pour l'écouter.

Il s'appuya contre un chariot contenant de vieux sacs de grains remplis de terre, ainsi que des boucliers et des épées en bois.

Le chariot avait été parqué au bout du champ, où les hommes utilisaient les sacs pour mettre à l'épreuve leur endurance ainsi que leur habileté à l'épée. Aevir avait passé la matinée à tester sa jambe. Les sutures avaient tenu bon, mais le muscle était douloureux d'être resté inactif pendant longtemps.

— Comment vous sentez-vous ?

Lord Vidar venait de quitter le groupe de guerriers avec lesquels il s'entraînait. Il jeta son épée en bois dans le chariot, avant d'essuyer d'un revers de main la sueur qui lui coulait sur le front.

— Bien, répondit Aevir. Je serai prêt quand viendra le temps d'affronter les Écossais.

Il n'était pas question qu'il reste en arrière. Le besoin de venger les blessures qui lui avaient été infligées était une puissante motivation pour se remettre très vite sur pied.

— Vous êtes sûr ?

D'un air dubitatif, Lord Vidar le détailla de haut en bas.

— Prenez plus de temps si vous en avez besoin. Votre blessure...

Aevir secoua la tête.

— Il n'y a aucun risque qu'elle se rouvre. Je suis prêt à me battre.

Lord Vidar hocha la tête, mais son expression semblait préoccupée tandis qu'il observait les hommes qui poursuivaient leur entraînement.

— Qu'y a-t-il ? Vous avez de mauvaises nouvelles ?

— Un groupe est arrivé d'Alvey, il y a peu. Il se dit que Godric et sa troupe de rebelles se trouvent dans le Sud, et cherchent à rallier des soutiens.

— Dans quelle région précisément ?

— Durham, Yeavering, Stapleham.

Aevir s'alarma.

— Stapleham ?

— Oui.

Le *jarl* plissa les yeux, comme s'il ne comprenait pas la signification de cette question.

— J'ai appris que Tolan venait de Stapleham, justement.

— Le parent de Desmond ?

— Oui, le Saxon qui souhaite épouser Ellan.

Lord Vidar prit une profonde inspiration tandis qu'il méditait l'information, et relâcha son souffle en un nuage de buée qui se dissipa dans l'air froid du matin.

— En effet, je m'en souviens, à présent... Desmond avait bien parlé de Stapleham. Mais en quoi vous intéressez-vous à ce Tolan ?

Aevir déglutit avec peine, n'ayant toujours pas trouvé de réponse à cette question.

— Je voudrais qu'Ellan soit heureuse. Or, elle n'apprécie aucunement l'arrangement que son père a pris. Si ce Tolan est un homme d'importance à Stapleham, il est possible alors qu'il complote avec Godric.

Lord Vidar regarda autour de lui, comme s'il redoutait de voir des Saxons surgir de nulle part mais, heureusement, il n'y avait que des Danois sur le champ d'entraînement.

— Faites attention aux oreilles indiscrètes quand vous dites cela. Desmond persiste à affirmer que personne ne complote. Il n'a même pas voulu admettre que Godric pourrait être impliqué dans une quelconque rébellion.

— Et cependant, c'est une possibilité que nous ne pouvons pas négliger.

Aevir serra les poings en songeant à son rival.

— Et le dénommé Tolan est forcément impliqué. Rien d'autre ne pourrait expliquer ces fiançailles précipitées. Que lui a-t-on promis en échange de la main d'Ellan ?

— J'y ai pensé, dit Lord Vidar. Et il sera longuement questionné, tous comme les autres Saxons, avant que le mariage ne soit autorisé.

— Il va venir ici ?

Il semblait logique qu'il vienne faire valoir ses droits sur sa future femme, mais le cœur d'Aevir s'accéléra à cette idée.

Il avait espéré avoir l'hiver devant lui pour décider que faire avec Ellan, même si son propre mariage était prévu dès l'arrivée du printemps.

— Oui, répondit le *jarl*. On m'a rapporté qu'il était en route.

Un éclat de cheveux roux attira soudain le regard d'Aevir vers Henrik, qui venait juste de rejoindre le groupe sur le champ d'entraînement.

Lord Vidar regarda dans la même direction, s'attardant brièvement sur le jeune guerrier, avant de reporter son attention sur Aevir.

— Vous avez un faible pour elle, n'est-ce pas ?

Cette question n'attendait pas de réponse.

— Henrik semble déterminé à demander sa main, remarqua le *jarl*.

— Il n'en est pas question !

Aevir fut choqué par la force avec laquelle il avait prononcé ces mots.

S'il en fut également surpris, Lord Vidar n'en laissa rien paraître.

Observant à nouveau Henrik d'un air absent, le *jarl* reprit la parole :

— Vous devez savoir que si Tolan n'est pas reconnu coupable de complot avec Godric, je n'aurai pas d'autre choix que d'autoriser le mariage. Je ne peux pas me permettre d'en faire un ennemi, et Desmond ne se rangerait jamais à notre décision si j'intervenais. Nous avons besoin des hommes de Banford de notre côté.

— Mais vous pourriez tout arrêter si Henrik disait qu'il veut l'épouser.

Lord Vidar secoua la tête, mais son intonation parut presque amusée quand il reprit la parole :

— Il y a bien des façons de me lier les mains quand il s'agit de mariage. Si la future mariée était compromise, ou mieux encore si elle attendait un enfant, alors le promis pourrait se désengager de lui-même. Et même si ce n'était pas le cas, une querelle aurait lieu entre les deux hommes concernés. L'honneur réclamerait alors que cela se règle entre eux, sans mon intervention.

Aevir retint son souffle.

Le *jarl* lui donnait-il sa bénédiction pour qu'il la fasse sienne ?

C'était peu probable. Son obligation demeurait envers cette Saxonne du Sud que Lord Vidar avait choisie pour lui comme épouse.

— J'imagine que Desmond ne serait guère ravi d'une telle situation.

— Certes, mais les différends concernant les mariages existent depuis des siècles. Avec l'éventualité d'une guerre, j'ai des choses plus importantes à régler que d'insignifiantes querelles à propos d'une femme.

— Il ne sera peut-être pas nécessaire d'en arriver là, si nous pouvons prouver que Tolan est un traître.

Tout en parlant, Aevir avait fait signe à Henrik de les rejoindre.

Le jeune homme hocha la tête, et quitta le groupe de guerriers.

Prouver que Tolan était entré dans le jeu déloyal de Godric était la seule façon d'arrêter ce mariage, et de laisser à Ellan la liberté de faire ce qu'elle voulait.

— Je serais ravi que toute la vérité à propos de ce complot soit dévoilée, dit Lord Vidar.

Se tournant vers Aevir, il le toisa sévèrement.

— Que les choses soient bien claires entre nous : vous m'avez donné votre parole concernant votre mariage avec Annis. Cette union est de la plus grande importance pour Alvey.

Aevir acquiesça de la tête.

Annis était pour lui une femme sans visage qu'il n'aurait même pas reconnue si il l'avait croisée. Et pourtant tout son avenir, dont il avait autrefois été si certain, dépendait d'elle.

Lorsque Henrik arriva à leur hauteur, ils échangèrent tous trois des salutations, avant que Lord Vidar s'en aille vaquer à d'autres occupations.

Aussitôt, Aevir entra dans le vif du sujet.

— J'ai entendu dire que vous aviez conclu un arrangement avec Ellan.

Henrik rougit, mais il ne détourna pas le regard.

— Oui. Je lui ai demandé de devenir ma femme.

— Vous a-t-elle donné sa réponse ?

Aevir ne put s'empêcher de retenir son souffle.

Henrik haussa les épaules.

— Elle souhaite que j'intervienne si Tolan se présente pour exiger sa main.

Le soulagement qu'éprouva Aevir le fit vaciller sur sa jambe déjà affaiblie.

Elle ne voulait donc pas d'Henrik pour ses seules qualités, ou parce qu'elle aurait éprouvé pour lui un quelconque sentiment.

— Vous lui avez promis que vous le feriez ?

— Oui. C'est une bonne personne, et je veux l'aider.

— Vous lieriez votre avenir au sien, *uniquement* parce que c'est une bonne personne ?

Malgré son apparente incrédulité, Aevir ne comprenait que trop bien l'inclination d'Henrik.

Il y avait chez Ellan quelque chose qui donnait envie de mettre sa propre vie en danger pour elle.

Le regard du jeune homme se troubla, et il se dandina d'un pied sur l'autre.

— Et aussi parce qu'elle est belle.

— L'aimez-vous, Henrik ?

Le jeune homme réfléchit un moment, avant de lever vers Aevir son regard candide.

— Je suis certain que je pourrais l'aimer avec le temps. J'ai beaucoup de sympathie pour elle.

Plus que toute autre considération, ce fut cela qui décida Aevir.

Il avait voulu se persuader que, si Henrik aimait sincèrement Ellan, et si elle éprouvait les mêmes sentiments pour ce dernier, il se serait effacé et leur aurait souhaité d'être heureux.

Mais il n'était pas vraiment certain qu'il aurait eu la force de le faire.

Sa seule certitude, c'était qu'elle avait été dans ses bras la nuit dernière, et qu'elle l'avait désiré.

S'il y avait au moins une chose qu'il pouvait faire pour elle, c'était de la sauver d'une vie dénuée de passion avec Henrik.

— Vous ne l'épouserez pas.

Henrik ouvrit de grands yeux stupéfaits.

— Quoi ?

Il semblait croire qu'il n'avait pas bien entendu.

— J'ai besoin de vous, et je veux que vous ayez les idées claires pour la bataille qui nous attend. Vous n'avez pas ma permission d'épouser qui que ce soit pour le moment.

Henrik ouvrit et referma la bouche, comme un poisson fraîchement sorti de l'eau.

Aevir appréciait réellement le jeune homme. C'est pourquoi il posa la main sur son épaule, et ajouta, d'un ton radouci :

— Ellan n'est pas pour vous. Un jour, vous trouverez la femme qui vous convient, et vous serez alors heureux que j'aie interdit cet arrangement.

Henrik parut se faire une raison.

— Mais que va-t-il advenir d'Ellan ? Nous ne pouvons pas la laisser affronter seule le Saxon.

— Laissez-moi me charger du Saxon. Je vais tout mettre en œuvre pour prouver qu'il est bien un traître, comme nous le pensons. Ensuite, Ellan sera libre de retourner à Alvey, ou de faire selon son bon vouloir.

Du moment qu'elle était loin de lui, Aevir était certain de pouvoir continuer à mener sa vie comme il l'entendait.

Henrik commença à tourner les talons, mais il s'arrêta et se tourna à nouveau vers Aevir.

— Cela semble très risqué. Excusez-moi, mais vous pourriez échouer.

— Cela ne se produira pas.

Par la volonté des dieux, il devait à tout prix réussir !

— Est-ce parce que vous la voulez pour vous ?

Momentanément surpris par la perspicacité du jeune homme, Aevir se demanda ce que ce dernier savait exactement de sa relation de plus en plus complexe avec Ellan.

Choisissant d'ignorer la question, il rejoignit les hommes sur le champ d'entraînement.

15

Ellan avait passé toute la journée avec Elswyth, confinée dans leur maison, à coudre la nouvelle tunique que sa sœur espérait avoir terminée avant le retour de Rolfe.

Ce matin même, un messager leur avait appris que ses hommes et lui étaient sur le chemin du retour, et qu'ils arriveraient dans deux jours.

Elswyth avait été surexcitée toute la journée, babillant sans cesse à propos de son époux, tandis qu'elles terminaient la broderie d'argent qui devait orner les manches et le bas de la tunique. C'était supposé être une surprise pour lui.

Jamais Ellan n'aurait cru que sa sœur aurait pu être aussi éperdument éprise d'un homme, et cela avait alimenté ses questionnements toute la journée.

Peut-être aurait-elle mieux fait d'être plus attentive à l'agitation qui régnait à Banford. En effet, l'activité n'avait cessé de croître depuis le matin. Ainsi, de nombreuses cuisinières s'étaient présentées au château, et s'activaient pour préparer une arrivée.

Au début, Ellan s'était dit que tout ce chambardement était pour Rolfe et ses hommes. Il lui fallut attendre le repas du soir pour découvrir que pour elle ce ne serait pas les réjouissances qu'elle avait imaginées.

Des aboiements de chiens et des cris d'enfants attirèrent son attention tandis qu'elle se dirigeait vers le château. Un groupe d'hommes à cheval traversait le village, alors que le soleil descendait derrière la ligne des arbres.

Ellan reconnut les cinq cavaliers de tête comme étant des hommes de Lord Vidar. Ils avaient probablement été envoyés en éclaireurs pour accueillir la caravane de Saxons qui les suivaient, avec des chevaux et des animaux de bât.

Huit Danois qu'elle ne reconnut pas fermaient la marche. Leurs tenues poussiéreuses indiquaient qu'ils avaient probablement accompagné les Saxons pendant leur voyage. Les bandes d'argent qui ornaient leurs manches proclamaient qu'ils faisaient partie des troupes de Lord Vidar.

Personne n'eut à lui dire que cette délégation n'était autre que celle venue la chercher.

— Bienvenue à Banford !

La voix tonitruante, les bras levés comme pour accueillir un vieil ami, Desmond se hâta vers le groupe.

— Tolan ! Quel plaisir de te voir, mon cousin.

Des hommes descendaient de leurs montures. D'autres avaient déjà mis pied à terre. Ils furent plusieurs à lever la main pour saluer Desmond, de sorte qu'Ellan ne put déterminer lequel était Tolan.

Elle ne voulait surtout pas attirer l'attention de Desmond, et être contrainte de rencontrer Tolan à l'extérieur. Restait à trouver le moyen d'éviter que cela se produise.

Courant vers le château, elle se fraya un chemin à

travers la foule rassemblée hors de l'enceinte et se précipita à l'intérieur.

— Elswyth !

Elle se rua vers sa sœur, qui était venue un peu plus tôt aider à la préparation des repas. Celle-ci avait conservé sa place près du feu, au lieu de suivre les autres pour savoir ce qui se passait dehors.

Sa sœur se leva en entendant l'inquiétude dans la voix d'Ellan. Spontanément, elle posa la main sur le manche de la machette qui était toujours accrochée à sa ceinture.

— Qu'y a-t-il ?

— Tolan. Il est là.

Elswyth secoua la tête.

— C'est impossible. On nous a dit que des Saxons arrivaient, mais pas depuis Stapleham. Comment auraient-ils fait pour être ici aussi vite ?

— Je ne sais pas, mais je peux te dire qu'il vient d'arriver. J'ai entendu Desmond dire son nom.

Elswyth passa un bras autour de ses épaules pour la réconforter.

— Ne t'inquiète pas. Si Lord Vidar refuse d'intervenir en ta faveur, tu as toujours ton arrangement avec Henrik.

Ellan hocha la tête. Mais même si elle était soulagée de pouvoir compter sur Henrik, elle n'était pas très enthousiaste à l'idée de l'épouser. Pourquoi diable son père avait-il accepté ces fiançailles ?

Quoi qu'il en soit, elle avait du mal à imaginer que Tolan ait fait toute cette route pour renoncer aussi facilement à ses droits sur elle.

Elswyth devina sans doute son inquiétude, car elle lui pressa gentiment le bras.

— Si seulement Rolfe était là. En l'absence de notre

père et de Galan, je suis sûre que l'opinion de mon époux aurait été écoutée par le *jarl*.

Ellan secoua la tête.

— Lord Vidar est mon tuteur. Notre père m'a confiée à lui. Je crains que l'opinion de Rolfe n'ait aucune valeur dans ces circonstances.

Elswyth lui déposa un baiser sur la tempe.

— Sois forte. Nous avons tenu bon face à notre père pendant des années. Nous saurons nous opposer à Tolan, et même à Lord Vidar s'il le faut.

Ellan n'en menait pas large, tandis que les hommes entraient dans la grande salle. Cependant, elle gardait la tête haute et les épaules droites, refusant de leur montrer combien elle avait peur.

Lord Vidar lui adressa un signe de tête tandis qu'il passait devant elle pour aller prendre sa place au bout de la longue table. Il était suivi de Desmond et des anciens du village. Derrière défilaient les Saxons et les Danois qui venaient d'arriver.

Prenant la main de sa sœur, Ellan l'entraîna vers leur table habituelle, dans un coin de la pièce. Elle se cacherait aussi longtemps que possible, sans pour autant perdre une miette de ce qui se passait.

Plusieurs hommes dans le groupe avaient des cheveux grisonnants, mais elle ne savait toujours pas lequel était son promis. Tous les autres Saxons étaient des guerriers. Leurs boucliers et leurs épées avaient été remisés, mais leurs regards balayaient anxieusement la salle, comme s'ils s'attendaient à une attaque.

Les Danois fermaient la marche, deux par deux,

emplissant les lieux de leurs formidables carrures et de leur bruyante présence.

Aevir, qui s'appuyait sur un bâton, claudiqua jusqu'à la droite de Lord Vidar. C'était là que Rolfe se serait assis s'il avait été présent.

À plusieurs reprises, Ellan essaya de détacher les yeux de lui, mais son regard revenait sans cesse vérifier son teint et chercher des traces de fatigue ou de douleur sur son visage. Il se tenait toutefois de façon très stoïque, et elle ne parvenait pas à savoir comment il se sentait.

Depuis qu'il avait quitté la maison, le jour d'avant, elle ne le voyait qu'à l'occasion des repas, et encore était-ce de loin.

Il lui manquait. Elle avait envie qu'il regarde dans sa direction, et lui adresse ce sourire qui lui dessinait des petites rides au coin des yeux, et qu'elle ne l'avait jamais vu accorder à personne d'autre qu'à elle.

C'était un souhait stupide, et elle se reprocha immédiatement de l'avoir eu.

— Bienvenue à Banford, annonça Lord Vidar. Partageons ce repas et parlons.

Parmi l'entourage proche du *jarl* se trouvaient Desmond, quelques anciens, et un homme aux cheveux noirs, légèrement grisonnants sur les tempes.

Ce dernier devait être Tolan.

Ellan se démancha le cou pour essayer de distinguer son visage mais il était assis trop loin. Elle allait devoir se contenter d'observer l'expression d'Aevir, qui ne changea pas pendant qu'il s'adressait au groupe.

Tandis que tout le monde attaquait le repas, les multiples conversations qui se tenaient dans la vaste salle interdisaient d'entendre ce qu'ils se disaient.

En voyant Lord Vidar rejeter la tête en arrière et éclater de rire, elle en déduisit que les conversations étaient superficielles. Pour le moment.

La vraie discussion aurait lieu après le repas.

Une servante se présenta à la table des deux sœurs et leur proposa un plateau garni d'un assortiment de viandes aux délicieux fumets, mais Ellan était trop angoissée pour manger. Elswyth choisit quelques morceaux de mouton à partager entre elles deux. Une autre servante déposa sur la table un grand plat de légumes braisés.

Ellan eut beau se forcer, elle ne put rien avaler, et passa son temps à observer la table d'honneur.

Elswyth fit tout ce qu'elle put pour la distraire en lui faisant la conversation. En vain.

L'attente lui parut interminable.

Progressivement, les servantes apportèrent moins de plateaux de victuailles, et plus de pichets d'hydromel. Les hommes adoptèrent une posture plus détendue, vidant avec entrain leurs gobelets. Le brouhaha diminua un peu, et Ellan put enfin saisir des bribes de ce qui se disait dans l'entourage de Lord Vidar.

— Prouvez-nous que vous n'êtes pas de mèche avec les Écossais !

En dépit de ce qu'il s'était promis, Aevir n'avait pas réussi à contenir sa colère.

Lord Vidar haussa un sourcil en guise d'avertissement. Mais il garda le silence, et attendit la réponse de Tolan.

— Comment osez-vous prétendre que…

Desmond avait élevé la voix, mais Tolan, qui était assis à la gauche de Lord Vidar, leva la main pour le faire taire.

— Non, cousin. Je vais répondre.

Desmond afficha une grimace de déplaisir, mais Tolan paraissait calme.

Trop calme au goût d'Aevir.

Durant tout le repas, jamais Tolan n'avait paru s'inquiéter de se trouver dans une pièce emplie de Danois, quand tous ces autres compagnons semblaient sur le qui-vive.

Il acceptait les questions comme un homme serein, parce qu'il n'avait rien à cacher.

Ou bien, et c'était le plus probable, comme un homme habitué à mentir.

Aevir avait envie de le pousser à bout. Le vrai caractère d'un homme ressortait quand il était frustré et en colère.

— J'admets que je ne m'attendais pas, en venant ici, à être accusé de quelque chose d'aussi vil. Comment prouver son innocence quand on n'a rien fait ? Voulez-vous que je déniche un Écossais, afin que vous puissiez lui demander si je complote avec lui ?

Il rit de sa plaisanterie, et l'antipathie qu'Aevir ressentait pour lui s'intensifia.

— Excellente idée. Allez donc me chercher un Écossais. Je serais curieux d'entendre sa version.

Le rire de Tolan s'évanouit devant le sérieux d'Aevir.

N'étant pas certain qu'il s'agisse ou non d'un défi, le Saxon renifla et reporta son attention sur Lord Vidar, tout en passant une main sur sa barbe brune striée de gris.

— Je n'ai pas rencontré d'Écossais, milord, mais j'aimerais beaucoup rencontrer ma future femme.

Le *jarl* hocha la tête.

— Bientôt. J'admets que nous sommes tous préoccupés

par les Écossais, actuellement, mais ce n'est pas ma seule inquiétude. Puisque Godric est… indisponible, je me retrouve dans la position de tuteur d'Ellan. En toute conscience, je ne puis permettre qu'elle parte avec vous sans être certain que vous êtes bien ce que vous paraissez être.

Tolan inclina la tête en signe de bonne volonté.

— Je comprends. Mais sachez que je ne suis pas venu ici pour être soupçonné de trahison ou traité comme un prisonnier.

Lord Vidar eut une petite moue agacée.

— Il existe une différence entre un simple soupçon et une enquête. La disparition de Godric a légitimement soulevé des interrogations. Nous avons donc questionné tous ceux qui sont associés avec lui, y compris sa famille.

Tolan tourna la tête vers Desmond pour en avoir confirmation, et le vieil homme hocha la tête.

— Oui, tout le monde à Banford a été interrogé.

Lord Vidar reprit :

— Vous avez été en contact avec lui au moment de sa supposée trahison. Il est normal que vous soyez interrogé. Pourquoi avez-vous conclu un accord avec lui au sujet de sa fille ?

Tolan souleva son gobelet d'hydromel, et but une longue gorgée avant de répondre :

— Je suis allé le trouver l'année dernière. Ma famille est bien connue pour produire du textile de qualité. Or, Godric possède la plus grande ferme d'élevage de moutons de Banford, et il est notre principal fournisseur de laine depuis des années. Il m'a semblé naturel d'unir nos familles.

Sans pouvoir se l'expliquer, Aevir eut l'impression que

cette réponse un peu trop commode avait été préparée assez tôt. Ou en tout cas, qu'elle ne recouvrait pas l'entière vérité.

— Pourquoi maintenant ? s'étonna Lord Vidar. Vous semblez plus âgé que la moyenne des jeunes mariés.

Aevir lui donnait une bonne dizaine d'années de plus que lui.

— Mon épouse est décédée l'hiver dernier. J'étais fort épris d'elle, mais ses bébés étaient malingres et souffreteux. Tous ont péri au cours de leur première année. Elle est morte en mettant au monde le dernier, qui n'a pas survécu non plus.

Ce Saxon voulait faire d'Ellan sa reproductrice !

Aevir serra les poings en imaginant l'air désapprobateur de Tolan alors qu'Ellan lui présenterait leur premier-né. Qui pouvait dire si cet enfant ne serait pas lui aussi en mauvaise santé ?

Par ailleurs, le problème ne venait-il pas de la semence de l'homme, plutôt que de l'incapacité de son épouse à lui donner des enfants sains et vigoureux ? Ellan ne serait-elle pas dès lors condamnée au même sort funeste que sa précédente épouse ?

— L'hiver dernier ? Vous n'avez pas perdu de temps pour chercher une nouvelle femme.

Le ton d'Aevir était brutalement accusateur.

Tolan haussa les épaules.

— Je ne suis plus un jeune homme. Si je veux des fils, il me faut me remarier rapidement.

Aevir ne put s'empêcher de chercher Ellan des yeux.

Elle ne se trouvait pas à sa table habituelle, alors qu'il était certain de l'y avoir vue un peu plus tôt en compagnie de sa sœur.

Son estomac se noua à la pensée qu'elle pouvait se trouver dehors. Allait-elle essayer de s'échapper ? Ne risquait-elle pas de se faire enlever par les sbires de Tolan ?

Il était sur le point de se lever quand soudain, un éclair blond cuivré, luisant dans la lumière du feu, capta son regard. Les yeux écarquillés, Ellan observait leur table. Sa sœur était avec elle.

Tout à coup, il lui parut anormal de discuter de son sort sans qu'elle soit présente à leur table.

Il s'apprêtait à lui faire signe, quand il se rappela qu'elle n'avait jamais hésité par le passé à faire valoir ses opinions. Si elle restait en retrait, c'était donc parce qu'elle le voulait. Peut-être prenait-elle le temps d'évaluer son adversaire.

Il s'empressa de regarder ailleurs, afin que Tolan ne remarque rien, mais ne put s'empêcher de songer à la peur qu'il avait vue dans les yeux d'Ellan.

Cet homme n'était pas bien pour elle. Si elle partait avec lui, Aevir avait le sentiment que quelque chose de terrible lui arriverait.

Il devait absolument convaincre le *jarl* de ne pas la laisser quitter ces lieux.

— Cela suffit, maintenant !

Desmond venait de taper du poing sur la table, ramenant Aevir à l'instant présent.

— J'apprécie votre prudence, milord, mais cet homme a prouvé que le père de la fille voulait qu'il l'épouse. Comment pouvez-vous interférer entre un homme et sa fiancée, ou encore entre un père et sa fille ? Il ne vous a donné aucune raison de croire qu'il était un traître.

Plusieurs des anciens assis à la table firent entendre leur opinion, et Aevir ne parvint pas à décider s'ils pensaient vraiment agir pour le bien d'Ellan, ou s'il s'agissait d'une lutte de volontés entre Saxons et Danois.

Par les dieux ! Ce n'était pas le plus important.

Ce qui l'inquiétait, c'était que Lord Vidar ne pouvait pas intervenir. En tout cas, pas maintenant. Malgré l'intime conviction d'Aevir, il n'y avait aucune preuve que Tolan soit de mèche avec les Écossais.

En l'absence de preuves, le mariage devrait avoir lieu pour maintenir la paix.

Lord Vidar leva les mains, et le groupe se calma.

— J'ai entendu l'homme, et l'ai autorisé à présenter ses preuves. Cependant, il me faut maintenant parler à la jeune fille.

— Non !

Desmond se leva.

— La décision est prise. Si vous vous y opposez, alors tous les Saxons ici présents sauront que vous donnez la préférence aux Danois.

Tout en parlant, Desmond regardait fixement Aevir. À l'évidence, il pensait que sa relation avec Ellan allait au-delà de celle d'un homme blessé avec sa soignante.

Le *jarl* serra les mâchoires de colère, et regarda à son tour Aevir.

Dans ce regard, Aevir lut que Desmond disait vrai. Le mariage devait avoir lieu, ou la guerre serait déclarée entre les deux groupes.

— Il ne s'agit pas d'une question de préférences, répondit Lord Vidar.

Et dans sa voix on entendait combien il était offusqué que Desmond ose lui parler ainsi.

— Ellan doit être autorisée à parler. Elle m'a fait savoir

qu'il y avait un autre prétendant, et je veux lui donner l'occasion de s'en expliquer.

Les murmures de désapprobation enflèrent, quand soudain Ellan s'avança.

Elle semblait si délicate et pâle qu'Aevir dut prendre sur lui pour ne pas se lever et s'interposer entre elle et les loups qui réclamaient son sang.

Tandis qu'elle s'approchait, Lord Vidar s'obligea à une expression chaleureuse, mais il était évident que la situation lui pesait. Lui non plus n'aimait pas les Saxons.

Tolan se tourna pour la voir, et ses yeux se firent calculateurs, comme s'il inspectait sa future femme.

Sa curiosité ne tarda pas à se transformer en satisfaction, et Aevir ne fut pas surpris qu'il trouve Ellan à son goût. Tout homme aurait eu la même réaction.

Lord Vidar s'adressa à elle.

— Ellan, la dernière fois que nous nous sommes entretenus, vous m'avez fait part de votre souhait d'épouser un Danois. Pouvez-vous nous présenter cet homme ?

Aevir tourna la tête vers Henrik.

Le jeune homme était aussi figé qu'une pierre. Les mâchoires serrées, il regardait droit devant lui.

Soudain, il se leva et, pendant un instant, Aevir crut que son lieutenant allait braver ses ordres et faire valoir sa demande en mariage.

Mais au lieu de prendre la parole, Henrik pivota sur ses talons et se dirigea vers la porte.

16

Ellan avait l'impression que ses pieds étaient enracinés au sol. Elle avait les paumes moites, et son cœur battait si fort qu'elle redoutait de le voir jaillir hors de sa poitrine.

Henrik l'avait abandonnée, et elle ne pouvait rien y changer.

Elle ne lui en voulait pas, comprenant même pourquoi il était parti. Elle avait trop exigé de lui.

— Qui est ce Danois ? demanda Lord Vidar.

Ne voulant pas paraître faible devant Desmond et Tolan, elle parla d'une voix qui ne tremblait pas.

— Il n'y en a pas, milord.

Lord Vidar haussa un sourcil, avant de tourner la tête vers l'endroit où Henrik était assis quelques instants auparavant.

Lorsqu'il découvrit que la place était vide, un muscle joua nerveusement sur sa mâchoire.

— Eh bien, dans ce cas, je me vois contraint d'entériner l'accord que votre père a passé.

Elle s'attendait à cette décision, mais celle-ci n'en pesa pas moins lourdement sur ses épaules.

Quelque part au fond d'elle, elle espérait encore

qu'Aevir interviendrait. Mais il restait assis sans bouger, en observateur silencieux.

— Je le sais, dit-elle.

Tolan se leva et s'avança vers elle, lui permettant de voir enfin son visage. Son nez était proéminent et ses traits forts, mais il n'était pas laid.

Il aurait suffi qu'un sourire adoucisse son visage, qu'une lueur de bienveillance scintille dans ses yeux, pour qu'il paraisse séduisant.

Mais était-il seulement capable de bonté ?

Elle en doutait. Il semblait si dur… Peut-être même cruel.

Il s'arrêta devant elle, et Aevir se redressa sur son siège comme s'il voulait intervenir, une lueur orageuse dans le regard.

— Je suis ravi de vous rencontrer, Ellan, déclara Tolan d'une voix doucereuse.

Elle se contenta d'un simple hochement de tête.

Étant donné qu'elle n'avait aucun moyen pour le moment de se sortir de cet arrangement, elle avait décidé de paraître soumise.

Le temps de défendre son point de vue viendrait plus tard, et elle ne voulait pas que Tolan sache de quoi elle était capable.

Encore qu'elle n'ait pour le moment pas la moindre idée de la forme que prendrait son action.

La seule chose qu'elle savait, c'était qu'elle n'épouserait pas cet inconnu.

— C'est bien, dit Desmond. Nous pourrons commencer les préparatifs dès demain matin. Vous serez vite mariés.

Tolan secoua la tête.

— En fait, cousin, je préférerais me marier dans mon village. Ma mère et mes sœurs se font une joie de tout préparer. Elles seraient terriblement déçues si elles étaient tenues à l'écart.

— Il n'en est pas question ! déclara Lord Vidar. Je ne la laisserai pas partir seule sans être mariée.

Tolan ne parut pas s'offusquer de cette restriction.

— Eh bien, fournissez-lui une escorte, suggéra-t-il d'un ton aimable.

Lord Vidar secoua la tête.

— On m'a dit que vous avez prévu de partir dès demain. Il m'est impossible de prendre des dispositions aussi rapidement. La plupart de mes hommes sont à la frontière nord. Déléguer une escorte maintenant signifierait que nous serions quasiment sans défense ici.

— De combien de temps auriez-vous besoin pour préparer une escorte ?

— Quelques jours. Rolfe doit rentrer incessamment. Dès qu'il sera là, nous pourrons prendre des dispositions.

— Les nuages bas promettent l'arrivée d'une tempête. Si nous devons attendre ici, il me faut envoyer une partie de mes hommes à Stapleham.

Ellan écouta sagement les hommes discuter de son avenir.

Il fut finalement décidé qu'une grande partie des Saxons rentreraient chez eux, tandis que le reste attendrait l'arrivée de Rolfe. Alors seulement, elle se verrait contrainte de partir avec Tolan, et serait chaperonnée par Rolfe et son bataillon.

Lorsque tout fut arrêté, Tolan lui adressa un sourire victorieux qui lui arracha un frisson.

D'une façon ou d'une autre, elle recouvrerait sa liberté, même si elle devait pour cela s'enfuir.

Les conversations bruissaient autour de lui, mais Aevir n'avait d'yeux que pour Ellan, qui se frayait un chemin hors de la grande salle afin de pouvoir retourner chez elle.

Elle avait le dos et les épaules rigides, et il n'avait aucun mal à imaginer son déplaisir devant la façon dont les événements s'étaient déroulés.

Il avait envie de la rejoindre et de la rassurer, mais il ne voulait pas que quiconque puisse deviner le plan qui se formait dans sa tête.

Un plan qui n'en était pour le moment qu'au stade de vagues suggestions, aussitôt écartées comme inadéquates à l'instant où elles se formaient.

Il ne serait pas aisé d'empêcher ce mariage sans causer de nouvelles dégradations dans les relations entre les Saxons et le *jarl*, qui avait autorité sur eux.

Mais Aevir était déterminé à trouver un moyen.

Incapable de rester assis plus longtemps, il s'apprêtait à se lever pour partir à la recherche d'Henrik, quand une main puissante s'abattit sur son poignet.

Il leva les yeux vers le visage sévère et les yeux froids de Lord Vidar.

— Je ne veux pas de bain de sang à Banford.

La voix du *jarl* était réduite à un murmure, afin que les autres n'entendent pas, mais n'en manquait pas pour autant d'autorité.

Aevir inspira calmement, luttant contre son instinct de guerrier qui le poussait à se battre.

— Elle ne devrait pas être forcée d'épouser ce lâche.

— C'est ce qu'a voulu son père. La seule raison pour laquelle je me retrouve au centre de cet accommodement, c'est parce qu'Ellan est sous ma tutelle depuis quelques mois. Si l'engagement avait été conclu l'été dernier, elle serait déjà mariée et attendrait son premier enfant.

Cette suggestion fit grincer des dents Aevir.

Il avait envie de dire qu'elle était sienne, mais ce n'était pas le cas.

Comment pouvait-il ressentir ce besoin presque incontrôlable d'affirmer qu'elle lui appartenait ?

Était-il trop tard ?

Lui avait-il déjà abandonné son cœur ?

Pendant tout ce temps, il s'était bercé d'illusions, pensant qu'il pouvait s'avancer jusqu'au bord du précipice sans basculer dans le vide.

Ellan l'y avait-elle déjà entraîné ?

— Peu importe, dit-il. Nous pouvons encore arrêter cela.

— *Nous* ?

Lord Vidar haussa un sourcil, mais Aevir ne se laissa pas intimider.

— Tolan conspire avec Godric. Vous le savez aussi bien que moi.

Le *jarl* se cala contre le dossier de son siège et observa l'assemblée des Saxons qui s'affairaient à congratuler Tolan sur la beauté de sa fiancée, tout en buvant à profusion de l'hydromel danois.

Finalement, il reconnut :

— Oui, je le suspecte aussi. Mais je ne peux rien y changer sans preuve.

— Vous l'aurez, votre preuve !

Il s'était exprimé avec une telle détermination que Lord Vidar se pencha à nouveau vers lui.

— Pas de bain de sang, Aevir. Pour que cette preuve nous soit d'une quelconque utilité, il nous faut Tolan vivant, afin qu'il s'en explique.

Aevir répondit par un bref hochement de tête.

— Je veux faire partie de l'escorte qui se rendra à Stapleham.

— Non. Vous êtes compromis. Moi-même, je ne saurais dire si vous voulez rendre justice aux hommes que nous avons perdus, ou si vous le faites juste parce que vous voulez Ellan pour vous.

— C'est sans importance. Le résultat sera le même. Vous pourrez faire passer vos traîtres en justice, et Ellan sera libre de mener la vie qui lui plaira.

Il se leva avant que le *jarl* ait le temps de protester et, sans saluer personne, quitta la grande salle avant de faire quelque chose qu'il pourrait regretter.

Ellan fut réveillée dans la nuit par un coup frappé à la porte.

Elle se redressa brusquement en position assise, surprise d'avoir réussi à s'endormir après avoir passé autant de temps à se tourner et se retourner en pensant à Aevir.

Le regard ensommeillé, elle regarda de l'autre côté de la cheminée, et découvrit qu'Elswyth n'était pas sur son matelas.

Était-elle sortie dans la nuit pour se soulager ?

Ah oui ! Elle se souvenait maintenant. Elswyth avait demandé à occuper l'alcôve après le départ d'Aevir. C'était tout à fait normal puisque Rolfe serait bientôt de retour, et qu'ils auraient besoin d'intimité.

Un coup d'œil rapide lui confirma que le rideau était tiré.

Les coups à la porte reprirent, lourds et insistants.

Drapant sa fourrure autour de ses épaules, Ellan se leva et alla ouvrir.

Une violente bourrasque glacée la repoussa contre le battant.

— Tolan ?

Ce fut tout ce qu'elle trouva à dire au Saxon, qui se trouvait devant elle.

Peut-être avait-elle bu trop d'hydromel au cours du souper, mais elle avait du mal à comprendre ce qui se passait.

— Puis-je entrer ?

Sa voix était amicale, et son attitude n'avait rien de menaçant. Et cependant, Ellan ne pouvait s'empêcher de ressentir de l'inquiétude. Après tout, on était au beau milieu de la nuit.

— Je ne... Je ne sais pas.

— Je vous en prie. C'est assez urgent.

Le vent hurlait et la porte tremblait entre ses doigts. Elle s'écarta, à la fois pour éviter le froid et faire entrer Tolan.

— Merci, dit-il. Nous avons malheureusement été contraints de changer nos plans. Le temps se dégrade beaucoup plus vite que prévu, et nous devons partir maintenant pour éviter la tempête.

— Mais...

Tolan ne lui laissa pas le temps de protester.

— Si la neige tombe avant notre départ, alors nous pourrions être contraints de rester à Banford pendant des semaines. Je ne peux pas demeurer aussi longtemps éloigné de mes affaires.

— Mais Lord Vidar a dit...

— Oui, je sais ce qu'il a dit. Mais cela remonte à des heures, et nous ne sommes pas maîtres du climat.

Comme pour appuyer ses paroles, le vent déferla violemment sur le côté de la maison, faisant vibrer les murs.

Elle resserra plus étroitement la fourrure autour d'elle.

— Alors, nous devons vraiment partir maintenant ?

Elle le savait, mais ce ne fut que lorsqu'elle en eut confirmation que son estomac se noua d'anxiété. Toutes ces heures où elle aurait pu réfléchir à un plan, elle les avait perdues à penser à Aevir et à dormir.

— Dépêchez-vous, nous devons quitter les lieux sur-le-champ.

La voix de Tolan se faisait pressante.

— Rassemblez prestement vos affaires.

— Ellan !

Elswyth l'appelait depuis l'alcôve, et Ellan comprit que c'était peut-être la dernière fois qu'elle voyait sa sœur. Elle n'imaginait pas Tolan l'autorisant à voyager pour la voir.

— Es-tu certaine qu'il dise la vérité ? murmura Elswyth, tandis qu'elle nattait les cheveux d'Ellan.

Les dernières minutes s'étaient écoulées dans une sorte de brouillard, tandis qu'elle rassemblait ses affaires dans le sac de cuir qu'elle avait apporté à Banford avec elle, et se changeait dans l'alcôve avec l'aide de sa sœur.

— Je le pense, répondit-elle.

— Je vais aller au château vérifier avec Lord Vidar.

Ellan se tourna et attira sa sœur dans ses bras. Elles s'étreignirent longuement, puis Elswyth la repoussa à bout de bras pour la regarder.

— Il ne faut pas être triste, dit-elle avec un sourire forcé. Nous nous reverrons bientôt. Rolfe m'emmènera à Stapleham au printemps.

Ellan hocha la tête, mais l'avenir était trop incertain pour prendre quoi que ce soit pour argent comptant.

— Sache que je t'aime et que, chaque jour, je remercie les dieux de t'avoir pour sœur.

Elle fut surprise de voir les yeux d'Elswyth se remplir de larmes, et l'attira à nouveau contre elle.

— J'ai peine à croire que notre père ait fait cela, et que Lord Vidar ne l'ait pas empêché.

Ellan ressentait la même chose. Et elle ne parvenait pas à croire non plus qu'elle ait gardé jusqu'au dernier moment l'espoir qu'Aevir interviendrait.

Son cœur s'était déchiré quand elle avait vu qu'il était assis à la table du *jarl*, et qu'il ne disait rien.

Mais à quoi bon ruminer ces choses à présent ?

— Nous devons nous hâter.

La voix de Tolan venait de s'élever de l'autre côté de l'alcôve.

— Le temps ne tiendra pas.

Écartant le rideau, Ellan se trouva face à l'homme qui allait devenir son mari.

Non ! Elle ne pouvait pas penser à lui de cette façon. Pas tant qu'il restait de l'espoir.

Elle eut juste le temps de prendre le sac contenant ses quelques effets personnels, avant qu'il la pousse vers la porte.

S'attendant à ce qu'il la conduise au village, elle fut surprise de découvrir un cavalier qui tenait les rênes de deux chevaux entièrement harnachés.

Tolan n'avait quand même pas l'intention de les faire voyager en un équipage aussi réduit, alors que les Écossais rôdaient dans les bois ?

— Où sont vos hommes ? demanda-t-elle, tandis qu'il l'aidait à se hisser en selle.

— Nous rattraperons le groupe qui est parti juste après la fin du repas.

— Mais les autres ?

D'après ses estimations, une dizaine d'hommes étaient restés pour attendre le retour de Rolfe.

Tolan enfourcha sa monture et prit les rênes du cheval qu'elle montait, afin de la guider sur le chemin.

— Ils se préparent à partir. Ils nous auront rejoints avant que nous ayons quitté les limites de Banford.

Elle regarda autour d'elle, ne voyant rien d'autre que la silhouette décharnée des arbres.

— Et l'escorte que Lord Vidar a demandée ?

— Vous posez beaucoup de questions.

La voix de Tolan était brutale et trahissait son irritation.

— J'espère que cela changera quand nous serons mariés, dit-il.

Un frisson courut le long de la colonne vertébrale d'Ellan, mais elle releva fièrement le menton.

— J'ai le droit de savoir. Il est mon tuteur, et vous n'êtes pas encore mon mari.

Il y eut un silence, avant qu'il se décide à répondre :

— Il regrette que la situation ait tourné de la sorte, mais il ne peut pas mettre d'hommes à notre disposition.

Cela faisait maintenant de longues minutes qu'ils avaient quitté la ferme, et Ellan prit finalement conscience d'un détail qui lui avait échappé : elle n'avait pas vu de garde devant la maison, quand ils en étaient sortis. Avait-il été relevé de ses fonctions ? Cela semblait curieux. Même si elle n'était plus là, Elswyth avait toujours besoin de protection en attendant le retour de Rolfe… Qu'avait-il bien pu lui arriver ?

La voie s'était progressivement rétrécie, et ils étaient à présent contraints de chevaucher l'un derrière l'autre.

L'homme qui les accompagnait, et dont elle ignorait toujours le nom, n'avait pas dit un mot depuis qu'ils étaient partis. Il prit la tête du convoi, suivi de Tolan, lequel avait repris les rênes du cheval d'Ellan, comme s'il craignait qu'elle ne cherche à s'échapper.

Après quelques pas, Tolan jeta un regard par-dessus son épaule.

— Nous devrions peut-être nous marier sur le chemin de Stapleham, s'il vous faut cela pour vous tenir tranquille.

Ellan serra les dents pour se retenir de répliquer.

Cela ne valait pas la peine de se lancer dans une argumentation avec cet homme. En outre, elle avait la gorge serrée par les larmes contenues, et elle n'avait pas envie que sa voix la trahisse.

Il lui avait suffi d'un regard derrière elle pour constater que personne ne les suivait.

Aevir n'avait pas pris sa défense au cours du repas, et il ne viendrait pas à sa rescousse maintenant.

Il avait choisi d'épouser Annis au printemps.

Pas elle.

Elle déglutit avec peine, s'autorisant un moment d'autoapitoiement.

Aucune des personnes qu'elle aimait ne l'avait jamais choisie.

Ni sa mère, qui avait préféré son Danois. Ni son père, qui chérissait sa haine plus que tout.

Ni Aevir, qui n'avait d'affection pour personne.

17

— Ellan est partie !

Rien n'aurait pu réveiller Aevir aussi vite et complètement que ces mots.

La lumière grise du matin dessinait le contour de la silhouette d'Oleif, qui se tenait sur le seuil du baraquement.

— Comment cela ?

La voix d'Aevir était encore enrouée de sommeil.

— Tolan et ses hommes sont partis. Il semblerait qu'ils l'aient emmenée. Elswyth, ainsi que le garde posté devant la maison, viennent d'être retrouvés, bâillonnés et ligotés.

Aevir avait déjà revêtu sa tunique, et enfilait ses bottes.

— Comment est-ce arrivé ? Comment se fait-il que personne ne les ait vus s'en aller ?

— Ils n'avaient pas laissé leurs chevaux aux écuries, ils sont partis progressivement, par petits groupes.

Aevir jura avec force et installa son épée dans son dos.

— Rassemblez les hommes. Nous partons immédiatement.

— Lord Vidar veut vous parler.

— Maintenant ?

Oleif hocha la tête et s'esquiva pour préparer leur départ.

— D'après les traces, il apparaît que de petits groupes ont pris des directions différentes, afin que nous ne puissions pas les pister, expliqua Lord Vidar. Et ils savaient où étaient positionnés nos gardes dans la forêt, et comment les éviter.

Aevir bouillait d'impatience et de rage en l'écoutant.

— C'est bien la preuve qu'ils avaient l'intention de nous trahir.

Lord Vidar se frotta le menton.

— Cela ne prouve rien, mais c'est en effet curieux. Toutefois, le temps a changé, et il est possible que Tolan soit parti pour éviter la tempête.

— Il a emmené Ellan et ligoté Elswyth. Si ce n'est pas une preuve suffisante !

Le *jarl* secoua la tête.

— Ça ne me plaît pas plus qu'à vous, mais cela ne constitue aucunement la preuve d'une conspiration.

Aevir jura, mais Lord Vidar posa une main sur son épaule.

— J'ai besoin d'avoir la certitude que vous saurez garder la tête froide, avant de vous autoriser à partir à sa recherche. Je ne veux pas déclencher une guerre pour cela. Tout ce que j'attends de vous, c'est que vous trouviez des preuves et que vous me les fournissiez.

Aevir hocha la tête. Il n'appréciait pas du tout les manières dissimulées et malhonnêtes de Tolan, mais il saurait rester calme.

— Pas de bain de sang, à moins que vous ne soyez attaqués, vous m'avez entendu ? Je veux Tolan vivant.

— Vous avez ma parole.

— Bien. Rolfe devrait être de retour avant la tombée

de la nuit. Il aura lui aussi remarqué le changement de temps, et aura avancé son départ. Partez, maintenant.

Aevir courut à son cheval et sauta prestement en selle. Il avait promis de laisser Tolan en vie, et il tiendrait parole. En revanche, il ne s'était pas engagé à abandonner Ellan dans ses griffes.

Il attendit que ses hommes se soient rassemblés autour de lui, et commença à distribuer ses ordres.

Ce faisant, il ne pouvait s'empêcher de songer qu'il avait exactement ce qu'il méritait. Les seules personnes qu'il s'était jamais autorisé à aimer – sa mère, Sefa, et maintenant Ellan – lui avaient toutes été arrachées.

Au cours de ce moment douloureusement clair où il avait compris qu'Ellan avait été enlevée, et qu'il risquait de ne plus jamais la revoir, il avait finalement compris qu'il avait bel et bien basculé au fond du précipice.

Il aimait Ellan.

De tout son cœur et de toute son âme.

Elle était peut-être loin de lui pour le moment, mais cette fois la mort ne viendrait pas se mettre en travers de son chemin.

Il allait la retrouver.

Et que la miséricorde des dieux aide l'homme qui oserait le défier !

Le lendemain, lorsque le soleil se coucha, Ellan fut forcée de voir les choses en face.

Elle avait été enlevée.

Elle en avait déjà eu le soupçon, alors qu'ils chevauchaient à vive allure toute la journée. À présent, elle n'avait plus aucun doute, et le déplacement du soleil lui en apportait la preuve.

Celui-ci était resté caché toute la journée derrière des nuages bas annonciateurs de neige, mais le halo orangé qu'il diffusait en se couchant à l'ouest lui permit de s'orienter, et elle comprit : ils ne se dirigeaient pas vers Stapleham, mais plutôt vers les terres réclamées par les Écossais.

Elle garda cette remarque pour elle, tandis que Tolan ordonnait un arrêt et l'aidait à descendre de sa monture.

Elle aurait dû être épuisée après une si longue chevauchée et une nuit écourtée, mais elle ne ressentait aucune fatigue. Sa situation était trop précaire pour qu'elle prenne le risque de se reposer.

— Venez manger. Vous devez conserver vos forces pour le reste du voyage.

Tolan la conduisit vers un petit feu et lui fourra un morceau de pain sec dans la main, avant de lui ordonner de s'asseoir sur le tronc d'un arbre déraciné.

Elle mordit dans le pain, tout en le regardant discuter avec ses hommes.

Le quignon sentait le rance, mais elle avait trop faim pour s'en soucier.

Ils n'avaient jamais rejoint le groupe qu'ils étaient censés rattraper, d'après Tolan, et qui avait quitté Banford la veille, après le repas au château. Probablement parce que celui-ci avait voyagé vers le sud, en direction de Stapleham, afin de faire diversion et de couvrir la fuite de Tolan avec elle.

Si quelqu'un à Banford avait l'idée de se lancer sur leurs traces, il suivrait probablement le groupe le plus important.

Mais pourquoi Tolan la conduisait-il vers l'ouest ? Elle avait besoin de le savoir. Avait-il vraiment l'intention de l'épouser, ou bien la ramenait-il tout simplement à son père ?

À moins qu'il n'ait l'intention de la livrer aux Écossais.

Elle ne parvenait pas à deviner son plan.

Au bout de quelques minutes, il la rejoignit près du feu.

— Dépêchez-vous de manger. Nous devons reprendre la route le plus vite possible.

Il prit un morceau de pain et s'assit à côté d'elle sur le tronc d'arbre.

Son intonation agressive la fit tiquer. Dans le halo des flammes, son visage apparaissait déformé par une expression mauvaise, et il était plutôt effrayant à regarder.

Mais ce n'était pas le moment de céder à la panique.

— Vraiment ? demanda-t-elle.

Affichant un air innocent, elle voulait donner l'impression qu'elle croyait toujours se rendre à Stapleham.

— Je suis tellement fatiguée, dit-elle d'un ton plaintif. Je n'ai pas l'habitude de chevaucher aussi longuement. Ne pouvons-nous dormir un peu ?

Mâchant son pain, Tolan tourna la tête, peut-être gêné de poursuivre cette ruse. Puis il se passa la main sur la nuque, et réfléchit un moment avant de la regarder à nouveau.

Il devait avoir décidé qu'il lui serait plus facile de la contrôler s'il continuait sur la même lancée.

— Je suis désolé, mais je n'ai pas le choix. La tempête ne va pas tarder, et je ne veux pas que nous soyons pris dedans.

Quelques flocons de neige avaient commencé à tomber

depuis une demi-heure, mais c'était encore léger et intermittent.

— Quand arriverons-nous à votre domaine ?

Il détourna le regard.

— Demain soir.

— Seulement ? J'avais l'impression...

— Cela suffit ! Vous devez réellement contrôler ce besoin que vous avez de poser sans cesse des questions.

Ellan fut choquée par son autoritarisme et son manque de respect, mais elle parvint à conserver l'apparence du calme. Cela ne lui apporterait rien de bon de le provoquer.

Elle essaya une tactique différente pour découvrir ce qu'il mijotait.

Affichant un sourire, elle susurra :

— Je pensais que nous pourrions apprendre à mieux nous connaître, tout en partageant le repas. Je sais que les mariages sont toujours arrangés de la sorte, mais il me semble quelque peu étrange de ne rien savoir de l'homme que je vais bientôt épouser.

L'expression de Tolan se radoucit, et il alla même jusqu'à lui sourire.

— Cela me semble une très bonne idée. Vous découvrirez bien vite que je suis un mari attentionné. Leofwen, ma défunte femme, parlait toujours de moi avec affection à sa famille et à ses amis. J'espère grandement vous donner des raisons de faire de même.

Ellan sourit, tout en observant du coin de l'œil l'autre homme qui s'installait à l'écart, apparemment peu enclin à se joindre à leur conversation.

— Cela m'est très plaisant à entendre, dit-elle.

— Je dois admettre que je suis très reconnaissant à

votre père de m'avoir sollicité. Il me disait que vous étiez d'une grande beauté, mais j'étais sceptique.

Voyant son expression surprise, il haussa les épaules.

— Pourquoi une grande beauté aurait-elle besoin qu'on lui arrange un mariage ? Je supposais que quantité d'hommes à Banford se disputaient votre main.

Comme il marquait une pause et semblait attendre une réponse, Ellan finit par reprendre la parole :

— Je crains que mon père ait des exigences très élevées, s'agissant du choix de mon mari.

— Je ne l'en blâme pas. J'agirais de même si j'avais une fille.

Le silence s'installa un moment, semblant attendre qu'elle le brise.

— Je suis désolée pour votre femme et le bébé.

À nouveau, il haussa les épaules mais son visage se ferma.

— Il semblerait que la chance ait enfin tourné en ma faveur.

Cette déclaration inquiéta Ellan, mais elle ne savait pas comment répondre à cela.

Peut-être était-ce la douleur qui le faisait parler, mais elle ne trouvait guère correct de balayer le souvenir d'une épouse décédée au profit d'une autre femme juste parce qu'il trouvait cette dernière séduisante.

Une intuition la poussa à dire :

— Je regrette tellement que mon père ne puisse pas assister à notre mariage. Je sais qu'il en sera fort chagriné.

Elle observa attentivement son visage tandis qu'il lui répondait :

— J'en suis certain, mais il est impossible de faire autrement.

Ellan aurait été bien incapable de deviner ce qu'il pensait. Le visage de Tolan avait la froideur insondable de la pierre.

— Il m'a dit le plus grand bien de vous, la dernière fois que nous nous sommes vus.

La suspicion guidait ses mots alors qu'elle ajoutait :

— Vous avez visité Banford en mon absence, et fait forte impression, il me semble.

Son père lui avait clairement dit qu'il avait rencontré Tolan dans le village de ce dernier, pas à Banford, mais quelque chose l'avait incitée à lui tendre un piège pour voir s'il allait tomber dedans.

Il sourit poliment.

— Je suis désolé de ne pas avoir pu vous rencontrer à cette occasion. Godric s'est néanmoins montré le plus aimable des hôtes.

Elle essaya de conserver une expression neutre, en dépit de la confusion qu'elle ressentait.

Soit son père avait menti sur le lieu de sa rencontre avec Tolan, soit c'était ce dernier qui ne lui disait pas toute la vérité.

Mais pourquoi ?

Quelque chose se tramait.

Poursuivant son investigation, elle demanda :

— Pourquoi n'êtes-vous pas venu à Alvey avec mon père pour me rencontrer ? Nous aurions pu être mariés plus tôt.

Le sourire de Tolan s'élargit et parut sincère.

— Mes devoirs m'ont contraint à retourner à Stapleham, mais Godric m'avait promis de m'y rejoindre un peu plus tard avec vous.

Ellan lui adressa un signe de tête, mais elle ne savait plus quoi penser.

Son père lui avait dit qu'il était venu la chercher pour la ramener à Banford. Elle avait donc supposé que c'était là que se tiendrait son mariage.

Quelque chose n'allait pas dans l'histoire de Tolan.

Elle redoutait qu'il n'ait jamais eu l'intention de l'épouser.

Peut-être cette histoire de fiançailles n'était-elle qu'une ruse pour lui faire quitter Banford et la protection de Lord Vidar.

Son cœur s'accéléra, tandis qu'elle prenait conscience de son impuissance à trouver une solution pour le moment.

Elle n'était pas de taille face à Tolan et l'autre homme.

Et même si elle parvenait à leur échapper, où cela la mènerait-il ?

Elle regarda autour d'elle. Il se dégageait de cette forêt inconnue quelque chose de menaçant.

Mais peu importait.

Elle préférait encore se retrouver seule perdue dans les bois, plutôt que d'être emmenée Dieu sait où par un homme qui avait démontré qu'il n'était pas son ami.

Dès qu'ils auraient repris la route, elle essaierait de leur fausser compagnie.

18

— Vous voyez ça ?

La voix d'Aevir n'était qu'un murmure.

La plus grande partie de la journée s'était déroulée en terrain découvert, avec ici et là quelques bosquets trop petits pour dissimuler un ennemi.

Le mur sombre que formait la forêt devant eux promettait plus de cachettes. Il ne tarda pas à révéler un filet de fumée argentée s'élevant au-dessus de la cime des arbres et se dispersant dans les nuages.

Oleif suivit son regard.

— Oui, j'ai vu.

Aevir leva la main pour indiquer à ses hommes de s'arrêter.

Ils avaient suivi des pistes toute la journée, choisissant finalement celle d'un trio de cavaliers au départ de la maison des deux sœurs, et dont l'un était beaucoup plus léger que les autres.

Aevir était à peu près certain qu'Ellan était ce cavalier, car les autres Saxons qui s'étaient enfuis étaient beaucoup plus robustes.

S'il avait raison, alors elle n'était pas très loin devant lui.

L'hypothèse était toutefois un peu risquée, car les

traces des chevaux les avaient conduits vers l'ouest, et non en direction de Stapleham.

Et, s'il était certain que le groupe n'était composé que de trois personnes, celles-ci pouvaient avoir été rejointes par d'autres guerriers dans la forêt.

Mieux valait procéder avec prudence, et ne pas se ruer là-bas au galop comme il en mourait pourtant d'envie.

Après s'être entretenu avec ses hommes, il décida finalement qu'ils allaient se séparer et aborder le groupe depuis plusieurs directions à la fois.

Outre l'effet de surprise, Aevir espérait aussi qu'ils auraient l'avantage du nombre.

— Il n'y a qu'un feu.

Tenant fermement ses rênes, Oleif s'était dressé sur ses étriers pour surveiller la cime des arbres.

— Il est fort probable qu'ils n'aient encore rejoint personne. Nous pourrions rester en retrait et les suivre.

Aevir observa la traînée de fumée, comme si elle pouvait lui dire ce que Tolan avait prévu.

Sentant l'hésitation de son chef, Oleif insista.

— Nous saurions qui sont les traîtres, qui parmi les Écossais s'entendent avec eux...

Il avait raison. Et cependant, Ellan se trouverait au cœur de la bataille qui aurait inévitablement lieu.

Alors que pour le moment Aevir était certain de pouvoir l'arracher aux griffes de ceux qui la détenaient, en ne lui faisant courir que très peu de risques.

S'il laissait le trio poursuivre sa route et retrouver les autres, alors il ne pourrait garantir la sécurité d'Ellan.

— Non. Je ne veux pas lui faire courir de risques. Nous allons les capturer et les ramener à Banford. Ils répondront de leurs crimes à Lord Vidar.

Il donna rapidement des ordres, et le bataillon se dispersa.

Oleif prit une poignée d'hommes en vue d'une approche par le côté ouest, tandis qu'un autre groupe arriverait par le nord-est.

Aevir se chargea de mener l'attaque par le sud-est. C'était l'approche la plus directe, et la plus susceptible d'être remarquée.

Prenant son épée en main, il s'obligea à attendre, et à laisser le temps aux autres de prendre position.

Son cheval piaffait nerveusement, ressentant probablement le trop-plein d'énergie de son cavalier.

Aevir fit le vide dans sa tête. Il vivait pour des moments comme celui-ci, pour l'excitation de la bataille.

Dans de tels instants, il ne pensait plus à Sefa ou à sa mère, toutes deux aimées, et toutes deux perdues.

Il n'y avait plus non plus de considérations de statut, de richesse, ou d'origine sociale.

La seule chose qui lui occupait l'esprit, c'était l'anéantissement de l'ennemi.

La victoire.

Mais cette fois, il ne parvint pas tout à fait à atteindre cet état de sérénité. Le visage d'Ellan ne cessait de lui apparaître.

Il revoyait son sourire moqueur, quand elle lui avait demandé s'il voulait l'épouser. Sa mimique suggérait une plaisanterie, mais une supplique vibrait dans son regard.

Il voyait aussi son air surpris et émerveillé après leur premier baiser. Sa façon de le regarder comme s'il était le seul homme au monde…

Et s'il lui avait dit alors qu'il allait l'épouser ? S'il l'avait faite sienne la nuit où ils s'étaient embrassés ?

Secouant la tête, il décida qu'il n'y aurait plus jamais de regrets entre eux.

— Tu es mienne, Ellan, murmura-t-il.

Il ferait en sorte que ce soit le cas, et aucun homme ne l'en empêcherait. Ni Lord Vidar ni Tolan.

Levant le poing, il donna à ses hommes l'ordre silencieux d'aller de l'avant.

Les deux autres groupes avaient eu assez de temps pour se mettre en place, et il ne pouvait plus attendre de serrer Ellan dans ses bras.

Il avait recommencé à neiger, mais les traces qui menaient dans les profondeurs de la forêt n'étaient pas complètement recouvertes.

Des voix s'élevaient au loin, celles de deux hommes menant une discussion dont Aevir ne parvenait pas à percevoir les détails.

Ce léger différend qui les opposait suffit à distraire ces derniers, de sorte qu'Ellan fut la première à le voir. Elle se tenait près de son cheval, l'air affolé tandis qu'elle regardait autour d'elle, comme si elle cherchait un moyen de s'échapper.

Elle s'immobilisa quand elle le vit, et Aevir sentit son cœur se serrer en découvrant son expression terrifiée.

Lui faisant signe de garder le silence, il lui fit comprendre ensuite qu'elle devait s'écarter des deux hommes.

Elle fit quelques pas de côté, et il se concentra sur Tolan et le guerrier qui l'accompagnait.

Poussant son cheval en avant, il entra au galop dans la clairière et sauta à terre.

Tolan écarquilla les yeux d'horreur, mais il n'eut pas le temps de s'emparer de son épée.

Tandis qu'Aevir posait la pointe de sa lame sur la gorge de son ennemi, l'autre Saxon chercha à s'enfuir. Il fut aussitôt rattrapé par les Danois. Son cri de douleur leur apprit quel avait été son sort.

Quelques instants après, Oleif et son groupe arrivaient par l'ouest.

— Où allez-vous, Tolan ? demanda Aevir. Pas à Stapleham, en tout cas.

— Que signifie ceci ? demanda le Saxon d'un ton hautain.

— Ne jouez pas au plus malin. Vous avez enlevé Ellan, et nous sommes venus la chercher.

Aevir ne faisait aucun effort pour dissimuler la haine qu'il éprouvait pour cet homme.

Tolan ricana.

— Je ne l'ai pas enlevée. Elle est ma promise, ma future femme. Il est impossible de voler ce qui est à soi.

Aevir avait une envie folle de lui mettre son poing dans la figure.

— En l'enlevant, et en allant rejoindre les conspirateurs, vous avez rompu vos engagements.

— Vous n'avez aucune preuve contre moi.

— J'ai la preuve que vous êtes bien loin de la direction de Stapleham, et presque arrivé à Alba. Je n'ai pas besoin de plus pour vous ramener au *jarl*. Il décidera de ce qu'il convient de faire de vous.

Pour la première fois depuis qu'ils avaient commencé à discuter, une lueur de crainte apparut dans les yeux de Tolan.

Aevir le toisa, jusqu'à ce que son adversaire détourne le regard.

— Qui vous attend là-bas ? demanda-t-il.

— Si vous m'emmenez, vous allez déclencher une guerre, le prévint Tolan.

Les soupçons d'Aevir ne firent que s'accroître.

— Vous n'avez jamais eu l'intention de l'épouser, n'est-ce pas ? À qui comptiez-vous la livrer ?

L'expression de Tolan se fit butée.

— Ligotez-lui les poignets et attachez-le à son cheval, ordonna Aevir à ses hommes. Et n'oubliez pas de le bâillonner. Puisqu'il ne veut pas nous répondre, je n'ai pas envie de l'entendre regimber pendant tout le trajet de retour à Banford.

Aevir poussa le Saxon vers ses hommes et se tourna pour aller retrouver Ellan. Elle se tenait à la lisière de la forêt, les yeux écarquillés de peur et d'incertitude.

Rengainant son épée, il se précipita vers elle et l'attira dans ses bras. Elle se crispa aussitôt et le repoussa.

— Ellan.

Il avait prononcé son prénom dans un souffle rauque qui peinait à franchir la douleur qui lui nouait la gorge.

— Que va-t-il se passer maintenant ? demanda-t-elle en observant Tolan qu'on ligotait.

— Nous allons retourner à Banford et livrer Tolan à Lord Vidar.

Elle secoua la tête.

— Je veux rentrer à Alvey. Quelqu'un peut-il m'y emmener ?

Il tendit à nouveau la main vers elle, mais essuya une nouvelle rebuffade.

— Comment osez-vous me toucher ?

Sa voix était virulente, et ses yeux étincelants de colère.

— Je pourrais oser encore plus pour vous.

— Nous savons tous les deux que c'est faux.

La rage, le chagrin et les regrets l'envahirent, en songeant qu'il était responsable de la façon dont elle le regardait en cet instant.

Malheureusement, ils n'avaient pas le temps d'en parler. Tout d'abord, il devait l'emmener loin d'ici et des dangers qui les attendaient dans la forêt. Les paroles de Tolan résonnaient dans sa tête. Quelqu'un attendait Ellan à l'issue du voyage. Pour le bien de tous, mieux valait qu'ils quittent les lieux le plus rapidement possible.

Ensuite, ils pourraient discuter.

— Venez, Ellan. Il faut partir.

Elle le suivit en silence jusqu'aux chevaux. Il l'aida à monter en selle, et elle prit ses rênes en mains, sans un regard pour Tolan.

Ils avaient été contraints de chevaucher en ligne à travers la forêt. Mais quand ils atteignirent la lande, Oleif et Aevir vinrent se placer de chaque côté de la monture d'Ellan, et ce dernier les incita à accélérer le pas.

Elle ne pensait pas pouvoir oublier un jour le soulagement qu'elle avait éprouvé quand elle avait vu apparaître la silhouette d'Aevir à travers les arbres. C'était comme si les dieux en personne le lui avaient envoyé.

Elle avait toutefois conscience du danger d'une telle pensée, au regard des récents événements, et elle s'était réfugiée derrière sa colère pour se protéger de lui.

Aevir aurait pu intervenir dès la veille pour la sauver.

Il aurait pu demander sa main à Lord Vidar avant que Tolan arrive à Banford.

Les solutions n'avaient pas manqué pour éviter cette issue !

Mais il ne l'avait pas choisie.

Aussi ne voulait-elle pas laisser libre cours à son soulagement, et encore moins se laisser influencer par celui-ci.

Elle essaya donc d'ignorer Aevir, supposant qu'il s'agissait de la meilleure façon pour s'empêcher de tomber à nouveau sous son charme.

Mais à mesure qu'ils chevauchaient, et que la fatigue et le froid l'engourdissaient, elle découvrit que sa volonté faiblissait.

— Vous n'aviez pas à dire cela ! déclara-t-elle soudain, de but en blanc.

Il lui lança un regard, sans ralentir son allure.

Elle se demanda un instant si ses mots n'avaient pas été emportés par le vent. La nuit les enveloppait à présent, et elle ne pouvait distinguer l'expression d'Aevir.

— Que voulez-vous dire ?

Il ralentit un peu, et la jument qu'elle montait adopta la même allure que son cheval. Oleif continua sa route.

La lèvre inférieure d'Ellan se mit à trembler, l'obligeant à chercher son souffle pour que sa voix ne vacille pas elle aussi.

« Je pourrais oser encore plus pour vous. »

Elle pouvait entendre les mots d'Aevir comme s'ils venaient juste de franchir ses lèvres. Mais elle ne pouvait se résoudre à les répéter.

— Vous n'étiez pas obligé de sous-entendre que vous... Que je signifiais plus pour vous que...

Elle mit sur le compte de l'épuisement le fait qu'elle

parle de cela *maintenant*. Elle était tout simplement trop fatiguée pour contenir plus longtemps son chagrin.

Il posa une main sur les siennes, réunies sur le pommeau de la selle, et fit arrêter leurs montures. Les guerriers qui les suivaient s'écartèrent, passant de part et d'autre au galop.

Même si elle ne pouvait pas voir son expression, elle ressentait l'intensité de son regard sur elle.

— Ne comprenez-vous pas que je viens de risquer une bataille avec des assaillants inconnus, en pénétrant dans cette forêt dense et obscure, pour venir vous arracher des griffes de ce Saxon ? Ne voyez-vous pas que je suis prêt à prendre tous les risques pour…

Sans réfléchir, elle lui assena un coup sur l'épaule. Celle qui n'était pas blessée.

— Arrêtez. Ne dites pas ce que vous ne pensez pas.

— Ellan, je…

— *Non.* Taisez-vous. Vous avez assez prouvé que je ne signifie rien pour vous.

— Comment pouvez-vous penser cela ?

Avant qu'elle ait eu le temps de répondre, il se pencha et écrasa sa bouche sur la sienne.

Sa jument s'agita nerveusement à cause de la proximité du cheval d'Aevir, et il prit fermement ses rênes d'une main pour l'empêcher de regimber.

Leur chaleur se mêla pendant un moment trop bref, avant qu'il s'écarte pour reprendre son souffle.

Plongeant les yeux dans son regard, il demanda, sans chercher à masquer son émotion :

— Ne savez-vous pas que vous faites partie de moi ?

— Comment pourrais-je le savoir ? Vous n'avez pas

cherché à me retenir. Vous avez l'intention de vous marier au printemps.

La bouche d'Aevir se tordit en une grimace amère, comme si cette remarque lui faisait mal, puis il regarda derrière eux pour être certain que personne ne les suivait.

Lorsqu'il tourna à nouveau la tête vers elle, son regard s'était assombri.

— J'ai peut-être changé d'avis.

Il avait parlé si bas qu'Ellan n'était pas certaine d'avoir bien compris. Peut-être désirait-elle tellement entendre ces mots qu'elle les avait imaginés.

— Allons-y, dit-il, nous en reparlerons plus tard.

Déjà, il donnait une impulsion à leurs montures.

— Attendez !

— Nous ne pouvons pas nous arrêter maintenant, dit-il, tandis que son cheval bai prenait les devants.

— Je vais à Alvey. Ou vous m'y emmenez, ou je m'y rendrai toute seule.

Elle devait s'éloigner de la maison où ses sentiments pour lui avaient pris encore plus d'ampleur.

Il y avait trop de souvenirs là-bas. Des souvenirs douloureux qui l'anéantiraient si elle était contrainte de vivre avec eux, sans avoir Aevir.

Il regarda en arrière et lui adressa un signe de tête.

Un soupir de soulagement échappa à Ellan.

Entre la tempête qui s'annonçait et les menaces inconnues que recelait la forêt, il avait raison de ne pas vouloir perdre de temps.

19

La tempête se déchaîna durant la nuit.

Le vent avait gagné en violence, et il était de plus en plus froid. Les flocons légers comme le duvet avaient laissé place à une neige qui gagnait en intensité à mesure que les heures passaient, jusqu'à ce qu'ils aient l'impression de se déplacer entre des murs blancs.

Après des heures de chevauchée, Ellan sentait ses paupières se fermer toutes seules.

Une fois, elle fut réveillée par une sensation de chute, et eut l'impression qu'elle allait tomber à terre. Une poigne solide la retint au dernier instant, et elle réussit à rester en selle.

— Vous êtes trop fatiguée pour continuer à mener votre monture.

La voix d'Aevir lui parvint entre deux bourrasques.

— Non, je peux rester éveillée.

En réalité, elle n'était pas si certaine d'en être capable. Outre la fatigue, le froid rigidifiait ses muscles et ralentissait ses réactions.

Aevir fit entendre un son réprobateur, puis deux mains puissantes la saisirent par la taille et la soulevèrent, la déposant devant lui sur son cheval.

Elle marmonna une protestation, mais il écarta les pans de sa cape de fourrure, les drapant autour de ses épaules, et elle ne put résister plus longuement à la chaleur de son corps et au réconfort de ses bras.

La sensation de paix et de bien-être qui l'enveloppa immédiatement ne la surprit aucunement.

C'était ainsi entre eux depuis le début.

Quand elle était avec lui, elle se sentait chez elle. En sécurité.

Sans réellement le vouloir, elle enfouit le visage au creux de son cou, et respira sa peau.

Quand il eut fini de nouer les rênes de sa jument à sa selle, il referma les bras autour d'elle et lui déposa un baiser dans les cheveux.

— Dormez. Je veille sur vous.

Le monde était blanc quand Ellan se réveilla.

La neige qui tombait était si dense qu'elle ne distinguait quasiment pas les autres guerriers.

La main puissante d'Aevir lui pressait l'épaule, la tenant fermement contre lui.

— Nous devons nous arrêter un peu. La neige est trop épaisse.

Elle comprit alors qu'ils avaient cessé de chevaucher, et que c'était cela qui l'avait réveillée.

— Où sommes-nous ?

— Encore loin d'Alvey. Une journée. Peut-être plus, à ce rythme.

Écartant les pans de sa cape, il s'assura qu'Ellan était stable avant de sauter à bas de sa selle.

Oleif parut arriver de nulle part pour prendre les

rênes, tandis qu'Aevir la saisissait par la taille pour la faire descendre.

— Prenez soin des chevaux.

— C'est comme si c'était fait.

— Bien, approuva Aevir. Quant à moi, je vais préparer les tentes.

Il détacha un volumineux rouleau de toile fixé à l'arrière de sa selle, tandis qu'Ander prenait celui que transportait le cheval d'Oleif.

Puis il se dirigea vers le sous-bois.

Même dans l'obscurité, Aevir était impressionnant. La fourrure drapait ses larges épaules et frôlait le haut de ses bottes, accentuant la puissance de sa silhouette.

Il détacha la machette qui pendait à sa ceinture, et s'agenouilla devant les branches basses d'un sapin, qu'il tailla sur un côté jusqu'à hauteur d'homme. Puis il se déplaça vers un autre arbre à proximité, et répéta l'opération.

Travaillant avec rapidité, il se servit d'une des branches pour balayer la neige entre les deux arbres, avant de commencer à installer la tente sous cet abri de fortune.

Comprenant maintenant son intention, Ellan se hâta d'aller aider Ander, qui installait la deuxième tente juste à côté, et attrapa une branche de sapin pour balayer la neige, comme elle avait vu Aevir le faire.

Quand il eut terminé, ce dernier insista pour qu'elle se mette aussitôt à l'abri, et s'en alla rejoindre Oleif et les chevaux.

Il faisait si sombre sous la tente qu'Ellan pouvait à peine voir sa main devant elle. Mais au moins était-elle protégée de la neige et du vent.

Elle avait toujours froid malgré la fourrure, et elle remonta les genoux sous son menton.

Quelques minutes plus tard, Aevir souleva le rabat d'entrée de la tente.

Ses cheveux et sa cape étaient recouverts de neige, et il se secoua du mieux qu'il le pouvait, avant de rabattre la toile et de rejoindre Ellan.

— Vous avez l'air gelé, dit-il en s'asseyant à côté d'elle.

Comme il ne pouvait pas vraiment la voir, elle se dit que c'était le claquement de ses dents qui l'avait trahie.

— Juste un peu.

Avant qu'elle ait pu protester, ou même décider si une proximité avec lui était bonne pour sa tranquillité d'esprit, il l'attira contre lui, et referma sa cape autour d'elle.

— C'est mieux ?

— Oui.

Incapable de se retenir davantage, elle enroula les bras autour de lui et se blottit contre son torse.

C'était uniquement pour la chaleur, ou du moins voulait-elle le croire, mais le plaisir qu'elle ressentit était un bonus appréciable.

— N'avez-vous pas froid ? demanda-t-elle, car il lui semblait qu'elle était la seule à être affectée par le temps.

Il tourna la tête, et le bout de son nez toucha sa tempe.

— Qu'en pensez-vous ?

On aurait dit de la glace et elle sursauta.

Il rit et posa la joue contre ses cheveux.

Comme elle commençait à se réchauffer, Ellan se rendit compte qu'elle était impressionnée par la capacité d'Aevir à veiller à leur sécurité et à leur confort.

— Comment savez-vous toujours ce qu'il faut faire ?

— Ce n'est pas la première fois que je suis pris dans une tempête de neige.

Ce n'était pas uniquement l'expérience. Il était toujours si capable, semblant savoir quelle action requérait chaque situation !

Sa capacité à prendre la direction des opérations était une qualité qu'elle avait remarquée dès le début, et qu'elle respectait.

— Mais… Vous arrive-t-il parfois de faire des erreurs ?

Il s'accorda un temps de réflexion, avant de répondre :

— Ça dépend. Avez-vous faim ?

Elle avait trop froid et elle était trop fatiguée pour penser à la nourriture mais, à présent qu'il en parlait, elle prit conscience que manger quelque chose ne lui ferait pas de mal. À part le pain rance que lui avait offert Tolan, elle ne s'était pas nourrie depuis le départ de Banford.

— Oui, j'ai faim.

Il y avait de l'amusement dans sa voix quand il lui dit :

— Eh bien, j'ai le regret de vous apprendre que j'ai laissé la nourriture avec Oleif et Ander.

Ils rirent de bon cœur, et il commença à la repousser pour se lever.

Elle s'accrocha fermement à lui.

— Je n'ai pas faim à ce point. La chaleur est plus importante. À moins que vous-même ayez besoin de manger. Mais, à quoi je pense ? Bien sûr que vous avez besoin de manger. Vous n'êtes pas encore rétabli, et je suis assise sur votre cuisse.

Comment pouvait-elle avoir oublié ? Elle lui faisait probablement mal depuis le début.

Elle voulut s'écarter, mais il la retint.

— Vous ne pesez rien du tout. Et puis, vous ne touchez

même pas ma cuisse gauche. Par ailleurs, j'ai mangé en route, pendant que vous dormiez. Je vais très bien. Par contre, vous frissonnez toujours.

— J'ai encore froid.

Il passa les paumes le long de ses bras et de son dos.

— Nous allons devoir vous réchauffer.

Il la repoussa doucement et, glissant les mains entre eux, souleva sa tunique et sa sous-chemise.

Malheureusement, il faisait trop sombre pour qu'elle puisse le voir, mais elle se rappelait très bien les reliefs musculeux de son estomac.

Et le petit grain de beauté qu'il avait juste à gauche du nombril.

— Que faites-vous ?

— Je partage avec vous la chaleur de mon corps. Vous vous réchaufferez plus vite sans vos vêtements entre nous.

Les siens passèrent par-dessus sa tête et atterrirent quelque part au sol.

— Voulez-vous que je vous aide ?

Les doigts d'Aevir s'agrippaient déjà à sa robe.

— Non.

L'instinct de conservation lui fit croiser les bras sur sa poitrine.

— Nous ne pouvons pas faire ce que vous avez en tête.

— Je ne pense qu'à la chaleur. Peau contre peau, c'est ce qui fonctionne le mieux.

— Quelque chose me dit qu'Oleif et Ander n'ont pas choisi cette méthode.

Il éclata de rire.

— Ce qu'ils font pour se réchauffer ne nous regarde pas. Dépêchez-vous. J'ai froid.

Il était presque nu dans l'air glacé de la nuit. La tente bloquait le vent, mais n'avait aucun effet contre le froid.

— Vous pouvez vous retourner, si cela vous met plus à l'aise. Je vous promets de ne pas vous toucher, si vous ne le souhaitez pas.

Le cœur battant à tout rompre, elle se tourna et commença à se dévêtir.

— Et mes braies ? Dois-je aussi les ôter ?

— Non, gardez-les. Cela vous tiendra chaud aux jambes.

Elle savait qu'il ne s'agissait pas d'une ruse de la part d'Aevir pour qu'elle se mette nue.

Non, si elle hésitait, c'était parce qu'elle redoutait sa propre réaction en s'étendant avec lui.

Déjà, elle ne parvenait plus à raviver la colère qu'elle avait éprouvée un peu plus tôt.

Pendant qu'elle achevait d'ôter ses vêtements, Aevir déroula une des fourrures sur le sol et s'y étendit. Puis il invita Ellan à le rejoindre.

Même s'il était impossible qu'il puisse la voir dans l'obscurité, elle croisa les bras sur sa poitrine tandis qu'elle prenait place à côté de lui.

Elle roula sur le côté, en prenant soin de ne pas le toucher, et il déploya sur eux la deuxième fourrure. Puis il passa le bras autour de sa taille et l'attira contre lui, dans le berceau de ses hanches et de ses jambes.

Elle resta immobile, osant à peine respirer, tandis que la chaleur d'Aevir infiltrait sa peau.

— Vous auriez plus chaud si vous me faisiez face, suggéra-t-il.

— Non.

Cette intimité était hors de question.

Le duvet de son torse lui chatouillait le dos d'une

manière assez plaisante. Son souffle lui réchauffait le cou, et sa large main était posée juste sous son sein droit.

Il avait raison pour la chaleur, et elle cessa bientôt de trembler.

Se tortillant contre lui pour changer légèrement de position, elle sentit son membre viril durci sous son pantalon.

Ce contact inattendu la fit sursauter, et une vive chaleur se propagea dans ses veines, qu'elle sentit monter jusqu'à son visage.

— Il semblerait que je sois incapable de me contrôler quand je suis avec vous, murmura-t-il.

Dans l'instant qui suivit, un espace se créa entre eux, et Ellan s'étonna de regretter qu'Aevir se soit écarté.

Un désir intense vibra en elle, là où elle n'avait jamais rien ressenti de la sorte avant lui.

— Avez-vous plus chaud ?

— Oui.

— Voulez-vous vous rhabiller ?

— Non.

Elle voulait se retourner dans ses bras et le laisser lui montrer toutes les choses que leurs corps pouvaient faire ensemble.

Mais cela aurait été tellement déraisonnable.

Si elle avait déjà des sentiments aussi forts pour lui, ce serait encore pire après.

Mais cela avait-il encore de l'importance ?

Était-il possible de ressentir encore plus d'amour pour lui ?

— Aevir ?

— Oui ?

Elle s'était promis qu'elle ne lui poserait pas la question.

Ce serait de la pure torture d'être étendue là avec lui pendant la tempête, et de savoir qu'il la rejetait à nouveau.

Et pourtant, elle avait besoin de savoir.

— Qu'entendiez-vous en disant que vous aviez changé d'avis ? Est-ce que... vous faisiez allusion au mariage ?

Il garda le silence un long moment.

Elle respira par petites bouffées pendant qu'elle attendait, certaine que ce qu'il allait dire lui ferait mal.

— Vous devriez vous reposer. Nous parlerons demain.

Elle pivota entre ses bras.

— Non. Dites-moi.

Il se pencha au-dessus d'elle et posa une main sur sa joue.

— Ce que je ressens pour vous défie la raison. C'est de la folie. Ça me ronge, et je ne parviens plus à lutter contre. Et le pire, c'est que si je vous quittais et si je partais à l'autre bout du monde, vous seriez encore là, dans mes pensées.

Il soupira.

— Je ne serai jamais libéré de vous, Ellan. Jamais.

La gorge nouée, redoutant de trop espérer, elle demanda :

— Qu'est-ce que cela signifie ? Souhaiteriez-vous être libéré de moi ?

— Cela signifie que je vous aime.

Une vague de bonheur assaillit Ellan, mais elle fut aussitôt remplacée par de la méfiance.

Elle avait peur de ne pouvoir être avec lui comme il le voulait.

— Ce n'est pas pour autant que je deviendrai votre concubine.

Il lui déposa un baiser au coin de la bouche.

— J'avais tort de penser que cela suffirait. Soyez ma femme.

Elle eut un petit cri étouffé.

— Mais... Que faites-vous de Lord Vidar ? Et votre mariage ?

— Je vous en prie, croyez bien que je ne vous ai pas tourné le dos avec Tolan. J'avais prévu de vous escorter et de trouver la preuve de sa trahison. Je n'aurais jamais laissé ce mariage avoir lieu. Même sans preuve.

Il prit une profonde inspiration, et elle s'arma de courage pour la suite, pressentant que ce ne serait pas facile à entendre.

— Lord Vidar n'approuvera pas mon choix. Cependant, c'est un homme raisonnable et honnête, et cela devrait bien se passer.

Il soupira.

— Sachez toutefois que nous serons peut-être obligés de quitter Alvey. Êtes-vous prête à l'accepter et à me suivre ?

Éperdue de bonheur, elle se blottit plus étroitement contre lui.

— Oui, Aevir, j'irai avec vous.

— Vous serez ma femme ?

— Oh oui. C'est mon vœu le plus cher.

Elle ferma les yeux pour profiter de la sensation des lèvres d'Aevir sur son oreille, sur sa gorge...

Tout serait-il vraiment aussi simple à partir de maintenant ?

Voyant qu'elle ne réagissait pas, il redressa légèrement la tête.

— Qu'y a-t-il ?

— Rien. Je suis heureuse. Seulement...

— Seulement, quoi ?

— Pourquoi nous avoir fait souffrir tous les deux, pour finalement changer d'avis ?

Sa voix se brisa sur les derniers mots.

— Oh ! Ellan, Ellan...

Il soupira et colla son front contre le sien.

— Je ne pensais pas que nos sentiments pourraient être si profonds aussi vite. Et même quand j'ai commencé à en prendre conscience, je ne voulais pas m'ouvrir à nouveau au chagrin.

Il secoua la tête.

— Mais j'étais un idiot. Il a fallu que j'aie peur de vous perdre pour le comprendre.

— Et si demain vous pensiez autrement ?

Laissant échapper un sourire, il prit son visage entre ses mains.

— Jamais je ne penserai autrement. Je vous aime. Même si je ne vous revoyais jamais, je continuerais à vous aimer. Il est trop tard pour hésiter, si c'est ce à quoi vous pensez. Je ne veux plus prendre le risque de vous perdre à nouveau.

C'était précisément cela qu'elle demandait.

En elle, la joie le disputait au doute.

Une fois qu'ils seraient à Banford, et seraient confrontés à la colère de Lord Vidar, Aevir déciderait-il alors de ne pas l'épouser ?

— Mais que faites-vous du statut, du pouvoir ? Vous n'aurez pas cela avec moi.

Il secoua la tête.

— Je trouverai un autre moyen. Cela prendra peut-être plus de temps mais, si vous êtes à mes côtés, l'attente en vaudra la peine. Tout ce que je sais, c'est que je ne veux pas d'un avenir sans vous.

— Mais vous rêvez de cela depuis si longtemps. Voulez-vous réellement y renoncer pour moi ?

Il sourit.

— Ellan, vous méritez tout. La terre, l'argent, ça ne peut pas vous remplacer.

Il laissa passer un silence.

— Tandis que j'essayais de vous retrouver, j'imaginais avoir toutes ces choses sans vous. Eh bien, ça ne m'intéressait pas. J'ai alors compris que je les utilisais comme un moyen de m'empêcher de tomber de nouveau amoureux.

Sa voix trahissait son émotion.

— Et pourtant, vous avez réussi à vous frayer un chemin jusqu'à mon cœur. Aujourd'hui, il vous appartient tout entier.

Il lui prit les mains et les serra fort, comme pour mieux lui communiquer sa sincérité.

— Vous êtes à moi, et je suis à vous. Et il en est ainsi depuis le premier instant où nous nous sommes rencontrés.

Il s'empara de ses lèvres et, pour la première fois depuis des jours, Ellan reprit espoir.

Se pouvait-il que l'incroyable pouvoir de l'amour, se jouant de tous les obstacles, les réunisse finalement ?

20

Ellan regrettait de ne pas pouvoir contempler le visage d'Aevir alors qu'il prononçait ces mots si précieux pour elle.

Tandis qu'il l'embrassait, ses mains semblaient être partout à la fois sur elle : son épaule, sa hanche, son ventre, ses seins… En un va-et-vient vertigineux qui lui coupait le souffle.

— Vous n'imaginez pas combien de fois j'ai rêvé de vous ainsi. Étendue en dessous de moi, avec vos jolis seins dénudés.

Son souffle était chaud sur ses lèvres tandis qu'il parlait entre deux baisers.

— Il est regrettable que vous ne les voyiez pas, plaisanta-t-elle, en se penchant pour capturer à nouveau sa langue.

Elle pouvait au moins profiter de cela. Elle aurait bien le temps demain de s'inquiéter de l'avenir.

— Oui, mais je peux les sentir. Et je me souviens très bien de ce à quoi ils ressemblent.

Il sourit contre sa bouche, tandis que sa large paume en enveloppait un. Puis il fit délicatement rouler la pointe entre son pouce et son index, lui arrachant un gémissement.

— Ça vous plaît ?

Évidemment. Mais il semblait attendre une réponse. Aussi, bien qu'elle ait le visage en feu, elle lui murmura :

— Cela me plaît beaucoup.

La bouche d'Aevir se déplaça le long de la colonne de son cou, alternant petits baisers, coups de langue et succions.

— Laissez-moi vous donner du plaisir, murmura-t-il.

— Oui, oh oui, répéta-t-elle plusieurs fois, le souffle altéré.

Il fit rouler son téton entre son pouce et son index, la faisant gémir à nouveau. Puis il posa sa paume sous son sein, et le souleva vers sa bouche.

Elle se demandait quelle était son intention, quand il prit la pointe dans la chaleur suffocante de sa bouche.

Elle faillit décoller de terre tandis qu'il lui suçait le sein, le léchait, le mordillait, embrasant tout son corps de plaisir.

Ils changèrent de position, et elle se retrouva sous lui, écartant les cuisses tandis qu'il glissait une jambe entre elles, puis posait les mains dans le creux derrière ses genoux. Il exerça une douce pression pour exposer son intimité davantage encore.

— Un peu plus, voilà..., murmura-t-il.

Elle se laissa faire, tandis qu'il prenait position dans le berceau de ses hanches. Sa virilité était dure contre elle. Elle n'était pas assez audacieuse pour tendre la main vers son membre, alors elle se cambra à sa rencontre, découvrant une nouvelle sensation de lourdeur au creux de son ventre.

Il grommela en réponse, se pressant contre elle.

Elle n'était pas préparée à cette vague de désir qui

roulait en elle, ni à cette moite palpitation au cœur de sa féminité.

— Aevir, dit-elle, d'un ton suppliant.

— Je veux vous toucher.

Sa voix n'était qu'un murmure rauque.

— Oh oui, faites-le.

Elle haletait, comme si elle venait de traverser la lande en courant.

Aevir glissa la main entre eux et la caressa par-dessus ses braies, allumant un incendie dans tout son corps.

— Ça ne suffit pas, murmura-t-elle.

Crispant les doigts dans ses cheveux, elle positionna la tête d'Aevir au-dessus de sa poitrine.

— S'il vous plaît.

Tour à tour, la langue d'Aevir joua longuement avec les mamelons tendus, les mordillant et les suçant, tandis qu'entre ses cuisses la laine de ses braies lui infligeait un frottement délicieux sous le va-et-vient insistant de ses doigts.

Elle aurait tout donné pour voir son expression, quand il dit, dans un souffle rauque :

— Détachez vos braies.

Puis il lui donna un baiser exigeant et passionné.

Les mains, les doigts tremblants, elle tira sur les liens.

Dans un bref moment de panique, elle crut que le nœud ne céderait pas, et elle se demanda si Aevir pourrait le couper avec son couteau.

Mais le lien finit par se détendre, et la main d'Aevir se posa sur son ventre, avant de disparaître entre ses jambes.

— Par tous les dieux, murmura-t-il contre sa bouche, tandis que ses doigts découvraient sa moiteur.

Il la caressa longuement, la faisant basculer dans un vertige de sensations éblouissantes.

— Vous êtes un tel cadeau pour moi.

Sa bouche s'était déplacée vers son oreille, étant tous deux trop occupés l'un de l'autre pour continuer à s'embrasser.

— S'il vous plaît, Aevir. J'ai tellement envie de vous.

Son corps palpitait, attendant plus.

Elle découvrit de quoi il s'agissait quand il glissa un doigt en elle.

Des gémissements s'échappèrent de ses lèvres tandis qu'il le faisait lentement aller et venir, lui caressant du pouce cet étrange bouton de chair dont elle ignorait auparavant l'existence, et qui était source de tant de plaisir.

Bientôt, tout ne fut plus que sensations et désir.

Il n'y avait plus de froid, plus de faim, rien que la bouche et les mains d'Aevir.

Il se souleva sur un coude, et elle sentit qu'il la regardait.

— Je vous aime, murmura-t-il.

— Aevir...

Elle secoua la tête, essayant de trouver son souffle pour ce qu'elle avait à dire.

— Prenez-moi.

Elle ne voulait pas que la nuit se termine sans s'unir charnellement à lui.

Les doigts d'Aevir cessèrent de la taquiner.

— Lorsque je vous prendrai, Ellan, ce sera pour faire de vous ma femme.

La déception d'Ellan fut immense.

Elle ne voulait pas rentrer à Alvey sans savoir ce que c'était d'être étreinte intimement par lui.

S'il se passait quoi que ce soit, si Lord Vidar trouvait

un moyen de les séparer, si Aevir décidait finalement de ne pas la choisir... Elle voulait au moins conserver ce souvenir.

— Ellan, demanda-t-il à nouveau, voulez-vous m'épouser ?

— Oui, murmura-t-elle.

Elle le voulait. Seulement, elle redoutait que cela n'ait pas lieu.

Il relâcha son souffle, comme s'il avait eu des doutes sur la réponse qu'elle lui donnerait.

— Selon les traditions de mon peuple, quand les parents d'une jeune fille désapprouvent une union, son guerrier l'enlève pendant un mois, emplit son ventre de sa semence chaque jour et chaque nuit. À la lunaison suivante, ils rentrent chez eux, et tout le monde les reconnaît comme mari et femme.

— Cela semble un peu barbare, murmura-t-elle. Mais charmant.

Il rit doucement, et elle imagina les rides qui se formaient aux coins de ses yeux, et qu'elle aimait tellement.

— Si vous devez m'épouser, dit-il, alors vous devez savoir que je ne suis qu'à demi domestiqué.

— À demi ? J'aurais cru que c'était moins encore.

La main qui se trouvait entre ses cuisses remonta jusqu'à un sein, qu'il caressa suavement.

— Je vais vous posséder cette nuit, mais cela signifiera que vous êtes ma femme. Le voulez-vous ?

— Je vous aime, Aevir, et je vous veux pour mari.

Il l'embrassa à nouveau, puis il commença à faire descendre ses braies le long de ses jambes. Elle l'aida, en s'en débarrassant de quelques coups de pied.

À son tour, il défit les liens de son pantalon et s'en délivra.

Cette partie de lui, qui avait éveillé en elle tant de questions, se dressait à présent librement, dure et chaude contre sa cuisse.

Elle le prit dans sa main, s'émerveillant de la douceur de cette chair inconnue.

Il laissa échapper un grognement, et elle espéra que c'était de plaisir.

— Guidez-moi en vous, mon aimée.

Elle le fit, s'étonna de la capacité de son propre corps à s'ouvrir pour l'accueillir. Il semblait si gros et si long...

Mais dès qu'elle le présenta à l'entrée de sa féminité, il parvint à s'insinuer en elle de la valeur d'un demi-pouce.

Elle s'agrippa à ses épaules tandis que, d'une main, il lui écartait un peu plus la cuisse.

Peu à peu, il continua son invasion, et elle commença à se tortiller, en proie à une douloureuse sensation d'écartèlement.

— Je ne crois pas que je puis vous accueillir davantage, murmura-t-elle.

— Si, vous le pouvez, mais je vais arrêter un instant.

Il semblait chagriné, et elle se demanda si tout cela n'était pas une erreur. Le plaisir avait disparu, et cette pratique qui lui semblait auparavant si mystérieuse lui paraissait à présent quelque peu ridicule, douloureuse, et pour tout dire guère utile.

Le pouce d'Aevir se posa sur cet endroit qu'il avait découvert auparavant, et entama un lent mouvement circulaire, ravivant les flammes de son désir.

Laissant échapper un gémissement, elle souleva les hanches, et il en profita pour glisser un peu plus profondément en elle.

Il continua ainsi jusqu'à ce qu'il soit entièrement enveloppé par sa moiteur palpitante.

— Comment vous sentez-vous ? Je vous ai fait mal ?

Comment pouvait-elle lui dire qu'elle ressentait tout à la fois de la douleur et du plaisir ?

Les sensations se mêlaient, au point qu'elle ne savait plus où commençait l'une et où finissait l'autre.

Tout ce qu'elle savait, c'était qu'elle avait envie, qu'elle avait *besoin* de tout ce qu'il pouvait lui donner.

— Aevir...

Elle le saisit aux épaules et l'attira à elle.

— Ah, Ellan...

Son souffle chaud était dans son cou lorsqu'il recula ses hanches et donna une légère poussée.

— Encore, demanda-t-elle.

Il rit et se retira presque entièrement, avant d'entrer à nouveau en elle avec force, lui arrachant un cri de surprise et de plaisir.

— C'est tellement bon, dit-il. Je me doutais que ce serait ainsi entre nous, mais je ne savais pas...

Il fit un nouveau va-et-vient.

— Que ce serait une telle perfection.

Le plaisir l'emmenait plus haut, plus loin, surpassant totalement la douleur à présent.

— Moi, je le savais, dit-elle, entre deux gémissements.

Il la regarda, se tenant si près que leurs nez se frôlaient.

— Ma douce Ellan, je te prends pour femme. Je t'offre ma protection et ma loyauté. Je te promets que je donnerai ma vie pour sauver la tienne. À partir de maintenant et pour l'éternité, nous ne faisons qu'un.

Il s'agissait des mots officiels qu'un guerrier danois

disait à son épouse. Rolfe les avaient dits à Elswyth quand ils s'étaient mariés.

Ellan glissa les doigts dans les cheveux d'Aevir, et prononça les mots qu'il attendait d'elle :

— Je t'accepte pour époux.

Puis elle ajouta :

— Je t'aime, Aevir.

Après cela, plus une parole ne fut prononcée.

L'univers mystérieux dans lequel ils venaient de pénétrer n'était fait que de sensations et de soupirs.

Agrippée à Aevir, Ellan se laissa entraîner dans une danse sauvage, s'adaptant au rythme rapide et puissant qu'il lui imposait.

Vague après vague, le courant impétueux du plaisir la conduisit vers les rivages de l'extase, avant d'exploser en un bouquet de lumière si intense et si beau qu'elle ne put retenir ses larmes.

Peut-être avait-elle crié le prénom d'Aevir. Elle ne savait trop si l'écho ne résonnait que dans sa tête.

Mais Aevir prononça son nom. Et il fut suivi de mots en norrois qu'elle ne comprit pas.

Finalement, il poussa un cri guttural et, pressant son visage au creux de son cou, il répandit en elle sa semence brûlante.

Plus tard, tandis qu'ils reposaient dans les bras l'un de l'autre, étroitement enlacés, Ellan essaya de comprendre comment quelque chose d'aussi incroyable et aussi beau pouvait exister.

— Aevir...

Sa voix était emplie d'étonnement.

Il se hissa sur un coude, comme pour la regarder, et elle regretta que ce ne puisse être le cas. Elle voulait voir son visage, discerner autre chose qu'une ombre penchée sur elle.

Levant la main, elle essaya de déterminer son expression en passant les doigts sur son visage. Il lui embrassa la paume.

— Tu es à moi.

Cela ne lui semblait toujours pas réel. Elle se demandait même si elle n'allait pas se réveiller au matin et découvrir que tout cela n'avait été qu'un rêve.

— J'ai toujours été à toi.

Il roula sur le côté, se détachant d'elle, et fouilla dans sa besace. Il en sortit un carré de toile et la nettoya doucement, avant de lui remonter ses braies.

Puis il s'occupa de lui et renfila son pantalon, avant de l'attirer à nouveau dans ses bras.

— Dors, mon aimée. Je veille sur toi.

— Comment pourrais-je dormir maintenant ?

Mais déjà ses paupières s'alourdissaient.

— Pourrons-nous faire cela à nouveau ?

Il lui caressa le dos, avant de refermer la main sur une de ses fesses, réveillant la chaleur qui somnolait au fond de son ventre.

— Tous les jours, pendant le reste de notre vie.

— C'est promis ?

— Oui. Rien ne pourra me tenir éloigné de toi, ma femme.

— Mon mari…, dit-elle, d'un ton rêveur.

Pour une fois, elle se sentait en paix.

Pour une fois, elle avait l'impression d'être à sa place, exactement là où il fallait qu'elle soit.

21

Il avait tenu Ellan serrée dans ses bras toute la nuit, comme s'il avait peur qu'elle s'échappe.

En réalité, il ressentait bel et bien un peu de peur.

Maintenant qu'il avait compris qu'il était finalement trop tard pour faire machine arrière, qu'elle faisait partie de lui, qu'il le veuille ou non, il ne pouvait se départir de cette terrible crainte que la lutte ne soit pas finie pour eux.

Allait-il la perdre, d'une façon ou d'une autre ?

Se sentirait-il de nouveau libre ? Probablement pas.

Mais tenir Ellan ainsi dans ses bras valait tous les sacrifices.

La lumière grise de l'aube commençait tout juste à pénétrer la tente quand il ouvrit les yeux sur la délicieuse vision que lui offrait Ellan.

Le vent avait cessé de hurler une heure auparavant, ce qui voulait dire qu'il était temps pour eux de se mettre en route.

Il fit courir ses lèvres le long de sa joue, jusqu'à ses lèvres. Ses mains ne pouvaient se détacher d'elle. Elles voyagèrent de sa cage thoracique à son ventre, savourant la douceur soyeuse de sa peau.

Se hissant sur un coude, il écarta la fourrure pour mieux la contempler.

Ses seins étaient dressés. La lumière était trop faible pour en voir la couleur, mais elle soulignait leurs contours. Et il n'avait pas besoin de plus pour se rappeler la blancheur laiteuse des globes de chair, et le rose tendre des aréoles.

— Réveille-toi, mon aimée.

Sa voix était enrouée par l'émotion que lui procurait le fait de la regarder.

Incapable de résister, il prit un sein en coupe dans sa main, sentant son poids au creux de sa paume, avant de pincer délicatement la pointe dressée.

Ellan gémit en réponse, et le feu courut dans ses veines.

L'eau à la bouche, il se pencha et referma les lèvres autour de la pointe rose.

— Tu dois obéir à ton époux, dit-il, en faisant subir le même délicieux traitement à l'autre sein.

Elle eut un petit cri surpris, avant d'ouvrir les yeux.

— Aevir.

Ce fut à regret qu'il redressa la tête et lui sourit.

— Bonjour.

— Bonjour.

Elle lui rendit son sourire et caressa du bout des doigts le contour de sa bouche.

— Je te vois mieux.

— Le soleil va bientôt se lever.

Après avoir enveloppé son visage et ses seins d'un regard languissant, il soupira.

— Nous devons partir.

— Pas encore.

Elle pressa sa cuisse contre lui, là où il était déjà dur de désir pour elle.

— S'il te plaît. Encore une fois.

Elle se mordilla la lèvre.

— Ellan.

Son prénom sortit dans un souffle, et il se pencha pour l'embrasser passionnément, tandis que sa main s'attardait sur son ventre doux.

— Il faut y aller. Le danger est peut-être à nos trousses.

Il ne pouvait oublier ce qu'il avait ressenti quand il avait vu la sombre forêt se dresser devant eux la veille. Ils avaient chevauché de nuit et sous la tempête, bien plus longtemps qu'il n'était raisonnable, distançant probablement leurs poursuivants. Mais ils ne seraient vraiment en sécurité que derrière le mur d'enceinte d'Alvey.

Au lieu de le laisser partir quand il se redressa, Ellan resserra un bras autour de son cou, et glissa son autre main entre eux.

Il laissa échapper un grognement tandis qu'elle le caressait à travers son pantalon.

— Par tous les dieux, femme !

— Je pensais qu'un mari devait veiller aux besoins de son épouse.

Fermant les yeux face à l'exquis plaisir qu'elle lui donnait, il colla son front contre le sien.

— Et je le ferai. Dans un lit. Quand nous serons en sécurité.

— Maintenant ! J'ai envie de toi. Nous pouvons faire vite.

— Il faut penser à notre sécurité avant tout.

Mais, tout en prononçant ces mots, il détachait déjà les liens de son pantalon.

Elle poussa un petit cri de victoire, et commença à baisser ses braies. Aevir lui immobilisa les mains. Ils devaient faire vite, et ils ne pouvaient pas perdre un temps précieux en se déshabillant entièrement.

Il roula sur elle et lui prit les hanches pour les positionner.

— Es-tu vraiment prête pour moi ?

— Oui. Je suis toujours prête pour toi.

Et elle l'était.

— Ellan, murmura-t-il, avec révérence et surprise quand ses doigts la trouvèrent humide et ouverte comme elle l'affirmait.

En silence, il remercia les dieux de l'avoir placée sur son chemin.

Se guidant en elle, il pénétra un univers de velours humide et brûlant.

Il étouffa un grognement quand elle leva les hanches vers lui, s'offrant si délicieusement.

Après quelques poussées, il sentit la résistance s'amoindrir et se fraya un chemin.

Quand il plongea entièrement en elle, elle cria si fort que même les chevaux dans leur enclos durent l'entendre.

Lui couvrant la bouche d'une main, il murmura dans ses cheveux :

— Chut… Les autres vont t'entendre.

Elle hocha la tête, et se mit à gémir de plus en plus fort, tandis qu'il allait et venait en elle avec force.

— Je ne peux pas m'en empêcher, murmura-t-elle en gloussant. Remets ta main.

Il obéit, la bâillonnant de ses doigts tandis que, se libérant, il glissait le long de son corps et posait les lèvres entre ses cuisses.

Surprise, elle eut un léger sursaut, mais elle ne tarda

pas à succomber à ce nouveau plaisir qu'il lui faisait découvrir.

Bien sûr, cela ne fit que la rendre plus bruyante encore.

Elle recouvrit sa main de la sienne, et il ne put s'empêcher de rire.

Elle protesta

— S'il te plaît, Aevir. Tu te laisses distraire.

— Tu es tellement exigeante !

À nouveau cabré au-dessus d'elle, il revint se fondre avec force dans la chaleur de son corps.

— C'est mieux comme ça ?

Un ronronnement s'éleva du fond de la gorge d'Ellan, faisant naître en lui un élan de tendresse qu'il n'avait encore jamais ressenti.

Il se souviendrait toujours de cela.

Le son de sa femme cédant à l'extase dans ses bras.

Plus tard, le corps épuisé de plaisir, le souffle court, Aevir reposait entre les bras d'Ellan. D'une main, elle lui caressait tendrement les cheveux.

Il aurait voulu rester ainsi pendant des heures. Pendant des jours.

— La prochaine fois que nous ferons cela, ce sera dans un lit, dit-il. Avec de la chaleur, et de la lumière pour que je puisse te voir.

Elle lui sourit.

— Et je pourrai être aussi bruyante que j'en ai envie ?

— Plus tu seras bruyante, mieux ce sera. Je veux que tout le monde sache que tu es à moi.

Il lui mordilla l'épaule et roula sur le côté, rajustant son pantalon, avant de se lever.

Frissonnant sous la morsure du froid, à présent qu'il n'était plus protégé par les fourrures, il aida Ellan à s'habiller, avant de revêtir sa sous-chemise et sa tunique. Il avait gardé ses bottes toute la nuit, mais il prit le temps d'en resserrer les lacets.

— Je reviens, annonça-t-il. Je vais faire le point avec les hommes et chercher de la nourriture.

Le monde était devenu entièrement blanc en l'espace d'une nuit.

Les branches pesaient sous le poids de la neige, et le tapis immaculé qui recouvrait le sol faisait paraître plus grande la distance entre les arbres.

Le jour ne s'était pas encore levé, mais il faisait déjà trop clair pour échapper à l'ennemi.

Il jura entre ses dents.

Il n'aurait pas dû faire l'amour avec Ellan à nouveau. C'était égoïste, et ça leur avait fait perdre du temps.

Des empreintes de pas dessinaient un chemin brouillon vers la tente d'Oleif et Ander, comme si quelqu'un était déjà parti et revenu.

Aussitôt, Aevir chercha son épée, et jura à nouveau quand il comprit qu'il l'avait laissée sous la tente avec Ellan.

Sa femme était une magnifique distraction.

Un cheval hennit au loin, mais il ne vit pas les leurs, qui avaient pourtant été parqués aux abords de la lande.

— Oleif.

Il parlait bas, afin que sa voix ne porte pas dans le silence matinal.

Aucune réponse ne lui parvint de la tente.

Soulevant le rabat, il se pencha pour regarder à l'intérieur, et découvrit qu'elle était vide.

Un élan de panique monta en lui, et il se redressa.

Pivotant sur ses talons pour se hâter de rejoindre Ellan, il fut interrompu dans son élan par une épée.

Ellan chantonnait doucement, tout en essayant de se natter les cheveux.

Aevir aimait y enfouir les doigts durant leurs étreintes, et il en avait fait un beau désordre.

Elle sourit en se rappelant qu'elle avait autrefois recommandé à Elswyth d'embrasser d'abord l'homme qu'elle envisageait d'épouser, car cela lui donnerait une indication de son comportement au lit.

Elle en connaissait alors si peu sur le sujet ! Heureusement, son intuition ne l'avait pas trompée.

Son corps lui faisait mal d'avoir été trop caressé.

Ses seins – elle n'aurait jamais imaginé qu'un homme pouvait les prendre dans sa bouche et lui procurer autant de plaisir ! – ainsi que cet endroit secret entre ses cuisses lui semblaient légèrement tuméfiés.

Mais le simple fait d'imaginer Aevir en train de la toucher faisait battre son cœur plus vite, et déclenchait une pulsation lancinante au creux de son ventre.

Elle ne savait pas comment elle allait pouvoir tenir en selle…

Mais elle anticipait déjà la nuit à venir.

Elle ne voulait pas penser à ce qu'il adviendrait de leur couple une fois qu'il serait de retour à Alvey, ou même après.

Lord Vidar serait certainement contrarié, mais elle ne savait pas ce qu'Aevir encourait pour l'avoir choisie.

Elle ne savait même pas si leur union était vraiment légitime.

Mais elle s'en moquait.

Pour elle, ils étaient mariés. Et pour Aevir aussi.

Sans doute était-il trop tard pour que Lord Vidar puisse intervenir.

Nouant le bas de sa natte, elle se leva et s'enveloppa dans sa fourrure. Celle-ci avait l'odeur d'Aevir.

Avec un sourire, elle se pencha pour ramasser la cape de son mari et la roula sous son bras.

Il aurait déjà dû être de retour, à présent.

Soulevant le rabat de la tente, elle risqua un coup d'œil dehors.

Elle n'était pas du tout pressée de voir Oleif et Ander ce matin, sachant qu'ils avaient sans doute entendu ce qu'Aevir et elle avaient fait la nuit dernière…

Il n'y avait aucun mouvement, ce qui était pour le moins étrange. Quelqu'un aurait dû ramener les chevaux.

Les empreintes de pas d'Aevir menaient à l'autre tente, mais il semblait l'avoir contournée.

Était-il à l'intérieur ? Cela semblait peu probable, étant donné qu'il était si pressé…

— Sortez de là.

Reconnaissant un accent saxon, Ellan essaya de reculer à l'intérieur de la tente, pour prendre l'épée d'Aevir, mais une main brutale lui saisit le bras et la tira à l'extérieur.

Elle découvrit le visage d'un homme barbu, aux yeux emplis de haine.

— Qui êtes-vous ?

Il grimaça un sourire.

— Nous allons très vite faire connaissance.

Le sous-entendu lui arracha un frisson.

— Laisse-la tranquille, Egric. C'est ma sœur.

Tournant la tête, Ellan faillit s'évanouir de soulagement.

— Galan !

La brute qui la tenait lui lâcha le bras, et elle courut se réfugier dans ceux de son frère.

— Dieu merci, c'est toi. J'ai eu tellement peur.

Il ne dit rien et la repoussa à bout de bras, l'observant avec dureté.

Et elle comprit alors qu'il était son ennemi, à présent.

Leur père et lui étaient recherchés pour trahison.

Mais cela semblait si injuste ! Il restait malgré tout son frère.

Certes, elle était fâchée contre lui car il n'était pas intervenu quand leur père avait essayé de la marier à un inconnu, mais elle ne pouvait pas oublier le petit garçon qui venait autrefois vers elle pour se faire cajoler ou soigner.

Leur père s'était constamment montré froid avec elle, mais Galan avait toujours eu un sourire ou une réponse à ses problèmes.

Il ne souriait pas à cet instant.

— De quoi s'agit-il ?

Sa voix tremblait, mais elle ne parvenait pas à la contrôler.

— Nous sommes venus te sauver.

Il lui pressa brièvement les épaules, avant de laisser retomber ses bras le long de son corps.

— Mais tu ne sembles pas le vouloir.

Ellan sentit son visage s'empourprer.

— Que veux-tu dire ?

Elle le savait très bien, et elle était si mortifiée qu'elle serra les poings.

Il regarda autour de lui, et alors seulement elle remarqua les guerriers à cheval qui les entouraient.

— Tu étais sous la tente avec le Danois, Ellan.

Oh ! Seigneur ! C'était un désastre.

Relevant le menton, elle afficha une expression assurée.

— Fort bien. Vous pouvez donc tous témoigner que notre mariage a été consommé.

— Quel mariage ?

— Je me suis mariée avec Aevir.

Galan secoua la tête, comme s'il ne pouvait croire ce qu'elle lui disait.

— Quand ?

— La nuit dernière.

— Sous la tente ?

Le regard de son frère étincelait de fureur. Jamais elle ne l'avait vu aussi en colère contre elle.

— Tu as épousé ce Danois ? répéta-t-il. La nuit dernière, *sous la tente* ?

— Oui.

Pour comble d'horreur, il éclata de rire.

— Quoi ? Des paroles d'engagement ont été échangées.

— Personne ne t'a donc jamais dit qu'un homme était prêt à raconter n'importe quoi à une femme pour obtenir ce qu'il voulait ? Cela ne signifie rien du tout.

Ce n'était pas le cas pour Aevir et elle. C'était son idée à lui, alors qu'elle se serait offerte sans contrepartie.

— Où est-il ?

Elle se tournait pour le chercher du regard, quand un Saxon s'avança à cheval.

Il portait une fourrure qui le recouvrait entièrement,

et des bottes qui avaient connu des jours meilleurs. Ses cheveux longs et gras étaient nattés.

À la réflexion, il ne ressemblait pas à un Saxon, et ses soupçons furent confirmés quand il parla :

— Il suffit ! Nous devons y aller.

Cet accent… C'était un Écossais.

— Viens, Ellan.

Galan lui prit le bras et l'entraîna à travers les arbres.

— Où est Aevir ? demanda-t-elle.

Il l'ignora.

— Tu avais raison à propos d'une chose, dit son frère, tandis qu'ils entraient au cœur de la forêt.

— Laquelle ?

Elle tournait la tête en tous sens, cherchant une trace de son mari.

— Tu n'allais pas épouser Tolan.

Enfonçant les pieds dans la neige, elle se dégagea de la poigne de son frère.

— Explique-toi, Galan !

— Ton Danois est là-bas.

Elle se tourna et vit son mari qui luttait pour se redresser en position assise. Un filet de sang coulait de sa tempe, et il avait les mains liées dans le dos. Ander était étalé sur le ventre un peu plus loin, sans doute inconscient… ou peut-être mort.

— Non !

Galan l'empêcha de se ruer vers Aevir.

— Mais tu ne comprends pas ! Il y a eu une bataille, et il a souffert d'une blessure à la tête. L'a-t-on frappé à nouveau ?

Furieuse et inquiète, elle avait élevé la voix. Elle ne s'y

connaissait pas en blessures à la tête, mais ce ne devait pas être bon d'en avoir une autre si vite après la première.

— Il va bien. Et maintenant, suis-nous. Il nous reste beaucoup de route à faire avant ce soir.

— Non. Je n'irai pas avec vous.

Un homme apparut, menant trois des quatre chevaux avec lesquels ils étaient arrivés la nuit dernière.

Galan l'entraîna vers sa jument, et la pressa de se mettre en selle.

— Y avait-il d'autres hommes avec vous, Ellan ?

Oleif et son cheval manquaient.

Était-il parti plus tôt ? Se cachait-il quelque part ?

Elle l'ignorait, mais elle voulait lui donner toutes ses chances.

— Non, c'est tout, répondit-elle.

Galan l'observa, comme pour déterminer si elle mentait, et finit par hocher la tête.

— Monte à cheval, et je répondrai à tes questions.

Elle vit qu'on hissait Aevir sur sa monture, avant de le ligoter à sa selle.

Elle était heureuse qu'il n'ait pas été tué sur-le-champ, et elle essaya de le lui faire comprendre par le regard.

— Bien, dit-elle, en faisant mine de capituler. Mais je veux lui donner sa fourrure.

Elle était tombée à terre quand Egric lui avait pris le bras.

Le regard de Galan lança des éclairs de colère.

— S'il te plaît. Il gèlera sans cela.

Il ne dit rien, et elle se hâta d'aller chercher la fourrure. Puis elle l'apporta à Aevir.

Il cilla, comme s'il avait du mal à concentrer son attention sur elle.

De près, son entaille au front semblait encore pire.

Plantée au pied du cheval, Ellan était trop petite pour atteindre Aevir, aussi fit-elle de son mieux pour tendre les bras et caler la fourrure autour de lui, afin qu'elle ne tombe pas pendant la chevauchée.

— J'aurais dû savoir qu'ils étaient aussi près, murmura-t-il.

— Ce n'est pas ta faute. Tu voulais partir plus tôt, et je t'ai obligé à rester. Mais ne t'inquiète pas, je vais trouver un plan.

Il secoua la tête et grimaça de douleur.

— Je ne veux pas que tu tentes quoi que ce soit. Reste avec ton frère. Il te protégera.

Elle lui sourit.

— C'est moi qui vais te protéger, dit-elle. Ne doute pas de moi.

La douleur déforma le visage d'Aevir, mais cette fois ce n'était pas à cause de sa plaie.

— Je t'aime, murmura-t-il.

Elle lui déposa un baiser sur la cuisse, et se hâta de rejoindre Galan.

N'ayant pas d'autre choix, elle se hissa sur sa jument. Puis ils quittèrent les arbres qui avaient été leur refuge pour la nuit, abandonnant les tentes, et rebroussant le chemin qu'ils avaient parcouru la veille.

Galan se pencha vers elle.

— Tolan a accepté de t'amener à nous. Notre père a convenu avec lui de fausses fiançailles, afin qu'il puisse arriver jusqu'à toi et t'éloigner des Danois.

— Mais pourquoi ? J'étais libre d'aller et venir comme je le voulais.

— Justement. Il craignait que tu refuses de nous suivre de ton plein gré. À l'époque je croyais qu'il était fou, mais tout s'est déroulé comme il l'avait prédit.

Elle fut tout à la fois soulagée et perplexe.

— Mais alors, pourquoi m'a-t-il parlé des fiançailles le soir où nous nous sommes rencontrés en dehors des murs d'Alvey ? C'est précisément cela qui m'a donné envie de rester.

— Parce que cela avait l'air plus vrai s'il t'en parlait en premier. Si Tolan s'était présenté de but en blanc, sans que personne soit au courant de ces fiançailles, cela aurait pu attirer les soupçons.

— Et pourquoi Tolan a-t-il accepté cette mascarade ?

— Il devait une faveur à notre père. Sans parler de l'argent qu'il a exigé.

— Je n'y comprends toujours rien. Notre père ne tient pas à moi. En quoi était-ce un problème pour lui que je demeure à Alvey ?

Galan secoua la tête.

— Il tient à toi.

— Nous savons tous les deux que son affection n'entre pas en compte.

Elle se pencha pour regarder Aevir, qui chevauchait devant eux, encadré de plusieurs guerriers. Elle aurait voulu voir son visage, mais c'était impossible.

Au moins, il se tenait droit en selle.

Galan soupira.

— Tu as raison. Tu fais partie d'un accord avec les Écossais. Notre père t'a promise à l'un d'eux.

— Ce n'est plus possible à présent. Je suis la femme d'Aevir. Je ne peux pas, et ne *veux pas* épouser un autre homme.

— Nous verrons ce que notre père en dira.

— Et où est-il en ce moment ?

Comme Galan tardait à répondre, elle tourna la tête vers lui et surprit un éclair de douleur dans son regard.

— Il ne va pas bien. Pas bien du tout.

22

Ils chevauchèrent de longues heures avant de quitter l'abri de l'immense forêt qu'Aevir leur avait fait traverser la veille.

Ellan demanda des nouvelles de Baldric, qui avait été laissé en arrière. Leur jeune frère allait bien, mais il était furieux que Galan ne l'ait pas autorisé à les accompagner.

Elle ne demanda pas où il se trouvait exactement, pas plus que Galan ne lui posa de questions sur Aevir et sur elle.

Il y avait des choses entre eux dont ils ne pouvaient pas discuter.

Ils chevauchèrent encore une heure, avant d'arriver à un campement en fin de matinée.

Il n'y avait presque personne. Quelques feux avaient été allumés récemment, mais il ne restait plus que des cendres fumantes.

Enveloppé dans une couverture, un homme était assis contre un tronc.

Comme Galan et Ellan fermaient la marche, les autres cavaliers étaient déjà entrés dans la clairière quand ils arrivèrent, et commençaient à descendre de leurs montures.

Personne ne s'approchait de l'homme, qui tentait à grand-peine de se lever.

Lorsque la couverture tomba, Ellan comprit qu'il s'agissait de son père.

Le voyant tituber et s'effondrer contre l'arbre, elle se précipita vers lui.

— Père !

Le visage de ce dernier était livide et crispé.

Alors qu'elle se penchait vers lui, il leva une main tremblante et la posa sur son épaule.

Cela faisait une éternité qu'il n'avait plus eu ce genre de geste envers elle, et elle en resta figée un instant.

— Que s'est-il passé ? demanda-t-elle.

Galan, qui l'avait rejointe, répondit à la place de leur père :

— Cette tempête a dû apporter une maladie quelconque. Il ne se sent pas bien depuis hier soir.

— Je vais bien, mon garçon.

Il se releva, et parvint cette fois à se tenir sur ses pieds.

Peut-être n'était-il pas aussi malade qu'elle l'avait pensé à première vue.

— Je vois que tu as trouvé les Danois, dit-il à Galan. Mais il n'y en a que deux ?

— Les Écossais seront enchantés d'avoir Aevir.

Ellan sentit la peur lui nouer les entrailles.

— Non ! Vous ne pouvez pas livrer Aevir aux Écossais.

— C'est ce qu'ils veulent.

Galan baissa la voix pour que cela reste entre eux :

— Cela les convaincra enfin de nous aider.

— Je pensais qu'ils le faisaient déjà, remarqua Ellan.

Galan haussa les épaules.

— Pas tous. Ils sont plus réticents à une invasion que

père le pensait. Le roi ne veut pas déchaîner la colère des Danois. Son fils est le seul qui soit assez courageux pour les affronter, et il doit prouver qu'il est capable de rassembler suffisamment d'hommes pour que son père accepte de rejoindre notre cause.

Elle lui prit le bras et plaida :

— Eh bien, arrête tout cela. Pourquoi dois-tu causer des problèmes alors qu'il pourrait y avoir la paix ?

— Il suffit !

La voix de leur père s'immisça dans leur querelle.

Secouant la tête pour bien marquer sa déception, Galan s'adressa à lui.

— Ne l'écoutez pas. Elle croit qu'elle est mariée avec ce Danois.

— Je l'ai épousé, c'est un fait, protesta-t-elle avec force. Et je refuse de faire partie de votre plan pour entraîner les Écossais dans une guerre avec ces gens. Ils ne veulent que la paix avec les Saxons.

Son frère leva les bras de frustration.

— Tu ne comprends rien !

Leur père leva une main pour obtenir le silence.

Il adressa à Ellan un regard si dur qu'elle fit un pas en arrière.

— Tu as épousé un *Danois* ?

— Oui. J'ai épousé Aevir.

— Ellan !

Aevir venait de la héler depuis l'autre bout du camp. Lorsqu'elle tourna les yeux dans sa direction, il secoua vigoureusement la tête.

Son père s'était rapproché, et elle recula à nouveau d'un pas face à la colère qui bouillonnait dans ses yeux.

— Comment as-tu pu ? Ce n'est pas possible ! Je ne te crois pas.

— Il est bon avec moi, père.

Il la gifla, et elle tomba à genoux.

Mais avant même qu'elle puisse réagir, une masse passa comme une flèche entre son frère et elle.

— Ne la touchez pas !

Le cri d'Aevir emplit l'air, tandis qu'il donnait un coup d'épaule dans le torse de Godric. Il avait toujours les mains liées dans le dos.

Ellan se releva prestement et s'interposa entre son père et lui.

— Non ! Arrête, Aevir. Je ne suis pas blessée.

Ce n'était pas tout à fait vrai. Sa joue la brûlait, mais ce n'était rien en comparaison de la peine qui lui serrait le cœur.

Par le passé, son père l'avait traitée sans affection, lui avait dit des choses cruelles, mais jamais il n'avait levé la main sur elle.

— Reste derrière moi, lui ordonna Aevir, tout en fixant Godric avec rudesse.

Elle fut heureuse de voir que Galan s'interposait, attrapant leur père par les épaules pour obliger ce dernier à prendre appui contre l'arbre.

Par-dessus l'épaule de Galan, il lança un regard furieux à Aevir.

— Vous n'aviez pas le droit de l'épouser, dit-il. Elle n'avait pas ma permission. Le mariage doit être annulé.

— Non. Ce mariage est légitime, et rien ne pourra le briser.

La voix d'Aevir était profonde et mesurée, et sa confiance en lui réconforta Ellan.

— Vous n'aviez *pas* le droit, répéta Godric.

Son visage était à présent écarlate.

— Père, restez calme.

La voix de Galan se voulait apaisante, mais elle contenait une note d'irritation.

— Et sa dot ? demanda Godric. Vous pensez pouvoir me prendre ma fille sans compensation ?

— Je vous paierai. Est-ce vraiment votre seule objection à ce que je l'épouse ?

— Bien sûr que non ! Vous êtes un maudit Danois. C'est une objection suffisante.

Galan attrapa fermement le bras d'Aevir, bien qu'un autre Saxon se soit déjà approché et ait passé un bras autour de ses épaules pour le contenir, au cas où il lui prendrait l'envie de se jeter à nouveau sur Godric.

— Vous n'êtes qu'un vieux fou, déclara Aevir. Vous ne voyez même pas le trésor qu'est votre fille. Elle est bonne et douce. Forte, courageuse et loyale. Si seulement vous vouliez bien ouvrir les yeux et voir cela. Ne souhaitez-vous même pas savoir si elle sera bien avec moi, si je prendrai convenablement soin d'elle ?

Le père d'Ellan rétorqua quelque chose, mais celle-ci était tellement stupéfiée par les paroles d'Aevir qu'elle n'entendit pas.

Posant une main sur le torse de son mari, elle murmura :

— Tu penses vraiment cela de moi ?

Malgré ses mains liées, l'homme qui le tenait fermement, et le filet de sang qui lui barrait le front, il lui adressa un doux sourire.

— Bien sûr. Je savais tout cela depuis le début, mais j'étais aussi fou que ton père. Peux-tu me pardonner ?

— Bien sûr.

Les larmes brouillaient sa vision, et elle cilla furieusement car elle ne voulait pas rater une seconde de ce précieux moment.

— Tu es toute ma vie, dit Aevir, le regard ému.

Elle voulait l'embrasser, mais elle n'avait aucun moyen d'atteindre ses lèvres, puisqu'il ne pouvait pas se baisser, aussi lui déposa-t-elle un baiser sur le cœur.

— Je t'aime plus que ma propre vie, dit-elle.

La tristesse emplit le regard d'Aevir tandis qu'il secouait la tête.

— Non, pas plus que ta vie. Tu dois te protéger, veiller à ta sécurité.

Ils se souriaient – quand soudain, des hurlements tempétueux emplirent la forêt.

Ellan eut l'impression que son cœur s'arrêtait de battre.

Ils étaient attaqués.

Puis elle reconnut Oleif, et plusieurs des guerriers qui avaient voyagé la veille avec Aevir et elle.

D'autres hommes, arrivant d'une autre direction, jaillirent de la forêt.

Libéré par son gardien, qui sortait son épée pour aller se battre, Aevir tirait furieusement sur ses liens.

Galan se précipita vers son cheval.

Ellan le poursuivit, et tenta de s'emparer du couteau fixé à sa ceinture.

Son frère s'arrêta et lui saisit les poignets.

— Que fais-tu ?

— Aevir. Je dois le libérer.

— Non. C'est un prisonnier.

— S'il te plaît, Galan.

Elle chercha le regard de son frère et le supplia, comme si sa propre vie en dépendait :

— Je t'en prie, détache-le. Il pourrait être tué.

Comme cela ne semblait pas l'émouvoir, elle ajouta :

— C'est mon mari, et je pourrais déjà porter son enfant. Si tu tiens un peu à moi, je t'en supplie, laisse-moi l'aider.

Galan l'observa quelques instants puis, sans un mot, il lui lâcha les poignets.

Sans attendre la permission, Ellan se saisit du couteau et rejoignit son mari.

Dès qu'elle eut coupé ses liens, Aevir lui prit le couteau des mains et la fit passer derrière lui.

C'était le chaos. Des hommes à pied et à cheval se battaient un peu partout, et Ellan ne pouvait plus distinguer qui étaient les Saxons et qui les Danois.

Un homme chargea vers eux, brandissant son épée.

Aevir s'accroupit, tirant sur le bas de la robe d'Aevir pour qu'elle suive le même mouvement.

— Mets-toi à l'abri de l'arbre, cria-t-il.

Ellan avait fermé les yeux, mais elle les rouvrit juste au moment où Aevir tranchait la gorge de son assaillant. C'était Egric, celui qui l'avait tirée hors de la tente. Son estomac se révulsa devant le sang qui jaillissait. Aevir ramassa l'épée de l'homme tombé à terre et s'élança au combat.

— Qu'on me donne mon épée !

La voix de Godric était parvenue à s'élever au-dessus de la cacophonie.

Il essaya de marcher dans la direction de Galan, mais ses jambes semblaient trop faibles pour le porter.

Il tituba et serait tombé si Ellan n'avait pas couru vers lui pour le soutenir.

— Galan ! appela-t-elle, sans être certaine que son frère l'entendrait.

Leur père se tenait le côté gauche, et avait fermé les paupières.

— Père, ouvrez les yeux.

Il marmonna quelques mots incohérents, et ses mains s'agrippèrent à elle comme des griffes. Son visage était d'une pâleur comme elle n'en avait jamais vu.

— Père, m'entendez-vous ?

Il hocha la tête, mais il n'avait toujours pas ouvert les yeux.

Jetant un regard par-dessus son épaule, Ellan vit qu'Aevir s'approchait de Galan. Il saisit son frère par une épaule, et le poussa vers elle.

— Protégez votre sœur, cria-t-il.

Alors seulement, Galan la regarda.

Il blêmit en voyant leur père et se hâta de les rejoindre.

— Que s'est-il passé ? demanda-t-il.

— Je ne sais pas. Il a eu un genre d'attaque.

Galan l'aida à étendre leur père sur le dos, tandis qu'autour d'eux la bataille faisait rage.

Le vieil homme finit par ouvrir lentement les yeux. Au début, il semblait ne pas les voir, puis il se concentra sur Ellan.

— Eada.

Elle sursauta en entendant le prénom de sa mère. Personne ne l'avait prononcé depuis des années.

— Non, père, c'est moi, Ellan.

— Eada, murmura-t-il à nouveau, comme s'il ne l'avait pas entendue.

Les yeux rivés sur elle, il leva la main pour lui caresser le bout des cheveux.

Peut-être était-ce pour cela qu'il n'avait jamais pu la

regarder. Dans son visage, il retrouvait celui de la femme qu'il avait perdue.

Elle tourna la tête vers son frère, qui avait les sourcils froncés de perplexité.

— Père, est-ce que vous m'entendez ? demanda-t-il.

— Je n'ai jamais cessé de t'aimer, dit Godric, perdu dans ses rêveries. Tu as emporté une part de moi quand tu es partie.

Il fut secoué par une quinte de toux.

Ellan lui prit la main. Les larmes lui coulaient sur les joues.

— Père ?

— Je n'aurais pas dû te mettre à la porte.

Il s'étouffa sur les derniers mots, cherchant de l'air.

— J'aurais dû être plus gentil.

Sa main devint molle entre les doigts d'Ellan.

— Pardonne-moi.

Il fixait intensément son visage, attendant la réponse, tandis que sa respiration devenait de plus en plus sifflante.

Elle dit la seule chose qu'il y avait à dire, alors que son père vivait ses derniers instants :

— Je vous pardonne.

Il ferma les yeux, et une paix étrange s'abattit sur eux.

Un dernier souffle quitta son corps, et ce fut fini.

Des larmes brûlantes baignèrent le visage d'Ellan, gelant avant même d'avoir atteint son menton.

— Père, murmura-t-elle, en posant les doigts sur son torse immobile.

Galan toussota et se releva. Puis il prit les mains d'Ellan et l'aida à se mettre debout, avant de l'entraîner à l'abri de la bataille.

— Reste ici, dit-il.

Puis il ramassa son épée, qui était tombée dans la neige pendant que leur père mourait.

Alors qu'il s'apprêtait à aller prêter main-forte aux Écossais, Ellan le retint.

— Non, Galan. Regarde.

Il tourna la tête dans la direction qu'elle lui indiquait. Quantité de Saxons et d'Écossais étaient tombés, tandis qu'aucun des Danois n'avait succombé.

— Les Danois vont gagner. Pars pendant que tu le peux encore.

Elle désigna le cheval d'un Saxon qui déambulait à quelques pas de là, délivré de son cavalier, et sans doute tellement habitué aux batailles que les bruits ne le dérangeaient plus.

Comme Galan hésitait, elle lui serra plus fort le poignet.

— Tu sais que c'est la seule façon pour toi de rester en vie. Va, maintenant. Je ne veux pas te perdre aussi.

— Qui te protégera ?

— Mon mari. Pars. La bataille est presque terminée.

Il regarda vers Aevir, qui venait de neutraliser un autre assaillant.

— Allez, insista-t-elle.

L'attirant contre lui, Galan lui déposa un baiser sur la tempe.

— Tu t'occuperas de notre père ?

Elle passa les bras autour de lui, et le serra fort, en sachant que c'était la dernière fois qu'elle voyait son frère.

— Oui. Je veillerai à ce que son corps soit ramené à Banford. S'il te plaît, prends soin de Baldric. Emmène-le avec toi, loin de l'Écosse et de cette stupide guerre.

Se rappelant que leur père ne se séparait jamais de sa

bourse, elle la détacha de la ceinture de ce dernier et la mit dans la main de Galan.

— Prends ça, et fais attention à toi.

— Sois heureuse, petite sœur.

Galan lui déposa un dernier baiser sur la tempe.

— Promis.

Elle le regarda courir vers le cheval et sauter en selle, et le suivit des yeux jusqu'à ce qu'il ait disparu derrière les arbres.

Elle réalisa alors que les bruits de la bataille avaient quasiment cessé.

Lorsqu'elle se tourna, Aevir essuyait son épée dans la neige, qui n'était plus blanche.

Il resta interloqué en découvrant le corps sans vie du père d'Ellan.

Croisant le regard de celle-ci, il se redressa et lui ouvrit les bras.

Retenant un sanglot, elle se précipita vers lui.

Il lui murmura des mots de consolation à l'oreille, et pressa les lèvres dans ses cheveux.

— Je suis désolé, mon aimée.

Elle hocha la tête et recula, s'essuyant les yeux tout en demandant :

— Es-tu blessé ?

Il secoua la tête et lui montra ses mains.

— Juste des contusions et quelques coupures sans gravité.

Il regarda à nouveau vers son père.

— Je n'ai pas supporté qu'il te frappe. Si c'est à cause de moi qu'il...

— Non.

Elle leva une main pour lui caresser le visage.

— Ce n'est pas à cause de toi. Il était malade, et je pense que la bataille lui a causé une attaque. Son heure était venue.

Du bout des doigts, il toucha sa pommette tuméfiée par la gifle de son père.

— Comment Oleif a-t-il fait pour échapper aux Saxons ?

— Il s'est levé tôt pour aller chercher les chevaux, et il a entendu les Saxons arriver. Il a pris son cheval et s'est caché jusqu'à ce qu'ils nous emmènent, puis il a retrouvé le reste de nos hommes. Heureusement, ils n'avaient pas encore quitté leur propre campement, et ils ont pu faire demi-tour et suivre nos traces.

— Pouvons-nous rentrer à la maison, maintenant ?

Elle voulait que tout cela se termine, qu'il soit désormais à elle pour toujours.

— Oui, nous pouvons rentrer.

De nouveau, il voulut l'attirer à elle, mais il s'immobilisa soudain.

— Et Galan ? demanda-t-il, comme s'il venait à l'instant de se rappeler l'existence de son frère.

Il regarda autour de lui, cherchant à le repérer.

— Non, murmura-t-elle en s'accrochant à lui. S'il te plaît.

Elle pressa le visage dans son cou, consciente qu'il s'agissait d'une possible source de querelle entre eux.

Le doute n'était plus permis maintenant quant à la trahison de son père et de son frère.

Ils avaient bel et bien comploté tous les deux contre les Danois. Ils s'étaient rendus coupables de trahison.

Galan serait exécuté s'il était retrouvé, et jamais elle ne supporterait de savoir qu'Aevir était la cause de sa mort, même si elle était justifiée.

Il se crispa.

Sous sa joue, elle sentait battre son cœur.

Au troisième battement, il referma les bras autour d'elle et la serra fort.

Un soupir lui échappa, et il lui embrassa la tempe.

— Je t'aime au point de pouvoir faire des folies pour toi.

Un immense soulagement emplit le cœur d'Ellan, et elle se hissa sur la pointe des pieds pour poser les lèvres sur celles de son mari.

23

Ils franchirent le mur d'enceinte d'Alvey bien longtemps après la tombée de la nuit.

Aevir avait déclaré qu'il s'agissait du meilleur endroit pour garder les prisonniers, étant donné qu'il y avait peu de risques que les Écossais cherchent à se venger.

Lorsqu'il déposa son cheval aux écuries, il se sentait épuisé comme il ne l'avait jamais été.

Tenant la main de sa femme, il s'arma de courage pour entrer dans la grande salle.

— Dis-moi que tout ira bien, murmura Ellan.

— Ça va bien se passer, affirma-t-il.

À dire vrai, il n'avait pas la moindre idée de la façon dont les choses allaient se dérouler.

Ellan était officiellement sous la protection et l'autorité du *jarl*, à présent que son père était mort. S'il le voulait, Lord Vidar pouvait refuser d'entériner ce mariage. Après tout, il n'y avait pas eu de témoins.

Mais Aevir savait qu'il quitterait Alvey avec Ellan si une telle chose se produisait.

Elle cessa d'avancer, l'obligeant à s'arrêter aussi. Puis elle prit son visage entre ses mains.

— Et maintenant, dis-le-moi comme si tu le pensais vraiment.

Elle lui adressa un lumineux sourire, le réchauffant du soleil qui brillait en permanence dans son cœur.

Par tous les dieux, comme il l'aimait !

— Tout ira bien, je te le promets.

Même s'il devait pour cela l'emmener de force loin d'Alvey ! Il ne renoncerait pas à elle.

Elle hocha la tête, et ils continuèrent à avancer, suivis d'Oleif.

Les doigts entrelacés à ceux d'Ellan, Aevir la guida vers la table de Lord Vidar et Lady Gwendolyn.

Le souper était terminé depuis longtemps, mais l'assemblée bruissait encore des divertissements du soir.

Le *jarl* hocha la tête en guise de salutation et réclama un toast de bienvenue, tandis que sa femme appelait une servante assise près de la cheminée.

Ils avaient probablement été avertis de la présence du groupe aux abords d'Alvey, et avaient tout fait préparer pour les accueillir comme il se devait.

Lady Gwendolyn se leva et serra Ellan dans ses bras.

— Je suis tellement heureuse que vous soyez de retour parmi nous.

Elle sourit à Ellan, puis se tourna vers Aevir et Oleif.

— Venez. Asseyez-vous et restaurez-vous. Vous semblez affamés.

Ils prirent place à table, et la servante leur apporta de la viande et des légumes rôtis. Une autre leur servit de l'hydromel.

Cela rappela à Aevir le soir où il était venu à Alvey pour la première fois et avait rencontré Ellan. Ce n'était pas si vieux que cela, et pourtant il lui semblait qu'une éternité s'était écoulée.

Tant de choses avaient changé.

Il avait changé.

— Qu'est-il arrivé à votre visage ? demanda Lady Gwendolyn.

Si le *jarl* et sa femme trouvaient étrange qu'Ellan soit collée contre son épaule, personne ne fit de commentaires. Lord Vidar pensait sans doute qu'elle était devenue sa concubine, et Aevir ne pouvait s'empêcher de se demander à quel moment sa colère allait se déchaîner.

— Je suppose que Tolan ne s'est pas rendu facilement, demanda Lord Vidar.

— L'essentiel est que nous l'ayons ramené ici sans encombre, et qu'il soit maintenant prêt à être questionné.

En revanche, ils n'avaient pas réussi à capturer d'Écossais. Les rares qui avaient survécu s'étaient enfuis à cheval.

Aevir but une gorgée d'hydromel pour se donner du courage, et se lança dans le récit de leur voyage et de la bataille qu'ils avaient dû affronter.

— Je suis désolée pour votre père, dit Lady Gwendolyn quand il eut terminé.

Ellan hocha la tête.

— Merci, milady.

Aevir remarqua que sa femme évitait de regarder Lord Vidar, et il glissa la main sous la table pour la poser sur sa cuisse. La pressant gentiment, il lui donna silencieusement du courage.

— Que s'est-il passé avec les Écossais à la frontière de Banford, demanda-t-il. Rolfe est-il rentré ?

Lord Vidar hocha la tête.

— La frontière était calme. Vous ne le croirez peut-être

pas, mais Rolfe n'a pas vu de déplacement d'Écossais vers le sud.

Il marqua une pause, en affichant une moue pensive.

— Je commence à croire que la menace se résumait à Godric et ses fils. S'ils avaient réussi à rallier quelques Écossais, ils étaient loin d'avoir bâti une armée.

— Je suis d'accord. Maintenant que Godric est mort, je pense que nous n'avons plus rien à craindre.

Ils discutèrent encore un moment, tandis que la salle commençait à se vider. Oleif termina son repas et leur souhaita bonne nuit.

— Il y a encore une chose que vous devez savoir, dit Aevir.

Sous la table, il prit la main d'Ellan dans la sienne, et la serra fort.

— Ellan et moi sommes mariés.

Lord Vidar parut abasourdi, tandis que Lady Gwendolyn semblait enchantée.

— Félicitations, dit-elle.

— Non !

Le *jarl* avait parlé si fort que toutes les têtes se tournèrent vers lui.

— Quand ? Comment ?

— La nuit dernière, répondit Aevir. Nous avons partagé une tente pendant la tempête. J'ai fait ma déclaration, et Ellan m'a accepté.

— C'est vrai, dit-elle. Nous sommes mariés. Et, même si nous sommes désolés de ne pas avoir attendu votre autorisation, nous avons l'intention de rester mari et femme.

Le *jarl* secoua la tête.

— Ce n'est pas valide. En dehors du fait qu'il n'y a pas

eu de témoins, et pas d'arrangement avec votre tuteur, Aevir est déjà engagé ailleurs.

— Vidar !

La voix de Lady Gwendolyn était douce, mais non dénué d'une note d'avertissement.

— Vous n'allez pas persister dans cette idée de fiançailles. Rien n'a été signé. Le *jarl* Eirik n'a même pas encore donné son accord.

— Il le fera au printemps. J'avais pour mission de lui trouver un guerrier correspondant à ses critères, et je l'ai fait.

— Vous n'aurez qu'à en trouver un autre, décida Lady Gwendolyn. Aevir n'est plus disponible.

Ellan lui adressa un sourire reconnaissant, mais elle se crispa aussitôt lorsque Lord Vidar s'adressa à elle.

— Êtes-vous certaine que vous avez consenti à ce mariage, Ellan ? Vous n'avez pas subi de pressions ?

Elle rougit joliment et lui adressa un timide sourire.

— Si quelqu'un a fait pression sur l'autre, c'est moi.

Lord Vidar eut la bonne grâce de sourire à son tour, tandis que Lady Gwendolyn se levait.

— Venez, ma chère. Il va vous falloir une cérémonie digne de ce nom.

— Une cérémonie ? répéta Ellan, perplexe.

— Eh bien oui. Nous ne voulons pas que quiconque mette en doute votre mariage, n'est-ce pas ? Préparons une cérémonie grandiose, avec le plus de témoins possible.

Et sur ces mots, les deux femmes se dirigèrent à l'étage, vers les appartements réservés au seigneur.

Les ayant suivies des yeux un moment, Aevir ne fut pas surpris, quand il tourna la tête, de voir posé sur lui le regard réprobateur de Lord Vidar.

— Je sais que je vous ai déçu, milord. Ce n'était pas mon intention de me soustraire à mes devoirs. Mais j'aime Ellan, et je vous donne ma parole que je prendrai soin d'elle jusqu'à la fin de mes jours.

Le *jarl* secoua la tête.

— Et que faites-vous de ce que nous avons évoqué ? Ce statut que vous désirez tellement ? Vous savez bien que vous ne réaliserez pas vos ambitions en épousant cette fille. Que se passera-t-il si, dans un an ou deux, vous décidez que vous lui avez trop sacrifié ? Qu'adviendra-t-il d'elle ?

Aevir ne s'inquiétait pas pour cela.

S'il y avait bien quelque chose dont il était certain, c'était qu'il ne regretterait jamais d'avoir choisi Ellan.

Après avoir failli la perdre, il ne pouvait imaginer vivre sans elle.

— Ne vous en faites pas pour cela, milord. Je ne regretterai jamais mon choix. Quant à mon avenir, j'ai eu le temps d'y réfléchir. Interrogez Tolan. Et s'il vous dit que Godric était l'instigateur de tout cela, alors vous aurez besoin de quelqu'un de confiance à Banford pour bâtir de nouvelles relations avec les Écossais.

Sa voix vibrait d'émotion tandis qu'il plaidait sa cause.

— Envoyez-moi là-bas. J'empêcherai les Écossais d'approcher votre frontière, et vous n'aurez plus jamais d'inquiétude à avoir.

— Cela sera suffisant pour vous ?

— Si Ellan est avec moi, alors oui.

Il avait hâte de construire une vie avec elle là-bas.

Ils discutèrent encore un moment, le *jarl* essayant de le faire changer d'avis, et Aevir réaffirmant à chaque fois qu'il avait la certitude d'avoir fait le bon choix.

Finalement, quand tout le monde se fut retiré pour la nuit, Aevir se rendit à l'étage pour retrouver Ellan dans la petite alcôve qu'elle partageait autrefois avec sa sœur.

Ôtant ses bottes, il se glissa dans le lit et l'attira contre lui.

Le simple fait de la tenir dans ses bras lui procurait un sentiment de paix.

— J'espérais que tu viendrais me rejoindre, dit-elle, la voix ensommeillée.

— Chut... Rendors-toi.

Il lui déposa un baiser sur la tempe.

— Est-ce qu'il t'a banni ? demanda-t-elle.

— Oui, il m'exile à Banford. Et toi aussi, par la même occasion.

Plus sérieusement, il ajouta :

— Seras-tu heureuse là-bas ?

Elle se tourna dans ses bras et le regarda.

La seule lumière provenait du feu qui se consumait dans la cheminée, mais c'était suffisant pour qu'il distingue les contours de son visage et son sourire.

— Mon mari, là où tu seras, je serai heureuse.

— Je ne te mérite pas.

Ils s'embrassèrent longuement, goûtant la joie de se retrouver, de savoir qu'ils avaient toute la vie devant eux.

La cérémonie eut lieu quelques jours plus tard au château de Banford.

Lady Gwendolyn et Lord Vidar étaient présents, ainsi que Rolfe et Elswyth.

Sans surprise, Desmond et quelques anciens avaient manifesté leur désapprobation. Mais quand il fut prouvé que Tolan avait aidé Godric, plus personne ne trouva rien à redire au mariage.

Ellan portait une couronne de gui, et Aevir avait revêtu une riche tunique de velours bleu nuit.

Ils échangèrent les mêmes vœux que ceux qu'ils avaient prononcés dans l'intimité de leur tente plantée en pleine forêt. Mais cette fois, Aevir s'était procuré des anneaux d'or pour sceller leur union.

Ils firent la fête et burent jusqu'à une heure avancée.

À mesure que les heures tournaient, Ellan remarqua que la main d'Aevir cherchait plus souvent la sienne. Il lui touchait aussi la taille, les hanches… Son regard se faisait plus intense, plus brûlant.

Ce qu'il voulait était probablement clair pour tout le monde.

Finalement, il se leva et déclara qu'ils allaient se retirer pour la nuit.

En dépit du fait que sa blessure le faisait toujours boiter, il la souleva dans ses bras et la transporta à travers la salle, sous les congratulations enthousiastes de ses hommes, et quelques commentaires grivois.

— Aevir !

Elle essaya de paraître fâchée, mais c'était impossible. Elle avait trop envie de rire.

— N'aurais-tu pas pu te montrer un peu plus subtil ?

— Tu sous-estimes l'envie que j'ai de toi, si tu crois que je suis capable d'une telle chose en cet instant.

Ils n'avaient pas dormi ensemble comme mari et femme depuis la nuit sous la tente, l'alcôve qui leur était réservée à Alvey ne leur offrant pas l'intimité nécessaire.

Quelqu'un, probablement Elswyth, avait allumé le feu dans la cheminée de la petite maison, et il y régnait une chaleur agréable quand ils y entrèrent.

Avec tact, sa sœur avait suggéré que Rolfe et elle dorment au château cette nuit, afin qu'ils soient tranquilles pour leur nuit de noces.

Aevir vint derrière elle, tandis qu'elle observait le lit fraîchement fait, derrière le rideau, et l'attira contre lui.

— Je crois qu'il va nous falloir trouver un plus grand lit, dit-il

— Hum...

Il lui écarta les cheveux, et lui déposa un baiser sur la nuque.

— Tu sens bon.

Elle pivota dans ses bras et lui sourit.

— Tu voulais un endroit chaud et un lit propre. Nous avons les deux.

Avec un sourire de loup prêt à dévorer sa proie, il fit passer sa tunique par-dessus sa tête.

— Et de la lumière, ajouta-t-il, en ôtant sa sous-chemise. C'est peut-être le plus important.

— Je veux te voir. Déshabille-toi pour moi.

La simple vue des reliefs magnifiques de son torse lui coupa le souffle.

Elle l'avait déjà vu avant, bien sûr, quand elle lui avait prodigué des soins, mais ce n'était pas la même chose.

Il était à elle, à présent.

Une nuée de papillons prit son envol dans le creux de son ventre.

Les doigts gourds, elle commença à se dévêtir, vaguement consciente d'un bruit de bottes qui tombaient au sol, et d'un froissement d'étoffe.

Puis il prononça son prénom.

Elle se tourna et le découvrit nu devant la cheminée.

Les flammes baignaient son corps d'un halo doré.

— Oh ! Aevir...

Elle écarquilla les yeux à la vue de son érection.

C'était assurément la première fois qu'elle voyait une telle chose. Son membre était fort et large, et dressé presque jusqu'à son nombril. S'il ne l'avait pas déjà pénétrée, elle aurait juré que c'était impossible.

Il sourit, visiblement fier de l'effet qu'il produisait, et marcha vers elle.

Ses doigts travaillèrent plus vite à défaire ce qui lui restait de vêtements.

Aevir mit un genou au sol et lui défit ses chaussures, avant de faire glisser lentement ses bas le long de ses jambes.

Lorsqu'il se redressa, il l'observa intensément, et ses yeux étaient emplis d'une émotion à laquelle Ellan ne pouvait donner d'autre nom que l'amour.

— Merci de ne pas avoir renoncé à moi, dit-il. À nous.

Il la souleva dans ses bras et la porta jusqu'au lit.

— Je ne renoncerai jamais à toi, Aevir.

Collant son front contre le sien, il ferma les yeux et murmura :

— Femme de mon cœur, je t'aime.